산티아고 순례길 ,
길 위에서 만난
사람들

이기웅 지음

KB213561

산티아고 순례길, 길 위에서 만난 사람들

초판 1쇄 발행 2024년 9월 13일

지은이 이기용
펴낸이 장길수
펴낸곳 지식과감성⁰
출판등록 제2012-000081호

사진 류항하, 이기용
교정 정은솔
디자인 서예인
편집 서예인
검수 한장희, 이현
마케팅 김윤길, 정은혜

주소 서울시 금천구 벚꽃로298 대륭포스트타워6차 1212호
전화 070-4651-3730~4
팩스 070-4325-7006
이메일 ksbookup@naver.com
홈페이지 www.knsbookup.com

ISBN 979-11-392-2108-4(03810)
값 20,000원

• 이 책의 판권은 지은이에게 있습니다.
• 이 책 내용의 전부 또는 일부를 재사용하려면 반드시 지은이의 서면 동의를 받아야 합니다.
• 잘못된 책은 구입하신 곳에서 바꾸어 드립니다.

지식과감성⁰
홈페이지 바로가기

산티아고 순례길, 길 위에서 만난 사람들

이기용 지음

지식과감정#

목차

• 갈리시아 지역으로

준비와 현지 이동

가기 전 준비

왜 그렇게 먼 길을 고생하러 가니?

지난 2016년 8월 당시 베트남 하이퐁에 거주하던 나는 친구 — 류항하, 베트남 하노이에 거주하고 있으며 나와는 오랜 기간 직장 동료이자 친구이다 — 와 함께 환갑 자축 기념으로 라오스 휴양도시 '루앙프라방'에 여행을 갔었다. 휴양지에서 4박 5일 동안 휴식을 취하며 친구와 함께 지나간 시간에 대해 많은 얘기를 하면서 모처럼 여유로운 시간을 보냈다. 그리고 여행에 대한 얘기를 하면서 자연스레 스페인 순례길이 화제로 나왔다. 서로 마음이 통하였는지 한번 걸어 볼 의향이 있는지 물어보면서 다음번에는 스페인 순례길을 꼭 함께 다녀오자고 약속했다. 나는 라오스 여행을 마친 그달에 1년 9개월간의 베트남 사업을 끝내고 한국에 완전히 복귀했다. 함께 가자고 약속한 지 1년 반이 지난 2018년 1월 친구로부터 특별한 전화를 받았다.

"순례길 계획이 유효하니?"

아버지가 오랜 기간 병환에 있고 집안일 등으로 한 달 이상 여행한다는 것을 감히 생각하지 못하고 있던 중에 걸려 온 친구의 전화였다. '아차!' 그런 약속을 한 사실이 상기되었고 그 즉시 대답했다.

"가야지."

주변에는 그 나이에 왜 고생을 사서 하느냐며 만류하는 이들도 있었지만 지금이 아니면 정말로 나의 일생을 뒤돌아볼 때 크게 잘한 것을 찾을 수가 없을 것 같아, 늦게나마 잘한 것 하나는 만들 요량으로 순례길 여정을 결정했다. 이런저런 사정으로 가고 싶어도 갈 수 없는 이들의 격려도 함께 받았다.

여행 계획 수립: 순례길 루트, 여행 기간, 항공권

스페인 순례길은 프랑스 길, 대서양 해변을 끼고 가는 북부 길, 포르투갈 길 등 크게 보아 5개의 길이 있지만, 이 중 가장 보편적으로 이용하는 프랑스 길을 가기로 결정했다. 순례길은 여유 기간을 감안하여 최대 35일을 잡고 현지 이동과 복귀 일정, 순례길 이후의 다른 여행지를 고려하여 모두 45일로 계획하였다. 인천-파리-바욘-생장(순례길 출발지) 순으로 이동 경로를 확정하고 4월에는 인천-파리 왕복 비행기표 — 8월 30일 출국, 10월 13일 귀국 — 를 구입하였다. 표를 구하였으니 이제는 특별한 일이 없는 한 순례길 여정은 시작한 것이나 다름없다.

프랑스 길 세부 코스 선정

인터넷과 서적을 참고하여 매일 걸어야 할 구간을 대략적으로 정한 후 구간별 거리 및 코스 난이도, 소요시간, 도착지 숙소, 마트 현황 등을 먼저 파악하였다. 구글 지도를 활용하여 거리와 고도 차이를 확인하고 숙소가 있는 마을 간의 간격을 감안하여 그날의 걷는 코스를 산정하였다. 아래 항목들은 일정 수립에 중요한 고려 요소가 되었다.

- 산악 지형을 걸을 때는 도중에 숙소가 없기 때문에 짧게 걸을지 혹은 더 길게 걸을지를 판단
- 빰쁠로나, 레온 등 몇 곳의 주요 도시는 하루를 더 쉬면서 관광 일정에 반영
- 메세타~Meseta~ 고원 지대는 평지 길이라도 도중에 마을이 적으니 숙소 선정에 유의

체력 준비와 신발

평생 한 번도 걸어 보지 못한 800km의 길을 무리 없이 걷기 위해 4월부터 8월 말 출발 전까지 등산과 걷는 훈련을 시작하였다. 남한산성, 탄천길, 북한산둘레길, 한강길 등 처음에는 5km부터 걷기 시작하여 차츰차츰 거리를 늘리면서 최대 32km까지 걸었다. 특히 8월에는 발바닥에 물집이 생기지 않게 단단해지도록 걷는 빈도를 높였다. 특이하게도 한강길이나 탄천길같이 전용 도보로 조성을 잘해 놓은 곳은 15km 이상 걷고 나면 무릎이 아파 왔는데, 이렇게 인공적으로 평탄하게 조성된 길을 장시간 걷게 되면 무릎이 일정한 방향으로 충격을 받기 때문에 악영향을 준다는 것을 등산 애호가인 매제로부터 듣고 알게 되었다. 신발도 발목을 감싸는 등산화로 할 것인가 아니면 트레킹화로 할 것인가를 고민하다가 발목이 없고 바닥이 넓은 편한 트레킹화로 선정하였다. 기존의 등산화는 과거 등산할 때마다 걷고 나면 발목뼈가 아팠던 경험이 있었기 때문이었다. 트레킹화를 선정한 것은 결과적으로 탁월한 선택이었던 같다.

배낭과 갖고 갈 짐

만일 필요하면 현지에서 구입하여 사용할 생각으로 짐을 최대한 줄여서 실제 갖고 갈 물건을 모두 담아서 측정하니 처음에는 9kg까지 나왔다. 마실물 500ml와 약간의 음식물을 넣은 무게였다. 배낭 무게를 줄이기 위해 유튜브 아이디어와 매제의 도움을 받아 배낭과 트레킹화를 구입하였고, 친구와 서로 화상 통화를 하면서 갖고 갈 짐에서 공유할 물건은 각자가 형편에 맞게 분담하기로 했다.

배낭과 갖고 갈 짐을 펼쳐 놓은 모습

무게를 줄이기 위해 최대한의 노력을 기울였고, 최종적으로 갖고 간 짐을 정리하면 다음과 같다.

(1) 배낭: 용량 36리터, 배낭이 등과 접촉되지 않는 구조, 우천 시 배낭을 덮을 수 있는 커버가 달려 있는 것

배낭과 등 사이의 공간으로 바람이 통하여 좋다. 배낭에 핸드폰과 소소한 것을 넣을 수 있는 소형 백이 달려 있으면 좋으나 없었기에 별도로 구입하여 배낭에 달고 다녔다.

(2) 신발: 트레킹화(발바닥이 넓은 것, 좁은 것은 안 됨), 슬리퍼(매일의 도착지에서 신을 용도)

(3) 침낭: 800gr, 오리털

(4) 우의: 일반 비닐 우의

판초 우의를 생각했으나 무겁기도 했고 현지에서도 쉽게 구할 수 있기에 실제 필요시 현지에서 구입하기로 했다. 전 일정 동안 우의는 2시간 정도 사용하였다.

(5) 물통: 별도로 구입하지 않고 500ml 생수병 하나를 사용

순례길 중간중간에 먹는 물을 받을 수 있는 수도 시설이 있고, 마을에서 생수를 구입할 수도 있다.

(6) 스틱: 200gr, 2개

(7) 의류: 등산용 재킷(1), 상의 패딩(1), 긴바지(2), 반바지(2), 긴 티 (2), 짧은 티(2), 팔 토시(1), 팬티(2), 발열 하의(1), 등산 양 말(2), 챙 넓은 모자(1), 일반 모자(1), 손가락 없는 장갑(1) 면 종류의 의류는 땀과 빗물에 젖으면 잘 건조되지 않아 가급적 회피했다.

(8) 세면도구: 칫솔(1), 치약(100gr), 날 면도기(1), 샴푸(50ml), 로션 (50ml), 빗, 세면 비누, 세탁비누, 수건(2)
세면 비누 하나로 세탁을 겸할 수도 있다.

(9) IT 기기: 핸드폰, 충전기, 배터리, LED 헤드 랜턴과 배터리(일반 AA 배 터리용이 아닌 납작한 수은전지를 사용하는 랜턴과 여분의 전 지 6개), 소형 수첩과 필기구
갖고 있는 핸드폰 배터리 용량이 3,000mmA 미만인 경우 최 소 10,000mmA 용량의 여분 배터리가 유용하다.
소형 수첩과 필기구로 그날의 기록과 익일 예정 사항을 기 록한다. 소형 수첩과 필기구가 번거롭다면 핸드폰에 기록해 도 좋다.

(10) 의약품: 바셀린, 무좀연고, 해열제, 지사제, 감기약, 근육소염제, 평소 복용약(8주분), 반창고, 1회용 반창고, 선크림
바셀린은 발바닥 물집 방지용으로 제일 적은 용량을 가지고 가면 된다. 초기 1주 전후에 물집이 생기며 이 경우 바늘로 실 을 물집에 관통시켜 놓으면 낫게 되기 때문에, 나중에는 바셀 린이 불필요해 숙소에 두고 왔다.

(11) 음식료품: 국거리 건스프(미역, 된장, 해물 등 건조 재료에 물을 부어
서 먹는 용도), 라면 스프(입맛이 떨어질 때)
이 외의 웬만한 식재료는 대부분 현지에서 구입 가능하다.
(12) 기타: 안대, 수면용 귀 플러그(단체 숙박을 하므로 필수), 여분의 안
경, 선글라스, 손톱깎이, 비닐 다수(우천 시 각각의 짐을 싸는
용도), 빨래집게(4~5개), 옷핀(4cm 정도, 4~5개), 깔판(잠시 쉴
때 엉덩이 받침용)
옷핀은 빨래가 마르지 않으면 배낭에 거는 용도 등 다양하게 사
용 가능하다.

스페인 역사, 문화 이해

평소에도 세계사에 관심이 많았지만 순례길을 보다 의미 있고 다양하게
체험하기 위하여, 스페인에 대한 역사 공부를 다시 했으며 특히 중세의 스페
인 역사와 종교 — 기독교, 이슬람교 — 를 중점적으로 살펴보았다. 마을 축제
와 같은 행사들 중 우리의 순례길 일정과 겹치는 것이 있는지 확인했으며 현
지 소도시는 영어가 잘 통하지 않는 곳이 많다고 하여 짧은 인사말과 숫자 등
기본적인 스페인어를 말할 수 있도록 공부하였다. 스페인 음식 문화 체험을
위하여 고유 음식에 대한 것도 정리하고 마을마다 특유의 음식이 있는 곳은
미리 기록하여 두었다.

출발 전 다짐

순례길의 참의미를 느끼기 위하여 친구와는 세 가지를 가능한 한 지키기
로 다짐을 하였다.

첫 번째, 전 구간을 걸어서 간다.

두 번째, 전 구간 배낭을 메고 간다.

세 번째, 숙소는 순례자 전용 숙소(알베르게_{Albergue})를 이용한다.

이렇게 하여도 2,000년 전 예수님의 12제자 중 한 사람인 성인 야고보가 걸어갔던 당시의 상황보다는 훨씬 쉽고 편하게 가는 길이라 생각하면 굳이 못 지킬 것이 없다고 생각하였다. 물론 응급 상황이 발생하면 부분적으로 변경은 할 수 있다는 유연성도 함께 가지자고 했다.

 현지 이동

2018년 8월 30일 목요일

• 경로: 서울 → 프랑스 파리(Paris) → 프랑스 바욘(Bayonne)

• 숙소: Ibis Styles Hotel

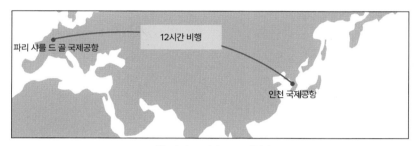

인천-파리, 12시간 소요, 비행기

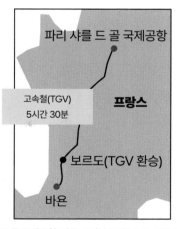

파리 샤를 드 골 국제공항-바욘, 5시간 30분 소요, TGV 고속열차

모든 준비가 끝나고 이제는 가기만 하면 되는데 며칠 전부터 그동안 아팠던 사랑니에 통증이 오기 시작한다. 3일 전 사랑니를 뽑으러 치과에 갔더니 비행기 타는 날짜가 너무 임박하여 뽑을 수 없다고 했다. 의사에게 약이라도 먹을 수 있도록 처방해 달라고 했지만 이마저 해결책이 없다고 한다. 아프지만 그대로 출발해 문제가 심각해지면 현지에서 뽑으리라 마음을 먹었다.

인천 공항까지 가는 공항버스를 타기 위하여 곤히 잠든 아내를 깨워 위례 24단지 앞 6800번 공항버스 정류장까지 태워 달라고 했다. 어제 비가 왔길래 오늘도 비가 오나 싶었는데 비는 오지 않고 오히려 깨끗해진 도로와 신선한 새벽 공기가 순례길 여행자의 기분을 좋게 한다. 이렇게 이른 시간임에도 각자 생활을 위하여 열심히 다니는 사람들이 적지 않게 보인다. 그동안 아침 시간을 의미 없이 보낸 자신을 다시 한번 돌아보게 하는 순간이다. 처음 가는 인천 공항 제2터미널은 제1터미널보다 20분 정도 더 걸리는 것 같다. 출국장에서 배낭 무게를 재어 보니 7.3kg으로 만족스럽다.

인천 공항; 출발 전 공항에서 배낭 무게를 측정한 사진
배낭 위에 생수 1병을 얹은 무게가 7.3kg이었다.

파리 공항에 도착하여 바욘_{Bayonne}까지 가는 TGV(테제베) 고속열차를 갈아 타는 여유 시간이 2시간이 채 되지 않기 때문에 공항에서 짐 찾는 시간을 아끼기 위해 배낭은 기내에 들고 가기로 했다. 혹시 헤어스프레이, 다용도 칼, 등산용 스틱이 보안 검색에서 통과되지 않을까 우려되어 발권하는 직원에게 물어보니 일단 들고 가 보라고 한다. 터미널 지하 1층으로 내려가 육개장으로 아침을 먹는데 이 육개장이 순례길 일정 중 마지막 한식이 될 것 같은 생각이 든다. 그런데 식사 도중 이가 또다시 아파 오기 시작한다. 혹시나 싶어 3층 공항 약국에 가서 약사에게 장기간 여행 사정 얘기를 하고 약을 받았다. 약사의 설명에 따르면 이 약이 통증을 가라앉히고 칼슘 등 치아 보완제도 같이 있다고 한다. 매일 한 알씩 먹으라고 하여 즉석에서 한 알을 먹었다. 약값이 다소 비싸다는 느낌은 받았으나 통증을 없애 준다는데 무슨 상관일까 싶다.

순례길 현지에서의 통신을 위하여 로밍 서비스 신청을 하고 출국장으로 들어갔다. 그러나 우려한 대로 보안 검색대에서 헤어스프레이, 다용도 칼 두 가지 물건이 엑스레이 투시기에 발견되어 그곳에 두고 왔다. 다행히 스틱은 괜찮다고 한다. 갖고 있던 물건을 빼앗겨 기분이 좀 상했으나 배낭 무게가 줄었다는 데 본의 아닌 위안을 삼고 검색대를 빠져나와 면세점과 새로 준공한 제2터미널 공항 내부 시설을 이리 저리 둘러보았다.

08:40경 대한항공 공동운항 항공기(KE5909)인 에어프랑스 비행기에 탑승하여 예약한 좌석에 앉았다. 비행기는 출발 시간인 09:05분보다 10분 정도 늦게 움직이기 시작한다. 아무리 늦어도 파리에는 예정 도착 시간보다 10분 이상 늦지 않게 도착할 것으로 보여 파리 공항에서 바욘까지 가는 고속열차는 놓치지 않을 것 같아 안도가 된다.

과거 장거리 출장 시에는 12시간을 기내에서 견디는 것이 크게 문제가 되지 않았으나 이번에는 상황이 좀 다를 것 같다. 그렇기에 지난 4월 초 비행기표 예매 시부터 비교적 괜찮다는 좌석으로 지정하였다. 또한 기내에서의 앉아 있는 시간을 줄이기 위하여 수시로 좌석에서 일어나 좁은 기내 공간이라도 여기저기를 왔다 갔다 하면서 기내 중간에 마련된 바에서 이것저것 먹을거리와 마실 거리를 소진하기도 하였다. 그동안 보지 못했던 일간신문, 기내 잡지, 좌석 앞 모니터의 각종 프로그램들, 가끔은 핸드폰에 저장되어 있는 각종 사진과 메모들을 보거나 때로는 나른함에 졸기도 하면서 장거리 비행기 안에서의 시간을 비교적 덜 지루하게 보냈다.

비행기는 현지 시간 14:00에 파리 샤를 드 골 공항에 정시 착륙했다. 항하는 베트남 하노이에서 금일 아침 07:00에 먼저 도착하여 나를 기다리고 있던 터라 항하에게 도착 메시지를 보냈더니 기다렸다는 듯 즉시 회신이 왔다. 지금 2E 터미널 입국장 앞에서 기다리고 있다고 한다. 입국장에는 많은 여행객들이 입국 수속을 밟고 있어 수속에 20분 정도 소요된 것 같다. 베트남에서 한인 상공회의소 회장과 개인 사업을 하고 있는 친구는 이번 순례길 여행을 위해 한 달 반이라는 개인 사업 업무를 접어 두고 왔다. 항하는 나를 반갑게 맞이한 후 공항 내에 있는 기차 타는 곳으로 같이 이동하였다. 열차를 기다리면서 서로의 짐을 확인하고 오늘내일 일정에 대하여 다시 한번 의견을 나누면서 기내 바에서 제공하는 샌드위치 몇 개 싸 온 것을 간식 삼아 함께 먹었다. 승차 시간이 다가오니 개찰구 문이 열리면서 직원이 승차권을 확인한다. 이미 한 달 전에 인터넷에서 예약하여 받은 표이다. 플랫폼에서 TGV 5222호 기차가 오기를 기다리면서 여분 시간에 같이 기념사진과 주변을 촬영하고 정시에 도착한 기차에 승차하였다.

출발 한 달 전 인터넷으로 예매한 샤를 드 골 공항 → 바욘행 TGV 고속열차표

상당수의 승객들이 큰 여행용 가방들을 가지고 승차하느라 미리 예약한 좌석까지 가는 데도 시간이 좀 걸린다. 객차는 2층짜리로 KTX나 SRT보다는 많은 승객들이 타지만 객차 내부의 시설들은 많이 노후화되어 있다. 그러나 주행 중 소음은 한국 고속열차보다 훨씬 덜한 것 같고 진동 또한 덜하다. 철로는 우리와는 달리 대부분 지면 위에 깔려 있다. 차창 가에 스쳐 가는 프랑스의 들판은 밀밭이 대부분이고 가끔 목초지도 보이곤 한다. 역시 이 나라 땅 덩어리는 우리나라와 비교하면 먹고 살기에 훨씬 축복받은 땅이라 여겨진다.

3시간쯤 지나니 환승해야 할 보르도_{Bordeaux} 역에 도착한다. 환승하는 시간적 여유가 10분 정도인데 이 역에 내려서 환승할 기차를 찾느라 허둥지둥했다. 시급히 옆에 있는 사람에게 물어보니, 다행히 같은 플랫폼이고 승강장 위치가 앞쪽으로 한참 더 가서 있으므로 우리에게 손짓을 하면서 그곳으로 빨리 가라고 한다. 우리가 타야 할 기차는 이미 대기하고 있는 것 같았다. 승차하고 있는 승객에게 물어보니 바욘으로 가는 기차(8551호)가 맞다고 하여 무사히 오를 수 있었다. 시간이 충분했다면 이 도시가 자랑하는 유명한 보르도 와인을 맛보고 갈 수 있었을 텐데⋯. 앞으로 외국에서 교통수단을 환승 ─ 특히 육로 ─ 할 때 시간이 충분하지 않을 경우에는 사전에 공부를 한다거나 내리기 전 다른 승객에게 미리 물어보고 대비를 잘해야 한다는 것을 깨달았다. 기차는 밤 21:47 정시에 바욘 역에 도착했다. 역의 규모는 우리나라의 중소도시 정도의 규모이지만 역사는 매우 오래된 건물로 보인다. 역사가 마치 교회 건물같이 보이며 첨탑 정면에는 큰 시계가 밤 21:50을 가리키고 있다.

Bayonne; 프랑스 바욘 기차역 건물, 밤에 보니 마치 교회 같은 모습이다.

　한 달 전에 인터넷으로 예약한 역 앞의 호텔_{Ibis Styles Hotel}은 걸어서 채 2분도 걸리지 않는 곳에 있다. 호텔은 아두흐강을 끼고 있고 바로 옆에는 하얀 조명을 받은 쎙떼스쁘히 아치형 다리가 강 건너에서 노란빛을 받고 있는 성모 마리아 성당의 첨탑과 함께 도시의 밤 풍경을 아름답게 수놓는다. 유럽 국가의 중소 규모의 호텔이 대부분 그렇듯이 이곳도 리셉션이 2평 남짓한 좁은 공간에서 여행객 접수를 받는다. 한 달 전 인터넷으로 예약하여 2인 1실 하룻밤에 109유로로 이미 지불하였는데도 투숙자에게 도시세_{City Tax}로 1인당 0.9유로를 추가로 지불하라고 한다. 피곤한 몸이지만 저녁을 아직 못 먹었기에 배낭만 방에 놓고 나와서 역 앞에 있는 글루치_{Gluque} 레스토랑에서 와인과 함께 늦은 저녁을 먹었다. 다시 호텔로 돌아와서 몸도 다소 피곤했기 때문에 내일 아침 07:42 바욘 역에서 일찍 출발하는 기차를 타기 위해 아침 06:30에 일어나기로 하고 외지에서의 첫 잠자리에 들어갔다.

순례길 1일 차

2018년 8월 31일 금요일, 맑음

• 경로: 프랑스 바욘(Bayonne) → 생장 삐드뽀흐(Saint Jean Pied de Port) →
  까욜라(Kayola)

• 거리: 6.4km (생장-까욜라 기준, 출발 표고 165m, 도착 표고 716m)

• 시간: 14:00 ~ 16:40, 2시간 40분 소요 (생장 → 까욜라: 트레킹)

• 숙소: Refuge Orrison, 15.91유로, 12침상

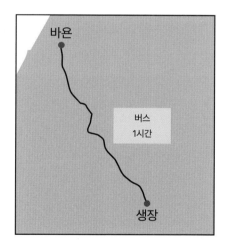

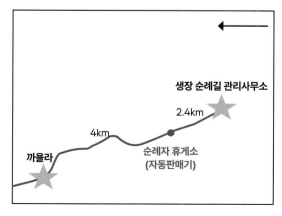

06:30 핸드폰 알람 소리에 일어나 수염은 깎지 않고 세수만 하고 배낭을 챙겨서 역으로 나오니 06:55이다. 역 대합실 전면에 설치된 전광판에는 생장_{Saint Jean Pied de Port}으로 가는 열차 시간이 07:42로 되어 있어 열차표 자동판매기에서 7.6유로를 주고 기차표를 끊고 기다리고 있는데, 우리처럼 배낭을 멘 순례자들과 자전거를 가지고 온 순례자들 등 많은 사람들이 서서히 역으로 모인다. 이 역은 매일 아침 시간에 항상 이렇게 순례자들로 붐비는 것 같다. 그런데 뭔가 분위기가 이상하다. 사연인즉 07:42발 기차는 취소가 되었단다. 아니나 다를까 전광판을 보니 07:42발 기차는 'Supprime(취소)'이라고 프랑스어로 적혀 있는 것을 몰랐었다. 우리나라 같으면 전광판에 영어로도 안내하고 안내 방송도 할 것인데 이곳은 그렇지 않다. 프랑스인은 프랑스어를 정말로 사랑하여 영어 등 타 언어는 잘 사용하지 않는다는 얘기를 들었는데 이곳에 와서 불편한 체험을 한다.

기차가 취소되었다고 우리에게 알려 준 마이클이라고 하는 미국인을 다시 찾아서 다음 열차가 언제인가를 물어보니 이 친구는 역 직원에게 가서 다시 묻고는 12:01에 있을 것이라고 한다. 이 정보도 확실하지가 않은 것 같아 보였다. 그러나 기차가 또 취소되면 우리가 아침에 구입한 기차표로 역 바로 옆에 있는 시외버스 정류장에서 버스를 탈 수 있을 것이라고 한다. 생장으로 가는 교통편을 기다리는 동안 오전에 바욘 시내 관광을 하기로 했다. 기차역 앞의 멀지 않는 곳에는 대서양 쪽으로 흐르는 아두흐강이 있다. 이 강을 건너 시청이 있는 것을 확인하고 이 근처를 다녀오기로 했다.

아두흐강을 가로지르는 생뻬스쁘히 다리를 건너자마자 우측에는 아마 이 지역 출신인 것 같은 추기경 동상이 있어 기념 촬영을 한 후 시청 앞을 지나 아두흐강 지류인 니브강을 건너 유네스코 문화재로 지정된 성모 마리아 성당 쪽으로 걸어갔다. 성당은 스테인드글라스로 아름답게 꾸며진 창문과 두 개의 높은 첨탑이 있어 멀리에서도 쉽게 찾을 수 있을 것 같다. 시내 골목에는 가로등 같은 기둥의 허리에 여러 가지 꽃으로 장식하여 놓았고 시청 직원이 물차를 끌고 와서 일일이 물을 공급해 주고 있다. 이 지역 주변은 오래된 성곽이 보이고 스포츠 시설들이 많이 위치하고 있어 도시의 중심가임을 짐작하게 한다. 어느 건물 한쪽 벽에는

"이곳은 프랑스 땅도 아니고 스페인 땅도 아니다."
"EUSKAL HERRIAK 독립"

이라고 국기가 함께 그려져 있는 현수막이 걸려 있어 흥미로웠다. 그동안 말로만 듣던 바스크 지방 사람들의 독립 주장이 여기에 와서 실감된다. 이 지역의 언어와 문화가 다른 곳과는 많이 다른 모양이다.

Bayonne; "이곳은 프랑스 땅도 아니고 스페인 땅도 아니다."
바스크 기를 걸어 놓고 독립하자고 현수막을 걸어 놓았다.

10:50경 다시 역으로 돌아와 역 앞에 있는 식당 Le Monte Carlo Restaurant 에서 아침 겸 점심을 먹고 버스를 타기 위하여 11:30경 역사驛舍 좌측 옆에 붙어 있는 버스 정류장 — 주차장같이 넓은 터만 있고 입구에 차단기가 설치되어 있다 — 에서 기다렸다. 간혹 버스가 들어왔다가 나가곤 하는데 어느 버스가 우리가 타고 가야 할 버스인지 모르겠다. 그런데 12:00쯤 되자 순례자 차림의 사람들이 하나둘 모인다. 버스가 오기는 오는 모양이다. 때마침 버스 정류장에 하얀 버스 한 대가 들어와서 기사에게 물어보니 생장 가는 버스가 맞다고 한다. 외국인 순례 여행자들이 많이 들어오는 관문에서 이 정도의 불편함이 선진국 프랑스에서 있을 법한 일인가 생각하는 것은 나의 욕심일까?

12:10 출발한 버스는 니브강을 따라 기찻길을 끼고 산악 골짜기를 거슬러 올라가면서 13:10경 생장 기차역 앞에 도착하였다. 이곳에서 순례자 등록 사무소까지 700m는 걸어서 가야 한다. 대부분이 순례자 차림의 승객들인지라 그냥 앞사람만 보고 가면서도 틈틈이 구글 지도를 보면서 순례자 등록 사무실로 가는 방향이 맞는지 확인하였다. 13:20경 순례자 등록 사무소에 도착해 보니 10명 정도의 순례자들이 사무실 앞에 줄을 서서 기다리고 있다. 사무실로 가는 작은 언덕길 도로 좌우에는 꽤 많은 선물 가게와 순례자 숙소들이 눈에 띈다. 줄을 서서 기다리면서 한국인 여성 순례자(조영옥 씨)를 만나서로 이야기를 나눴다. 조영옥 씨는 1년 일정으로 세계 여행을 하는 중인데 지난 5월부터 블라디보스토크에서 시베리아 횡단 열차를 타는 것을 시작으로 러시아를 들른 후 아이슬란드에서 관광을 마치고 오늘 이 순례길을 오게 되었고, 끝난 후에는 아일랜드로 들어간다고 한다. 정말 대단한 사람이다. 나는 이 나이 때에 무엇을 했는지 회상한다. 또 다른 순례자 중 라트비아의 25세 된 의대 졸업생 여성 순례자(Paula)를 만나 얘기를 들어 보니, 자기 할아버지가 산을 좋아하여 75세 때 알프스 몽블랑산도 올라갔으며 손녀인 자신도 산을 좋아하게 되었고, 할아버지 DNA가 자기 몸에도 있으니 이 순례길

을 무난히 걸어갈 것이라고 한다. 그런데 이 두 여성 모두 메고 있는 배낭의 무게가 최소 10여 kg은 되어 보여 괜한 걱정이 앞선다.

13:30경 순례자 등록 사무소에 들어가니 이미 많은 한국인이 우리 앞에 있다. 추후에 알게 되었지만 경남 함양으로 귀농하여 전원생활을 하는 함양성당 신도 13명이 단체로 왔으며 최소 나이가 64세이고 최고 72세까지 있는, 용기가 하늘을 찌르는 한국인들이었다. 이들이 순례자 등록을 할 때 일부는 영어가 서툴러 옆에서 도와주었다. 접수받는 직원 중 일본 억양의 영어를 하는 여자는 이들 일행을 좀 얕잡아 보는 것 같아 불쾌했는데 나만 그렇게 느낀 것은 아니다. 여기에 와서도 반일 정서가 작동한다.

이곳에서 근무하는 직원들 또한 순례길 경험을 갖고 있는 자원봉사자들이라고 한다. 10평 남짓 크기의 사무실에는 5명의 직원들이 접수를 받고 있으며 사무실 벽면에는 순례길에 참고되는 각종 사진과 지도들이 게시되어 있다. 직원에게 여권을 보여 주고 등록 대장에 국가, 생년 등 기재한 후 순례길 여정 중 가장 중요한 순례자 여권(크레덴시알$_{Credencial}$)을 2유로에 발급받고 여권 첫 칸에 사무소의 입국(?) 스탬프를 찍었다. 또한 순례길에 참고할 수 있는 여러 가지 자료를 받았다.

<등록 사무소에서 받은 참고 자료>

- 생장 → 론세스바예스_{Roncesvalles} 까지 가는 나폴레옹 길 안내(한글로 설명한 A4 사이즈)

- 생장 → 론세스바예스까지 가는 두 가지의 길을 표시한 컬러판 약도(A4 사이즈, 악천후 시에는 나폴레옹 길 이용 불가)

- 산티아고까지 총 34개 구간별 거리, 고도, 주요 마을이 표시된 유인물(A4 사이즈 양면)

- 프랑스 길 전체 구간에 있는 숙소(알베르게_{Albergue}) 정보

  - 마을 간 거리, 마을별 숙소 이름, 전화, 침상 수, 운영 기간, 숙박비, 주방시설 유무, 난방장치 유무, 자전거 접수 유무, 운영기관, 레스토랑 유무, 식료품점 유무, ATM 기기 유무 등

  - 산티아고까지 약 160여 개의 마을이 나오며 알베르게는 총 400여 개 기재되어 있음

  - 산티아고 이후 무씨아_{Muxia} 및 피스떼라_{Fisterra} 까지도 숙소 정보 표시

Saint Jean; 순례자 등록 사무소, 출발 전 수속을 밟고 있는 많은 순례자

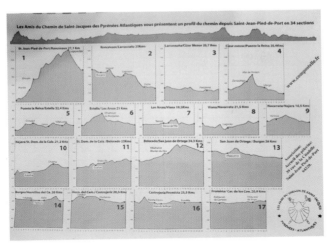

Saint Jean; 순례자 등록 사무소에서 받은 코스별 거리/표고가 적힌 유인물
앞뒤 2면이며 모두 34개 구간으로 구성하여 놓았다.

　사무소에서 순례자임을 표시하는 조개를 구매하여 배낭 뒤에 매고 다니려
고 했으나 이미 다 팔리고 없다고 하여 근처 상점에서 구입하고 Paula에게
도 선물로 하나를 주었다. 사무실 배경으로 항하와 인증 사진을 찍은 후 산티
아고를 향한 첫 발걸음을 내디뎠다.

　생장 마을을 좌우로 분리하는 작은 니브Nive 강 위에 걸쳐 있는 고풍스러운 다
리 입구에 아치형의 스페인 통문과 꼭대기에 시계가 달린 종탑 같은 건물을 통
과하는 것으로 우리의 순례길은 시작한다. 이때 시간이 14:00경. 다리를 건너
완만한 경사를 20분쯤 오르니 도로 우측에 론세스바예스Roncesvalles까지 가는 두
가지 길을 안내한 간판이 보였다. "악천후 시 2번 길 이용"이라고 한글로 표
시한 안내 간판이 걸려 있어 깜짝 놀라며 기념사진을 찍었다. 프랑스어, 스페
인어, 영어 등 다른 7개국 언어가 같이 표시되어 있고 한국 외의 아시아 국가
언어는 보이지 않아 아시아에서는 한국인이 많이 오는 것을 짐작하게 한다.

　길 중간중간 중요한 곳에는 노란색 화살표로 순례길 방향 표시가 되어 있

어 헷갈리지 않고 오를 수 있다. 오늘은 순례길을 걷는 첫날이고 피레네산맥을 넘어서 론세스바예스까지 가기에는 시간과 체력이 되지 못할 것 같아 미리 계획한 대로 중간에 있는 까욜라_{Kayola} 마을까지 걷기로 하였다. 까욜라에는 12명을 수용하는 숙소가 하나밖에 없어 2개월 전에 미리 이메일로 예약을 하고 숙박비를 지불해 두었다. 원래는 까욜라 위로 1.2km 떨어진 오리슨_{Orisson} 마을(생장에서 7.6km)에 있는 숙소를 예약하려고 하였으나 남은 자리가 없어 부득이 까욜라 숙소를 택했다.

표고 165m인 생장 마을에서 약 7.6km 떨어진 표고 716m인 까욜라까지 551m 표고 차를 올라가는 길은 자동차가 다니는 포장도로여서 비교적 완만한 경사를 타고 올라간다. 까욜라 숙소 도착 1.5km 전부터는 좀 더 가파른 경사 길이라서 보폭 조정이 필요했다. 올라가는 길은 고도가 높아질수록 전망이 좋아지며 순례길 좌측으로는 날씨가 쾌청한 덕에 먼 곳까지 보였다. 대부분 목초지와 숲으로 이루어진 아름다운 녹색의 구릉이고 목초지에는 많은 흰 소들이 여유롭게 놀고 있다. 간혹 말과 양들도 보이는데 이러한 구릉 지대를 활용하여 축산을 하는 이 나라가 부러울 뿐이다.

Kayola; 까욜라 숙소에서 바라본 목가적인 전경

16:40경 숙소에 도착하니 우리 또래의 한국인 남자 두 명(김광남 씨 일행)을 포함하여 멕시코, 미국, 남아공, 캐나다 사람 등 10명의 순례자들이 이미 도착해 있었다. 김광남 씨는 친절하게 숙소의 침실과 샤워장 등을 소개해 준다. 고맙게도 1층에 더블베드가 있는 방을 남겨 두었다. 대충 짐을 정리하고 샤워장에서 갔는데 다행히도 약하지만 더운물이 나와서 샤워를 할 수 있었다. 샤워하며 빨래를 간단히 하여 건조대에 널어놓은 후 숙소 앞의 전망 좋은 전경을 다시 사진에 담아 두었다. 식수대의 물은 음용이란다. 이곳에도 순례자 여권에 찍을 스탬프가 있어서 자율적으로 순례자 여권에 두 번째 스탬프를 찍었다.

18:30에 시작하는 저녁을 먹기 위하여 순례길 위로 1.2km 떨어진 표고 800m인 오리슨_{Orrison}으로 걸어 올라갔다. 식사 후 내려오는 길이 어두울 것 같아 손전등을 들고 갔다. 숙소 겸 레스토랑인 오리슨 레스토랑에서 콩 수프, 닭 요리를 와인과 곁들여 먹는 동안 레스토랑 주인이 각자 자기소개를 갖자고 한다. 미국, 캐나다, 멕시코, 칠레, 페루, 브라질, 스위스, 스웨덴, 프랑스, 영국, 독일 등 서양인이 위주였고 한국인은 우리 일행을 포함하여 모두 7명으로 전체 약 50명 중에서 비교적 많은 인원을 차지한다. 이 중 일부 순례자들은 이미 순례길을 몇 차례 다녀갔고 칠레에서 온 남자는 이번이 총 7번째라고 한다. 이런 얘기를 들으니 참 잘 왔다고 느껴지며 나도 나중에 다시 올 마음이 생길까 하는 기대를 해 본다. 식탁 맞은편과 좌우에 있는 브라질인 올렌드·마르다 부부, 여자 심리학자이자 교수인 마릴레네_{Marilene}, 스페인 부부, 프랑스인 친구들 5명 일행 등과 다시 인사하며 자기소개와 기념사진을 촬영했다. 촬영한 사진은 그 자리에서 이메일로 전송했다. 브라질인과 스페인 순례자와는 영어로 말은 잘 통하지 않지만 표정과 행동으로 서로의 느낌을 공감하면서 금세 친한 친구 사이가 된 것 같다. 약 1시간 반 정도의 시간을 같이하면서 순례길의 느낌을 조금 맛보았다.

Orisson; 첫날 저녁 식사 자리
중앙·좌측이 스페인 부부, 우측 붉은색 재킷이 브라질 올랜드·마르다 부부,
그 뒤 검은색 재킷 브라질 여자 심리학자 마릴레네이다.

저녁 식사를 마치고 07:00에 시작하는 내일 아침 식사를 예약한 후 밖으로 나오니 밖은 어둠이 내리 깔려 있었다. 사진을 촬영하기에는 빛이 부족하지만 오늘 아니면 언제 다시 주변 경치를 담을 수 있겠나 싶어 또 몇 장의 사진을 남겼다. 어두운 도로를 손전등 빛에 기대어 까욜라 숙소로 내려오면서 내일 이 경사 길을 한 번 더 올라와야 한다는 심적인 부담이 약간 든다. 숙소에 도착하여 빨래를 보니 아직 마르지 않아 침실 안에 여분으로 갖고 온 등산화 끈을 방 양쪽 끝에 매고 널었다. 침실 위층에는 나머지 10명이 숙박을 하는 터라 밤에 마룻바닥이 삐걱거리는 소리를 듣지 않기 위해 갖고 온 귀마개를 꽂은 후 숙소 모포를 덮고 잠을 청하였다. 자면서 추위를 느껴서 갖고 온 침낭을 펴고 잘까 잠결에 생각했으나 이마저도 귀찮아 그냥 새우잠을 잤다.

순례길 2일 차

2018년 9월 1일 토요일, 흐리고 안개 후 맑음

- 경로: 프랑스 까욜라(Kayola) → 스페인 론세스바예스(Roncesvalles)
- 거리: 19.8km (출발 표고 716m, 최고 표고 1,410m, 도착 표고 948m)
- 시간: 06:30 ~ 14:30, 8시간 소요
- 숙소: 오리가 알베르게(Hostel Roncesvalles Orreaga), 10유로, 183침상

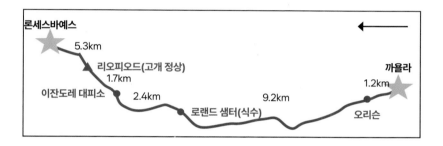

　　06:00에 기상하여 배낭을 꾸리면서 김광남 씨 일행과 오늘의 도착 예정 지인 스페인 론세스바예스에 있는 숙소 ― 스페인어로 순례자 숙소를 알베르게_{Albergue}라고 한다 ― 에 대하여 얘기하던 중 이 일행은 숙소 예약을 미처 하지 못한 것을 알았다. 이들은 별수 없이 우리들이 묵는 숙소의 여분 침상에 투숙하기 위해 빨리 걸어가기로 한다. 다행히 우리는 7월 말 이메일로 예약했고 숙박비와 저녁, 익일 아침 식사비를 모두 지불하였기 때문에 이에 대한 고민은 하지 않고 편한 마음으로 걸을 수 있었다. 또한 이 일행의 짐을 보니 각각 배낭 두 개 묶은 될 정도로 많은 짐을 꾸려 와서 매일 구간별로 불필요한 짐은 택배 서비스_{Donkey Service}로 계속 부치겠다고 한다. 캐나다에서 온 몸집이 다소 큰 제이드_{Jade}라는 젊은 여자도 배낭의 크기를 보니 엄청나게 무거울 것

같아 걷는 데 많이 힘들 것 같지만 이러한 염려의 말을 하기가 조심스럽다.

어제의 빨래는 아침에도 마르지 않아 양말과 수건을 배낭 뒤에 옷핀으로 걸었다. 아직 여명도 없는 시간이라 모두들 손전등을 켜고 오리슨까지 걸어 올라갔다. 7시부터 시작하는 아침 식사 시간에 늦지 않게 도착했는데 그곳에서 숙박을 한 많은 순례자들은 이미 레스토랑에서 아침 식사를 기다리고 있다. 어제저녁 처음 만났던 브라질인 올랜드·마르다 부부와 다시 마주 앉아 빵, 햄, 우유, 주스 등이 나온 간단한 메뉴라도 오늘의 힘든 트레킹을 위하여 든든히 먹어 두었다.

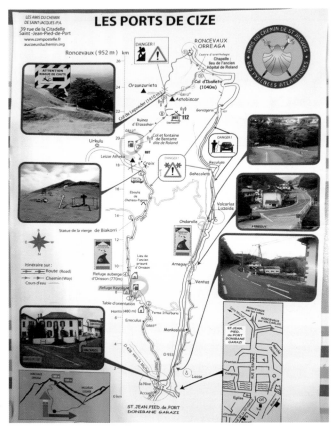

Orisson-Roncesvalles; Orisson 숙소에 게시된 피레네산맥 넘는 길
아래의 분홍색 테두리가 첫 밤을 지낸 Kayola, 제일 위가 오늘 도착하는 Roncesvalles

날씨는 고지대이고 아침 시간이라 다소 쌀쌀하여 바람막이 옷을 더 입었다. 레스토랑 내 리셉션에는 피레네산맥을 넘어가는 데 있어서 필요한 정보인 푸드 트럭 위치, 식수 받는 곳, 대피소, 고갯길 정상(1,410m), 갈림길에서 가야 할 방향 등 주요 지점마다 거리 및 소요 시간을 잘 기재한 표가 붙어 있어, 이 표를 사진에 담아 놓고 올라가면서 보기로 하였다.

오리슨에서 도착지인 스페인 론세스바예스까지는 18.6km로서 가는 길에 식수가 필요할 것 같아 레스토랑 밖 테라스 옆에 있는 예쁜 금속 주조 판으로 장식한 수도꼭지에서 생수병에 물을 한가득 넣고 07:30경 실질적인 장거리 순례길 첫발을 내디뎠다. 나폴레옹이 스페인을 공격하기 위하여 이용한 D-428번 도로 — 일명 나폴레옹 도로 — 는 차 한 대 정도는 충분히 다닐 정도로 넓으며 포장도 되어 있고 경사도 비교적 완만하게 굽이굽이 올라가는 길이어서 크게 힘이 든다는 생각은 들지 않는다. 오전의 하늘은 흐리고 구름이 산 중턱에도 걸려 있지만 그나마 비가 오지 않는 게 다행이라 생각된다. 주변은 하얀 소들과 덩치가 제법 큰 양 — 티베트 지방의 야크같이 크다 — 을 키우는 목초지가 대부분이고 간혹 말들도 풀을 뜯어 먹고 있다. 소, 양, 말 등 모든 가축 목에는 종을 달아 놓아 안개가 낄 때 또는 어두운 곳에서도 가축이 어디에 있는지를 알 수 있도록 하였다. 이렇게 높은 산을 개간해 가축을 기르는 이 땅은 아마 수백 년 이상의 목축 역사를 간직하고 있을 것이다.

어제저녁 식사 때 만났던 적지 않은 순례자들이 우리의 앞과 뒤에서 열심히 걷고 있는 모습이 보인다. 모두들 무슨 생각을 하며 걷고 있을까? 다들 의지에 찬 모습으로 걸어가고 있다. 어제 같은 숙소에서 머물렀던 제이드도 큰 배낭에 무거운 몸을 끌고 힘들게 걷고 있다. 우리를 앞서가는 순례자는 "부엔 까미노_Buen Camino" 또는 "올라_Ola"라고 인사하며 서로를 격려한다. 08:50경 언덕 좌측에는 안개 속 능선상 바위 위에 뭔가 돌출되어 나온 것이 보인다. 미리 사전 조사를 한바 분명히 성모 마리아상일 것이다. 직접 가서 보기로 하였다. 아기 예수님을 안고 있는 목동들의 수호성인인 오리슨 처녀상이 맞다. 잠시 기도와 사진을 촬영한 후 걷기를 계속한다.

Orisson-Roncesvalles; 피레네산맥을 넘기 전 좌측에 있는 오리슨의 처녀상.
이곳을 찾는 많은 순례자들을 수호하는 의미다. 먼 곳의 수많은 점들은 양 떼들이다.

　순례길 중간중간에는 여러 형태의 표지 말뚝과 방향 안내 화살표가 표시되어 있어 길을 잃고 헤맬 것 같지는 않지만 만일 안개가 짙게 끼었다면 사정이 달라질 수도 있을 것 같다. 09:30경에는 1,135m 고지$_{D'Elhursaro}$에 올라와 있음을 표시한 말뚝이 보여 기념으로 사진 한 컷을 찍었다. 안개가 아직 걷히지 않아 도로만 보고 걷는 중에 멀지 않은 곳에서 사람들 소리가 들린다. 푸드 트럭이다. 마침 출출하기도 하여 빵과 계란을 사 먹는다. 여기에서도 순례자 여권에 'Thibault' 글자를 새긴 십자가 문양의 스탬프를 찍어 준다. 스탬프가 많을수록 좋은 것은 아니지만 나중에 이 스탬프만 봐도 어디에서 무엇을 했는지를 알 수 있을 것 같아 무조건 많이 찍기로 하였다. 약 20분간 휴식 겸 푸드 트럭의 간식을 먹고 10:15경 다시 걷기를 계속하였다.

푸드 트럭에서 얼마 가지 않은 지점에 티보~Thibault~ 십자가와 묘지가 보이며 여기서부터는 포장길을 왼쪽으로 두고 우측의 비포장인 레이자 아테카~Leizar Atheka~ 언덕의 좁은 순례길로 걸어간다. 도중에는 순례길을 걷다가 어떤 사유로든 유명을 달리한 순례자를 추모하는 십자가도 보이고 어떤 십자가에는 죽은 사람의 이름까지 새겨져 있다.

Orisson-Roncesvalles; 피레네를 넘어가기 전 볼 수 있는 Thibault 십자가

지대가 높아질수록 나무는 보이지 않고 오히려 잔디가 도로 좌우에 많이 보이고 넓은 구릉으로 되어 있어 여기에서는 골프 칩샷 연습을 하면 좋겠다 싶다. 숙소를 출발한 지 4시간이 지날 무렵 목적지인 론세스바예스까지 9.3km 남았다는 말뚝이 보인다. 오늘 걸어야 할 19.8km 중 대략 절반가량 걸어온 것 같다. 이 속도로 가면 중간에 휴식을 하고 간다 해도 14:30경에는 목적지에 도착할 것으로 짐작된다.

표고가 1,275m로 표시된 말뚝 — 위치 표시: Leizar Atheka — 이 보인다. 앞으로 약 140m 높이 정도만 더 올라가면 피레네 고갯길이 나오리라. 고개를 넘기 전이라 그런지 지대가 높은 곳임에도 음용 식수대_{Roland 샘}가 예쁘게 설치되어 있어 먹을 물을 보충하였다. 옆에는 악천후나 비상시에 연락을 취할 수 있도록 Wi-Fi와 호출 장치가 되어 있는 'Help Point'도 있다. 이 부근에는 매 50m마다 응급전화 112가 설치되어 있다. 순례자들을 위한 이러한 안전시설, 대피소와 안내 정보들이 잘 갖추어져 있는 것을 보니 마음이 한결 놓인다. 산맥 후사면(북쪽) 8부 능선을 평행으로 계속 가는 비포장 순례길은 다소 습하고 물이 고여 있는 길이 많아서인지 고산 지대인데도 나무가 제법 보인다.

가면서 한국인 노부부를 만났다. 어제 만났던 함양성당 일행이다. 나머지는 어디에 있는지 물어보니까 앞서서 먼저 갔고 자기들은 나이가 있어 무리하지 않고 천천히 가는 중이라며 우리에게 컨디션을 물어본다. 마침 무릎이 다소 신경 쓰일 것 같다고 하니까 갖고 온 패치 여러 장을 주저 없이 건네준다. 이런 정이 오고 가는 곳이 순례길이다. 갈림길에는 나무 기둥에 생장 17km 4.5h, 고개 정상 3.8km 1h, 론세스바예스 8km 2.5h 등 많은 정보를 표시한 이정표를 세워 놓았다. 후사면이 끝날 무렵인 11시를 조금 지나니까 안개가 걷히면서 푸르고 맑은 하늘이 다소 지치게 걷고 있는 순례자들에게 새로운 활력소를 불어넣는다.

Orisson-Roncesvalles; 피레네산맥 고개 넘어가는 길

　그동안 안개에 가려져 있던 주변의 산과 구릉들이 더더욱 짙은 녹색을 띠면서 새파란 하늘과 함께 순례자들에게 정말 아름다운 풍경을 조금씩 벗겨가며 선물한다. 눈이 부시도록 선명한 자연의 색깔이다. 미세 먼지와 매연으로 푸른 하늘을 보기 어려운 서울을 벗어나 이렇게 맑고 깨끗한 공기를 마시는 것 자체만으로도 이번 순례길은 천만번 잘 온 것 같다는 생각이 들 정도이다. 능선상에는 한가로이 풀을 뜯어 먹고 있는 말들이 언덕 공제선상으로 더욱 선명히 보여 여유로움을 느끼게 하는 한 폭의 풍경화 같다.

Orisson-Roncesvalles; 피레네산맥 고개 넘어가는 길
푸른 하늘과 피레네산맥 능선 사이 공제선상으로 한가하게 풀을 뜯고 있는 말들이 점으로 보인다.

조금 더 올라가니 이잔도레_{Izandorre}라고 간판이 적혀 있는 순례자용 대피소가 보인다. 고지대이지만 비포장도로는 그 폭이 줄지 않고 계속 이어진다. 12:30경 드디어 고갯길 정상에 도착하였다. 이 위치의 이름은 리오피오드_{Leopeoder}이다. 오리슨을 출발한 지 5시간 만에 고개 정상에 도착한 셈이다. 그렇게 힘들지 않게 올라올 수 있었던 것은 약간의 긴장과 주변의 경치에 매료되어 신체적 고통을 느낄 겨를이 없었던 것이 이유인 것 같다. 고개 정상에서는 고개 너머 론세스바예스로 가는 길과 왼쪽에 있는 오리탄주리에타_{Oritanzurieta}산 정상으로 가는 길, 총 세 갈래 길로 되어 있다.

피레네 고개 정상에 있는 이정표.
고개 너머 Roncesvalles로 가는 길과 왼쪽에 있는 Oritanzurieta산 정상으로 가는 길
그리고 우리가 걸어왔던 길

   능선에는 여러 마리의 말들이 한가로이 풀을 뜯어 먹고 있는데 얘들은 어떻게 이 높은 곳까지 왔으며 잠은 어디서 자는지 궁금하기도 하다. 이곳에도 어김없이 순례자들의 비상시를 위한 통신 장치와 자전거 수리를 위한 공구함이 설치되어 있는 것을 보니 순례자가 정말 많이 오는구나 짐작된다.

   지대가 높은 곳이라서 서쪽 먼 곳에는 하얀색의 운해가 보이고 구름이 없는 나머지는 오직 두 가지 색만으로 전경이 펼쳐져 있다. 하늘의 깨끗한 푸른색과 산과 구릉에 있는 초록색 풀과 이보다 더 짙은 초록색의 숲만이 보일 뿐인데 자연의 색깔이 그렇게 아름다울 수가 없다. 도회지에서 오랜 기간 살면서 자연의 색에 굶주린 나에게 모처럼 호사로운 광경을 보여 준다.

Orisson-Roncesvalles; 피레네 고개 위에서 스페인 쪽으로 바라본 서쪽 방향의 전경
앞으로 한 달 이상 걸어가야 할 방향이다.

여기서 360도 파노라마 사진과 기념 촬영을 한 후 하산은 무릎에 무리를 주지 않기 위하여 시간이 좀 더 걸리더라도 경사가 완만한 우측 도로를 이용하기로 하였다. 내려가는 길 도중에 왼쪽 계곡 사이에 목적지인 론세스바예스 마을이 보이기 시작하고 하산길이 거의 끝날 무렵에는 스페인의 N-135번 도로가 보인다. N-135번 도로는 스페인에서 프랑스로 넘어가는 길로 프랑스 D-933번 도로와 연결된다. 현대식 성당도 보이는데 휴일이어서인지 놀러 나온 차량들이 다소 보인다. 내려오는 언덕에는 1차 세계대전 아니면 스페인 내전 시 만들어 놓은 것으로 짐작되는 콘크리트 벙커가 여러 곳에 보인다. 중학생 때 보았던 스페인 내전을 다룬 헤밍웨이 소설을 영화화한 〈누구를 위하여 종은 울리나〉에서 나오는 전투 장면을 연상하게 한다. 그 장면에서 전투하던 촬영장이 이곳은 아니었을까?

이곳에서 잠시 휴식과 함께 신발도 풀어서 오늘 수고한 발에게도 바깥바람을 쐬게 하였다. 다시 일어나 걷기를 잠시 하니 14:30경 표고 948m인 론세스바예스에 도착하였다. 우리가 머물 숙소는 이 작은 마을에서 가장 큰 규모의 건물로서 1127년 빰쁠로나~Pamplona~ 주교가 알폰소~Alfonso~ 왕의 요청으로 순례자를 돕기 위해 지은 병원이며, 지금은 나바라~Navarra~ 주정부에서 숙소로 개조하여 순례자 전용 알베르게로 사용하고 있다. 지난 7월 말 미리 예약했지만 먼저 도착한 순례자들과 같이 줄을 서서 수속을 기다리고 있는데 관리인이 나와서 빨간색의 표를 나누어 준다. 줄을 서서 기다리지 말고 나중에 빨간색 표를 가진 순례자를 부르면 그때 나오라고 한다. 순례자의 피로를 고려한 사려 깊은 조치다.

좀 있으니 빨간색 표 순례자를 불러서 다시 줄을 서서 기다리고 있는데 웬 한국인들이 우리 줄 앞으로 와서 두리번거렸다. 그때 갑자기 "뒤로 가서 줄을 서세요."라고 바로 앞에 있는 좀 나이가 든 서양 여자가 얘기한다. 깜짝 놀라서 어떻게 그렇게 한국인처럼 말을 잘하느냐고 물었다. 서양 여자는 자신의 이름은 앤~Anne~이고 프랑스인이라며 유엔 산하기관에 근무할 당시 한국에서 4년간 근무하면서 한국어를 배웠고 은퇴 후 지금도 서울 논현역 근처에서 살고 있다고 답한다. 그녀에게 정말 발음이 또렷하다고 칭찬을 해 주었다.

숙소 체크인을 마치고 관리 사무소 내에 있는 순례길 전체가 나타나 있는 지도 사진을 참고삼아 촬영하였다. 이 숙소에서는 순례자들이 필요한 우의, 트레킹 스틱, 모자 등을 저렴한 가격으로 판매도 한다. 신발은 별도의 0층 ~Ground Floor~(한국의 1층)에 있는 신발장만 있는 방에 벗어 놓고 배정 받은 1층 (한국의 2층) 침상에 여장을 풀었다. 시설은 새로 단장한 티가 나며 침상은 목재로 되어 있고 아주 깨끗하다. 나의 침상은 171번(상단 침상)이다.

Roncesvalles; 성당에서 운영하는 숙소 건물(좌)
실내는 깨끗하게 잘 단장되어 있고 시설들도 새것으로 잘 구비되어 있다.

고풍스런 건물 외부와는 대조적으로 샤워장, 세탁실, 주방 등은 현대식으로 넓게 잘 설치해 놓았다. 샤워를 마치고 옥외 빨래터에서 빨래를 하고 건조대에 널려고 하니 햇볕이 있는 곳은 자리가 없다. 그러고 보니 어제 까욜라 숙소에서 빨랫줄로 썼던 여분의 등산화 끈을 그냥 두고 온 것이 생각났다. 앞으로도 얼마나 더 많은 물건들을 깜빡 잊고 다닐까 괜한 걱정을 해 본다.

16:00쯤에도 여전히 순례자들이 줄을 서서 기다리고 있다. 어제 만났던 조영옥 씨와 또 다른 한국인(이윤주 씨)도 잔여 침상이 없을까 염려하며 기다리고 있다. 내가 아직도 빈자리가 많이 있으니 걱정 말라고 하니까 크게 안도하는 표정이다. 사실 이곳은 침상이 183개인 아주 큰 알베르게인데, 여기에서 취침할 침상이 없다면 바로 옆의 호텔에서 자거나 3km가 더 먼 아우리스 부르게떼_{Auritz Burguete} 마을까지 피곤함을 느끼면서 더 걸어가야 한다. 잠시 밖으로 나와 둘러본 마을은 매우 작으며 성당, 호텔 세 곳, 식당 두 곳과 관광 안내소가 전부다. 성당 안에는 이 마을과 주변에서 모인 것으로 보이는 40명에 가까운 사람들이 각종 악기 반주와 함께 합창을 하고 있다. 작은 마을이라도 깨끗하고 예쁘게 잘 꾸며 놓았고 마을 중앙에는 바위로 만든 조형물도 장식해 놓았다.

Roncesvalles; 작은 마을(좌), 성당에서 성가대가 합창 연습을 하고 있다(우).

　금일 저녁과 내일 아침은 숙소에서 발급한 식권을 받아서 인근 까사 사비나_{Casa Sabina} 레스토랑에서 저녁을 먹는단다. 피로도 풀 겸 레스토랑 사전 답사도 할 겸 여기에서 생맥주를 시켜 놓고 휴식을 취하며 내일 수비리_{Zubiri}에서 머물 수세이아 알베르게_{Suseia Albergue}에 전화 예약을 했다. 바로 옆자리에는 함양성당 일행도 보인다. 이 중 인솔인 되는 분이 설명하는데 자기가 은퇴하고 몇 년 전에 이 순례길을 다녀온 후 같은 전원생활을 하는 신자들에게 이 순례길을 권유했다고 한다. 당초 20명 넘게 준비하였다가 최종 13명이 오게 되었으며 여기에 오기 전 최고 600km 트레킹 연습도 하는 등 단단히 사전 준비를 하고 왔단다. 순례길을 마치면 바르셀로나, 마드리드 등 스페인 관광을 한 달가량 더 하고 귀국할 예정이라고 한다. 나이가 최소 64세, 최고 72세로 노령층인데 모두 이렇게 결심하여 온 것이 대단하다 싶다.

　레스토랑 옆에는 관광 안내소가 있는데 입구에 한국어로도 안내해 놓았다. 다시 숙소로 돌아가는 길에 또 다른 한국인(이민호 씨)이 저녁 먹는 레스토랑이 어디냐고 묻길래 알려 주고 숙소로 돌아왔다. 레스토랑에서 저녁은 18:00와 19:30 두 차례에 걸쳐 제공하며 우리는 18:00에 이용하는 식권이다. 65세 된 독일인 게오그_{Georg} 씨, 이민호 씨와 함께 저녁을 먹으면서 기념사진을 찍었다. 게오그 씨는 이 사진을 자기 이메일로 보내 달라고 한다. 매일 찍은 사진을 독일에 있는 딸에게 공유하며 순례길을 심심하지 않게 가려고 한단다. 이민호 씨는 직장을 그만두고 재정리를 할 겸 사전에 순례길 조사 및 준비 없이 무작정 이곳으로 왔다고 한다. 이 두 사람은 오늘 아침 생장에서부터 피레네산맥을 넘어서 왔다고 하는데, 젊은 한국인은 그렇다 치더라도 우리보다 나이가 많은 독일인도 풀코스를 걸었다는데 충분히 그렇게 하고도 남을 정도로 매우 건강한 체구를 가진 것 같다.

저녁은 생선튀김과 프렌치프라이가 나왔고 빵과 와인을 같이 먹고 나니 후식으로 요구르트가 나왔다. 식사 후 바깥은 이미 어두워져 하늘에 별이 초롱초롱 빛나고 있다. 공기가 깨끗하니까 밤하늘의 별도 더욱더 선명하게 보인다. 오늘 하루 종일 별천지에 온 것 같은 느낌으로 있었는데 숙소에 돌아오니 이가 또 아파 오기 시작해 은근히 걱정이 된다. 침상에서 간단히 일과를 정리하고 취침에 들어갔다. 단체 숙박이라 주변의 코 고는 소리에 대비하여 귀마개는 꽂고 자지만 나의 코 고는 소리는 다른 순례자의 잠을 깨우지 않을지 미안한 마음이다. 침낭에 들어가 누에고치처럼 하고 잠을 청하였다.

순례길 3일 차

2018년 9월 2일 일요일, 맑음

- 경로: 스페인 론세스바예스(Roncesvalles) → 수비리(Zubiri)
- 거리: 21.4km (출발 표고 948m, 도착 표고 526m)
- 시간: 07:30 ~ 14:30, 7시간 소요
- 숙소: 수세이아 알베르게(Suseia), 10유로, 22침상

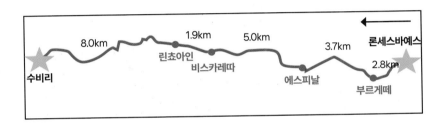

06:00 기상하여 수염도 깎지 않고 고양이 세수만 한 채 배낭을 꾸려 어제 저녁을 먹었던 레스토랑에서 아침을 먹었다. 이미 와서 식사를 기다리고 있는 덴마크 마틴·기네 부부와 같이 앉게 되어 이 사람들의 얘기를 들어 봤다. 여기 오기 전에 매일 장거리를 걸었다고 하며 덴마크는 산이 없어 평지 길을 주로 걷는다고 한다. 후식으로 나온 녹색의 사과는 걸어가면서 먹기 위해 배 낭에 챙겨 넣었다.

07:30 출발하는 오늘의 날씨는 맑고 기온은 고지대에 아침이라서 다소 쌀 쌀하다. 백여 미터 지점에서 큰 도로 옆으로 작은 길이 나오자마자 오늘의 목적지인 수비리~Zubiri까지 가는 항공 지도와 거리, 표고, 이 부근 유명한 장소 사진을 인쇄한 간판이 보인다. 작은 길 입구에는 순례길을 상징하는 조개 문 양이 보인다. 조금 더 걸어가니 산티아고까지 거리가 790km라고 표시한 간

판이 보인다. 아마 자동차 도로 기준 거리인 것 같다. 3km쯤 걸어가니까 아우리스 부르게떼_{Auritz Burguete} 마을이 나온다. 첫날 만났던 마릴레네와 올랜드·마르다 부부를 다시 만나 반갑다고 함께 기념 촬영도 했다.

Roncesvalles; 다음 목적지인 Zubiri까지의 이정표
거리, 표고, 주요 볼거리 등을 상세히 표시하여 놓았다.
Navarra주 마을 입구에는 모두 이런 간판이 있다.

마을 도로 좌우에 있는 집들은 창문 앞에 아름다운 꽃들로 치장해 놓아 마을 전체의 분위기를 밝게 만든다. 일부 집은 텃밭에 각종 채소를 심어 놓았다. 한국의 농촌과 다를 바 없으나 깔끔하다는 느낌을 많이 받는다. 이 마을을 벗어나니 좌우에 그다지 높지 않은 산과 비교적 넓은 밭이 나온다. 일부는 목초지로 되어 있어 소나 말을 키우고 있는데 옛날 우리나라 농촌에서도 가축을 방목해 키우던 때가 생각난다. 순례길 좌우에는 나무들이 많아 햇볕을 맞지 않고 걸을 수 있다. 순례길이 동쪽에서 서쪽으로 향하는 길이라 아침에는 해가 등 뒤에서 떠오르다가 낮에는 햇볕이 왼쪽 뺨을 비춘다. 아마 순례길 전체 일정 동안 매일 그러하지 싶다.

Roncesvalles-Zubiri; Espinal 마을은 대부분의 건물이
하얀색 벽에 주황색 기와로 지붕을 곱게 단장해 깨끗한 느낌을 준다.

 2시간이 지난 09:30경 에스삐날~Espinal~ 마을 입구에서 잠시 휴식을 취하려
고 나무 그늘 밑의 벤치로 갔는데 60대쯤으로 보이는, 미국에 살고 있다는
한국인 여자와 같이 앉게 되었다. 혼자 왔다고 하며 시간에 얽매이지 않고 이
곳저곳을 천천히 구경하면서 순례길을 가려 한다고 말한다. 그렇다. 순례길
은 자기 혼자만의 길이다. 단체로 오더라도 그 길은 자기가 걷는 것이지 남이
걸어 주는 것은 아니다. 동시에 혼자 온 길이라도 가끔은 다른 순례자와 같이
걷는 길이 순례길이다. 길을 가다가도, 또는 숙소에 있더라도 항상 다양한 국
가들의 많은 순례자들을 만나서 간단한 인사부터 시작하여 가족/친구 얘기,
세상 사는 얘기 등등 수많은 얘기를 주고받으며 혼자 왔더라도 혼자가 아님
을 실감하게 하는 곳이 이 순례길인 것이다.
 그런데 휴식을 마치고 일어나면서 얼굴에 쏘이는 햇볕이 따가워 두건을 뒤
집어쓰려고 하는 순간 한국인 여자는 우리에게 "이런 태양이 좋은 곳에 와서

햇볕을 흠뻑 맞고 가지 왜 얼굴을 가리면서 걷느냐."라고 잘못을 지적하는 투로 얘기를 한다. 나름 피부 트러블 때문에 쓰고 가는 것인데 개인적인 주관을 얘기하여 별로 유쾌하지 않은 기분이다. 미국에 살고 있다고 해서 오히려 남의 사적인 부분에 대해 더 이해할 줄 알았는데…….

순례길의 순수한 마음과 상대를 배려하는 마음을 잠시 놓친 순간이다. 에스삐날 마을에 들어와 1893년에 지었다고 새긴 표지석을 입구 상단에 붙여 놓은 건물을 배경으로 어느 외국 순례자와 함께 인증 샷을 찍었다. 좀 더 걸어가니 집 앞 텃밭에 못 쓰는 청바지 3장에 흙을 채워 놓고 화초를 심어 놓은 모습이 특이하다.

Roncesvalles-Zubiri; 어느 농가 청바지 3형제(좌), 성당 바로 옆 공동묘지(우)

이 마을을 벗어나 오솔길로 걸어가니 넓은 목초지 구릉과 뒤편 먼 곳의 산이 함께 어우러져 괜찮은 전경을 연출하고 있다. 그곳에서 웬 여자 순례자가 풀밭 위에 배낭을 풀어 놓고 쉬고 있는데, 풀밭 위의 주인공이 무척이나 잘 어울려 주인공 허락 없이 사진을 남겼다. 바란꼬 소라빌Barranco Sorabil 개천 위에 콘크리트 돌다리를 놓아 개천 물이 적게 흐를 때에는 그냥 건너고 개천 물이 많을 때는 이 돌다리를 건너도록 하였다. 우리는 돌다리를 이용해 건너기로 하고 건너는 모습을 연출해서 서로의 사진에 남겼다. 11:00가 가까워 오면서 햇살이 약간의 더위를 느끼게 해 순례길 좌우에 심어져 있는 나무 그늘로 햇살을 피하며 걷는다. 11:15경 비스까레따 게렌디아인_{Bizkarreta-Gerendiain} 마을에 들어오자 최소 50년 이상은 된 듯한 폭스바겐의 딱정벌레 같은 소형 승용차가 그때(1960년대?)의 감성을 회상하게 한다.

Roncesvalles-Zubiri; 아직도 사용 중인 오래된 자동차

대문 틀이 굵고 아치형으로 휜 목재를 상부에 걸쳐 놓아 특이해서 보니 1867년에 지은 150년이 넘은 오래된 집이다. 스페인의 집들은 대부분 창문이 이중으로 되어 있고 제일 바깥의 창문은 햇볕을 차단하기 위해 나무 창이 하나 더 설치되어 있다. 이 나라에는 대략 2시부터 4시까지 낮잠을 자는 시에스타_{Siesta} 문화가 있어서 창문 구조를 이렇게 만들어 놓았다.

이 마을에서 첫날 만났던 캐나다 여자 제이드를 또다시 만나서 반갑다는 인사를 하였다. 몸집과 배낭이 큰데도 아직은 잘 걷고 있는 것 같아 괜한(?) 안도를 한다. 마을을 벗어나 얼마 멀지 않은 왼쪽에는 담장이 쳐져 있는 것이 보인다. 무엇인지 궁금증을 자아내게 한다. 입구로 들어서니 공동묘지이다. 갖가지 형태의 수직 비석을 세워 놓은 곳에 고인의 이름과 탄생일, 사망일이 새겨져 있다. 12:00경부터는 수비리까지 6.9km 남아 있다는 목재 이

정표가 서 있는데 여기서부터는 계속 완만한 내리막길을 가고 있다. 린쵸아인_Lintzoain 마을을 좀 지나니까 허기지고 갈증도 생기는데 마침 푸드 트럭이 장사를 하고 있어 계란과 빵, 음료수를 주문하여 갈증과 허기를 달래었다. 어제의 푸드 트럭도 그렇지만 이런 푸드 트럭은 위치를 아주 잘 잡았다고 생각이 든다. 순례자가 목마르고 허기지는 시간대에, 주변에 상점과 레스토랑이 없는 곳에 위치하여 순례자가 그냥 지나치지 않도록 한다. 휴식도 취하고 갈증도 달래며 급하지 않은 순례길을 보다 더 여유 있게 만들어 주는 곳이다.

Roncesvalles-Zubiri; 간이판매점
순례길 도중에는 이렇게 차량이나 가판대를 설치해 놓고 순례자를 위한 음식료를 판매하는 곳이 간혹 보인다.

마지막 4km부터는 약간 급한 내리막길이다. 목적지 마을에 다다르니 마을 초입에 있는 아르가_Arga 하천 위에 걸쳐져 있는 아치형 돌다리가 이방인에게는 멋있어 보인다. 오후 14:00를 넘은 시간의 태양은 따갑기만 하다. 어제 예약한 수세이아 알베르게에 도착하니 14:30, 오늘 7시간을 걸은 셈이다. 그런데 날이 지날수록 피곤한 느낌을 받는다. 발바닥도 아프고 무릎도 뭔가 결리는 느낌이다. 숙소 여주인은 친절하고 영어도 잘하며 숙소도 깔끔하게 잘해 놓았다. 숙박비가 두 끼 식사를 포함하여 26.5유로 — 숙박 10유로, 저녁 13유로, 아침 3.5유로 — 이며 숙박비만 내고 식사는 다른 곳에서 해결할 수도 있다고 한다.

한 번에 받는 금액이 크다고 생각되지만 모든 것을 포함하는 것이니 그만한 가성비는 있을 것 같다. 입구에서 여권을 보여 주고 순례자 여권에 Suseia Albergue 스탬프를 받았다. 배정받은 침실로 들어가기 전, 제일 먼저 해야 할 일은 신발을 입구 신발장에 벗어 놓고 스틱도 스틱 걸이에 걸어 놓는 것이다. 이곳은 Wi-Fi가 되며 샤워장에는 샤워 젤과 샴푸가 비치되어 있다. 침대도 목재이고 담요까지 제공하여 주는 걸 보니 괜찮은 곳이다. 1층 옥외는 인조 잔디를 깔아 놓고 목재 격벽을 쳐 놓았고 안쪽에는 빨래 건조대, 나머지 공간에는 벤치와 차양을 설치해 이곳에서 일광욕과 휴식을 취할 수 있다.

Zubiri; 여주인 이름 Suseia를 따서 만든 알베르게
가운데 조개 같은 문양이 순례길을 상징하는 문양이다.

2층에서 2층 침대 3개가 있는 한 방에 자는데 모두 한국인으로 구성해 놓았다. 첫날 까욜라에서 만났던 우리보다 몇 살 위로 보이는 김광남 씨와 그 친구, 여수에서 온 — 현재는 강릉에서 살고 있는 — 표일봉·이혜숙 씨 부부와 한 방을 쓰게 되었다. 표일봉 씨와 이혜숙 씨는 우리보다 몇 살 아래지만 벌써 사위까지 보았다고 한다. 서로 다시 인사하며 표일봉 씨 부인은 순례길을 왜 왔는가에 대하여 얘기해 준다. 남편이 퇴직 1년이 남았는데 은퇴 후 무엇을 할 것인가를 고민 중에 있다고 한다. 남편은 그 시간에 빨래를 하고 있는데 빨래하는 방법과 건조대에 널어놓는 방법까지 설명을 해 주었다고 한다. 살아가는 법을 잘 알고 있는 여자인 것 같고 남편도 여자를 잘 배려해 주는 천생연분인 것 같다. 김광남 씨는 내일 빰쁠로나_{Pamplona}에서 머물 숙소에 사전 예약이 필요하다고 하여 몇 군데 숙소에 전화를 시도하고 있었는데 영어가 잘 통하지 않는 곳이 있어 소통하는 데 쉽지가 않아 보인다.

샤워와 빨래를 마치고 나서 침상에서 잠시 낮잠을 자려는데 사랑니가 더욱 아파 오기 시작하여 참을 수가 없다. 표일봉 씨가 주는 진통제를 먹었으나 별 효과가 없다. 인천 공항에서 사 온 치통약도 계속 먹고 있는데도 오히려 더 심해지고 있다. 지금 당장이라도 수비리 마을에 치과가 있으면 이빨을 뽑아 버리고 싶은 심정이다. 별수 없이 내일 도착하는 빰쁠로나는 도시가 크기 때문에 그곳에서 조치를 취하기로 마음먹고 아픈 것을 굳게 참았다.

저녁은 숙소에서 제공하는 저녁을 먹기로 예약을 했기 때문에 19:00에 1층 주방으로 내려가니 긴 테이블에 이미 여러 명이 앉아서 저녁을 기다리고 있다. 모두 12명이 앉아서 식사를 하는데 오늘의 요리는 여주인이 직접 요리한 이 지방 특별 음식으로 준비했다고 하여 큰 기대를 해 본다. 제일 먼저 나온 것이 샐러드이고 그 이후 당근으로 만든 스프, 돼지고기와 당근으로 요리한 메인 요리 — 우리나라 순대 형태지만 붉은색이었다 —, 소시지와 식빵, 마지막으로 푸딩이 나온다. 대부분 요리가 짜서 다 못 먹고 일부는 남겼다. 짜지만 않으면 맛있겠다 싶다. 그냥 스페인 바스크 지방 음식을 먹어 볼 기회를 가졌다는 데 위안을 삼는다.

Zubiri; 수세이아 알베르게에서 함께 만찬을 즐기는 순례자들

모두 특색이 있는 요리이어서 주인에게 요리 이름을 물어보니 Ensalla-da con Miel — 꿀을 넣은 샐러드 —, Salmorjo de Lemolacha, Txistorra, Relleno de Zubiri, Samingoso라고 적어 주는데 모르기는 마찬가지다. 식사 중 서로 간단한 대화를 하며 모두 이 요리들에 대하여 관심을 갖고 서로 간에 평을 한다.

Zubiri; 알베르게에서 여주인인 수세이아 씨가 직접 만든 현지 음식들

식사를 마친 후 여주인은 내일 아침도 이 장소에서 06:00에 시작하는데 테이블 위, 냉장고 안, 그리고 주방 수납장에 있는 각종 먹을거리를 각자 알아서 먹고 가라며 자기는 아침에 나오지 않을 것이라고 한다. 과연 먹을거리가 뭐가 있는지 주방을 뒤져 보니 과일 — 오렌지, 사과 —, 토마토, 식빵, 우유, 요구르트, 각종 주스와 잼, 햄, 비스킷, 콘플레이크, 커피 기계 등 간편식에 필요한 모든 게 있다. 이렇게 다양하게 준비한 곳이 특이해 냉장고와 수납장을 열어 놓고 인증 샷을 남겼다. 오늘의 일과를 정리하고 내일 05:30에 일어나기로 하고 3일 차 잠자리에 들어간다.

순례길 4일 차

2018년 9월 3일 월요일, 맑음
- 경로: 수비리(Zubiri) → 빰쁠로나(Pamplona)
- 거리: 22.9km (출발 표고 526m, 도착 표고 425m)
- 시간: 06:30 ~ 12:40, 6시간 10분 소요
- 숙소: 시립 비야바 아따라비아 알베르게(Municipal Villava-Atarrabia hostel),
  13.5유로, 46침상

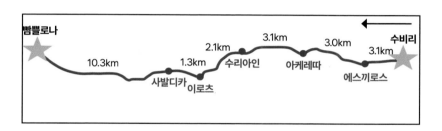

05:30 기상하여 배낭을 꾸린 후 06:00에 레스토랑으로 내려갔다. 어제 봤던 먹을거리로 아침 식사를 한 후 숙소 앞을 나오니 아직 동이 트질 않았다. 적당히 괜찮았던 곳이라 나중에 시간을 거슬러 추억을 되새기려고 숙소 앞에서 또 사진을 남긴다. 마을을 벗어나기 전에 다음 목적지인 빰쁠로나_{Pamplona}까지 가는 길을 자세히 안내한 간판이 또 보인다. 나바라_{Navarra} 주에 속한 모든 마을에는 이렇게 다음 마을까지 가는 길 안내판이 있는 것 같다. 약 1km쯤에서는 오른쪽으로 큰 공장이 보인다. 마그네사이트_{Magnesite} 처리 공장이다. 이 길은 두 사람이 겨우 다닐 정도로 좁은 길인데 좌우로는 갈대 같은 노란색 풀이 자라나 있다. 사진으로 남기면 작품 사진이라도 될 것 같아서 또 한 컷 찍었다. 길의 기울기를 못 느낄 정도의 아주 완만한 소로가 숲속과 개활지

로 번갈아 나 있으며 간혹 양을 키우는 목초지도 나온다. 10가구가 채 되지 않은 에스끼로스_{Esquiroz} 마을을 지나니까 왼쪽 도로변에는 길고 큰 창고의 한쪽 벽면에 "Welcome to the Basque Country"라고 페인트칠을 해 놓았고 "문화를 느낌"이라고 한글로도 적어 놓았다. 가운데에는 문장을 그려 놓았고 그림 우측에는 프랑스 바욘에서 보았던 국기와 같은 모양을 한 국기가 그려져 있으며 전통 복장을 한 세 사람의 그림도 있다. 아마 이 지역이 프랑스 바욘을 포함하여 바스크 지방인 것 같고 바스크 지방 사람들이 독립을 원한다는 의미의 그림이 틀림없었다.

✓ 바스크 지방

바스크 지방은 스페인 북부와 프랑스 남서쪽에 위치해 있다. 스페인의 바스크 지방은 주로 비스카이_{Biscay}, 기푸스코아_{Gipuzkoa}, 나바라_{Navarre} 등의 지역으로 구성되어 있고, 프랑스의 바스크 지방은 피레네 아틀란티크주_{Pyrenees-Atlantiques}에 위치하고 있다. 이 지역은 북쪽으로 비스카이 만_{Bay of Biscay}과 인접하며, 남쪽으로는 스페인의 나바라 지방과 이루어진 국경에 인접하고 있다. 이 지역은 바스크어_{Basque language}라는 고유한 언어를 사용하며, 이 언어는 유럽에서 가장 오래된 언어 중 하나로 알려져 있다. 바스크 지방은 Green Spain이라고도 불리며, 아름다운 해안선과 풍부한 자연환경으로 유명하다. 특히 산티아고 순례길의 일부가 지나가는 지역으로도 유명하며, 많은 순례자들이 이곳을 방문한다. 바스크 지역은 고유한 음식 문화와 축제로도 유명하며, 바스크 요리 ― 피노 타푸, 바스크 찌개, 톨러 톨러, 바스크 핀치토, 바스크 치즈 ― 는 전 세계적으로 많은 인기를 끌고 있다.

Zubiri-Pamplona; 순례길 도로변, 구글 지도에도 나오는 사진이다.
바스크 지방이 국가라고 표시하고, 한국어도 적어 놓았다.

08:35경 아케레따$_{Akerreta}$ 마을에 도착하여 잠시 휴식하면서 1747년에 지은 오래된 집 앞에서 기념사진을 담았다. 성당이나 유명한 건물은 이 정도의 시대 차이가 있어도 그다지 오래되지 않은 것이라고 여기는데 일반 가정 주택을 270년이 넘게 사용하고 있는 것을 보면 건축한 지 30~50년 만에 다시 재건축하는 우리나라의 아파트보다는 훨씬 실용적으로 잘 사용하고 있어서 우리의 눈에는 예사롭지 않게 보인다.

Zubiri-Pamplona; 뒤의 가정집 준공 연도가 1747년, 정확히 271년 된 집이다.

09:45경 아르가 하천을 건너자마자 왼쪽의 수리아인$_{Zuriain}$ 마을 초입에 있는 알베르게 겸 카페$_{Parada\ Albergue}$에 배낭을 풀고 다른 순례자와 함께 줄을 서서 시금치 오믈렛과 커피를 갖고 와서 야외 테이블에서 휴식과 함께 요기를 하였다. 이렇게 주문하니 바게트빵은 덤으로 준다. 바로 옆 테이블에는 먼저 도착한 조영옥 씨, 이윤주 씨가 있고 처음 보는 이재권 씨와는 간단한 인사를 주고받았는데 매우 활기찬 사람이다. 모두 다 천주교 신자들이다. 나오면서 입구에 철판으로 만들어 놓은 순례자 조형물에서 기념사진 한 컷을 남겼다. 11:00경 아주 작은 이로츠$_{Irotz}$ 마을에 들어오니 대문과 건물 입구를 목재로 잘 꾸며 놓은 집의 외벽에는 금일 숙박 예정인 빰쁠로나의 숙소 광고판이 보인다. 수영장, 마사지, 체육시설 등의 레저용 시설과 함께 Café와 레스토랑이 있음을 자랑하여 놓았다. 숙소가 제법 규모가 있을 것 같다.

Zubiri-Pamplona; 마을과는 홀로 떨어져 운치 있게 단장한 알베르게

아르가 하천을 건너 사발디카_{Zabaldika} 마을을 못 미친 길 오른쪽에는 2006년 순례길 도보 중 이곳에서 숨을 거둔 것으로 짐작되는 여자_{Rosanna di Verona}를 기리는 철제 십자가와 고인의 사진이 걸려 있다. 십자가 위에는 추념을 하기 위해 순례자들이 돌을 하나씩 얹어 놓았다. 길을 걸으며 어떤 사유로든 도중에 생을 마감하는 순례자의 느낌은 어떠할까? 그리고 그때 같이 또는 뒤따라오는 순례자들은 어떠한 행동을 취했을까? 아마 죽어 가는 자는 편안한 마음으로 숨을 거두었을 것이고, 이를 지켜보는 다른 순례자들은 최선을 다해 목숨을 살리려 하고 슬픔을 함께하였으리라. 12:00를 좀 지나 PA-30번 도로를 우측으로 끼고 완만한 경사 길을 올라가니 그렇게 멀지 않은 곳에 도시가 나타난다. 빰쁠로나에 거의 다 온 것 같다. 배낭을 메지 않고 스틱만 들고 온, 호주에서 온 어느 순례자와 도시를 배경으로 같이 기념사진 한 컷을 남긴다.

Zubiri-Pamplona; 빰쁠로나시 초입에서 도시를 배경으로 호주인 순례자와 함께

12:00경 도시 입구에 들어서니 길이 두 갈래가 나 있다. 하나는 바로 앞 울사마_{Ulzama} 하천을 건너서 계속 시내로 들어가는 길이고, 또 다른 길은 하천을 500m쯤 따라 내려와 울사마 하천을 건너서 가는 길이다. 우리는 후자의 길을 선택했다. 오늘 묵어야 할 숙소가 거기에 있기 때문이다. 12:30경 숙소에 도착하여 체크인을 하고 침실로 들어가니 20명을 수용할 수 있는 방에 우리 두 명밖에 없다. 넓은 방에 우리밖에 없으니 당연히 각자 하단 침상에 짐을 풀었다. 이 알베르게에 들어온 순례자는 현재 우리를 포함해 총 5명이다. 숙소가 시 외곽에 위치해서 그런 것 같다.

샤워와 빨래를 한 후 1층에서 숙소 직원에게 우선 시내에 있는 치과부터 소개해 달라고 하였다. 당장이라도 이빨을 뽑기 위해서다. 그런데 이빨을 뽑으려면 최소 일주일 이상을 기다려야 할 것이라고 한다. 사유인즉 치과 의사 만나는 날짜부터 예약해야 하고 의사를 만난다고 그날 뽑는 것이 아니라 상태를 보고 날짜를 정한 후에 뽑을 것이며 비용도 만만치 않을 것이라고 한다. 아예 여기에서 20여 일을 묵어야 어떻게 조치할 수 있을 것 같다. 스페인은 치과 의사가 적어서 그렇다고 한다. 지금의 아픈 상황은 날짜와 비용을 따질 겨를이 아니라서 계속 재촉을 하여 치과에 전화라도 해 보라고 하였다. 직원은 전화로 수소문하더니 어느 한 치과와 통화를 한 후 알려 주는데 오늘 의사를 만날 수 있기는 하지만 비용이 42유로이며 절대로 오늘 뽑지 않는다고 한다. 오히려 뽑아 주지 않을 것이라고 한다. 외국인 이빨을 뽑았다가 나중에 탈이라도 나면 그 책임을 지기 싫어서란다. 부득이 포기할 수밖에 없었다.

순례길 일정 중 제일 큰 도시에 왔으므로 남은 오후 시간에 시내 구경을 나가기로 하고 택시를 불러 달라고 하였다. 도로 앞에 10분을 기다리니까 하얀 택시 한 대가 온다. 약 4.5km 떨어진 시내 까스띠요_{Castillo} 광장 근처에서 내려 시내 관광에 들어갔다. 원래 빰쁠로나 ― 바스크 언어로는 이루냐_{Iruna} ― 는 7월의 소몰이 축제_{San Fermin} ― 3세기경 이 도시 출신의 성인 페르민이 순교한 것을 기리기 위한 축제 — 로 유명한 도시라서 아직도 시내 곳곳에는 축제 광고판 등 지난 7월에 끝난 소몰이 축제의 흔적이 남아 있다.

Pamplona; 이 도시는 매년 7월 초부터 중순까지 성인 페르민을 기리는 소몰이 축제를 한다.

출처: 위키미디어(https://commons.wikimedia.org) - ezioman

✓ 산 페르민 축제

산 페르민 축제 — 영어: Festival of San Fermin, 스페인어: Fiesta de San

Fermin — 는 스페인 북부 나바라 주의 수호성인이자 3세기 말 주교였던 산 페르민을 기리기 위해 매년 7월 6일에 나바라_Navarra_ 주의 주도인 빰쁠로나_pamplona_에서 개최하여 7월 14일에 끝난다. 헤밍웨이의 소설 《태양은 다시 떠오른다》에 언급되어 전 세계적으로 잘 알려진 스페인의 대표 축제이다.

- 주요 행사
- 엔시에로_Encierro_: 축제의 하이라이트로, 용감한 참가자들이 약 800미터의 거리에서 황소와 함께 달리는 행사이다.
- 산페르민_St. Fermín_: 축제는 나바라의 수호성인 산 페르민을 기리기 위해 열린다. 7월 6일 정오에 시청 광장에서 열리는 공식 개막식(치뇨 파물라소)을 시작으로 다양한 종교 행사가 이어진다.
- 카르빠레스_Carpares_: 매일 아침과 저녁에는 전통 음악을 연주하며 퍼레이드를 펼치는 마칭 밴드들이 시내를 돌며 축제 분위기를 띄운다.
- 뻬냐스_Peñas_: 지역 사회 및 친구 그룹이 모여 퍼레이드와 파티를 벌이는 소규모 행사이다.
- 불꽃놀이: 매일 밤 화려한 불꽃놀이가 열리며, 축제의 밤을 밝힌다.
- 문화 및 전통 행사: 축제 기간 동안 전통 무용, 음악 공연, 연극 등 다양한 문화 행사가 열린다.

까스띠요 광장 가운데에는 기둥이 8개인 원형 정자 — 음악을 연주하는 곳 — 가 있고 광장 한편에는 헤밍웨이가 자주 들렀다는 이루나 카페_Café Iruna_가 있다. 그곳에서 기념으로 저녁을 먹으려고 하니 19:30 이후에 가능하다고 하여 포기하고 입구 앞에 서 있는 유명한(?) 할머니 조형물 앞에서 기념사진 한 컷만 찍고 다음 명소로 발길을 옮겼다.

Pamplona; 헤밍웨이 소설 《태양은 다시 떠오른다》의 배경으로 유명하다는 이루나 카페

산 사뚜르니노_{San Saturnino} 성당에는 3유로의 입장료를 주고 내부를 둘러본 후 시청 건물, 페르민 축제 모습을 재현한 황소들 동상, 투우장 입구, 시내 중심부를 둘러싼 성곽을 둘러보았다. 시청 앞에서는 올랜드·마르다 부부를 만나서 파킨슨씨병을 앓고 있는 남편이 손으로 직접 작성한 순례길 일정 계획표를 보고 대단하다고 손을 치켜세워 주었다. 알고 보니 남편 올랜드 씨는 우리와 동갑내기였다. 더욱더 반갑지 않을 수 없다.

시내에는 많은 순례자가 구경 나온 것을 볼 수 있었고 그중에 한 번 이상 만났던 사람들이 제법 보여 반갑게 인사했다. 바욘시에서 생장 가는 차를 기다리다가 만났던 마이클이라는 호남형 미국인, 론세스바예스에서 아침을 같이 먹었던 덴마크인 마틴·기네 부부도 다시 만났다. 조영옥 씨, 이윤주 씨도 다시 만났고 그와 같이 다니는 귀가 불편한 홍콩인 총각, 만나는 사람마다 종이를 접어서 귀뚜라미를 손수 만들어 준다는 대만인 커플도 만났다. 이렇게 시간이 갈수록 순례길 도중 만나는 사람들이 차츰 많아지면서 이국이지만 이국 같지 않고 타인이지만 친구 같은 느낌을 받는 곳이 여기다.

Pamplona; 첫날 오리슨에서 만났던 올랜드·마르다 부부(좌),
론세스바예스에서 아침을 같이 먹었던 덴마크인 마틴·기네 부부와 친구 류항하(우)

Pamplona; 시청 건물, 제법 오래된 건물로 보이며 예쁘게 잘 지었다.
한국의 최신식 시·구청 건물과는 시사하는 바가 많아 보여 대비가 된다.

  숙소로 돌아가기 위하여 택시를 타러 가다가 도심에 성곽이 있는 것을 보
고 그냥 갈 수가 없다. 기왕에 왔으니 산따 마리아_{Santa Maria} 성당 내부와 성곽

을 둘러보았다. 성곽 밖은 아르가강이 굽이굽이 둘러져 있어 외부의 침입자를 막기에는 이보다 더 좋은 곳은 찾을 수 없을 만큼 지형이 자연적으로 잘 형성되어 있다. 성곽 밖에서 학생들 소리가 들려서 가 보니 대학생일 것 같은 30여 명 여학생들이 맥주, 마요네즈, 케첩, 계란 등으로 얼굴과 옷에 뒤범벅을 하여 명랑하고 활달하게 놀고 있다. 사진을 찍으니까 우리를 향해서 두 손을 번쩍 들면서 포즈를 잡아 준다.

Pamplona; 여대생인 듯한 학생들이 한바탕 노는 모습

　시내에 다시 들어와 빈 차로 돌아다니는 택시를 겨우 잡아타고 숙소로 복귀했다. 숙소에 딸린 레스토랑 La Cachoperia de Villava 에서 순례자 전용 메뉴를 먹기로 하고 그 레스토랑으로 들어갔다. 순례자 전용 메뉴는 선택의 여지 없이 바로 나오는데 참치와 신선한 야채를 넣은 샐러드와 돼지고기 로스구이, 프렌치프라이, 수박이 나오며 바게트빵, 적포도주와 물은 큰 병으로 한 병씩 기본으로 나온다. 7.5유로로 1인분을 제공하는데 이렇게 푸짐할 수가 없다. 앞으로 남은 일정의 저녁도 웬만하면 순례자 전용 메뉴 Menu del Peregrino 나 오늘의

메뉴_{Menu de Dia}를 사 먹기로 하였다. 굳이 한국 음식을 찾아서 먹을 식당이 없기도 하지만 이곳 음식도 입에 잘 맞는 것 같다.

Pamplona; 숙소 옆 식당의 푸짐한 순례자 전용 메뉴
연어/야채 샐러드, 돼지고기 로스구이, 바게트빵, 수박, 와인 1병, 생수 1병,
모두 합하여 인당 7.5유로이다.

숙소로 돌아온 후 빨래를 걷고 방으로 들어왔다. 아직도 우리 방에는 다른 순례자가 들어오지 않아 텅 비어 있어 좀 음산하기까지 하다. 순례자가 적어서 조용하고 붐비지 않아 좋기는 하지만 한편으로는 같이 대화할 다른 순례자가 없어서 아쉽기도 하다. 내일은 많이 걸어야 하고 좀 힘들다고 하는 뻬르돈_{Perdon} 언덕을 넘어야 하기 때문에 05:30에 기상하기로 하고 일찍 침낭을 펴고 잠자리에 들었다.

순례길 5일 차

2018년 9월 4일 화요일, 오전에 흐리고 낮부터 맑음

· 경로: 빰쁠로나(Pamplona) → 뿌엔떼 라 레이나(Puente la Reina)

· 거리: 23.9km (출발 표고 425m, Perdon 언덕 고도 752m, 도착 표고 346m)

· 시간: 07:20 ~ 15:20, 8시간 소요

· 숙소: 뿌엔떼 알베르게(Albergue Puente), 19유로, 38침상

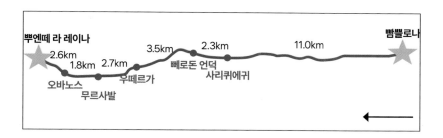

05:30 기상하여 06:30 오픈하는 1층 숙소 레스토랑에서 빵, 햄, 우유만 먹고 — 과일과 요구르트가 없는 다소 부실한 아침이었다 — 시내로 나갔다. 어제 시내에서 도보로 적지 않은 시간이 걸려 관광한 거리를 감안하여 시내까지(4.7km)는 택시를 타고 가기로 하였다. 시내에 있는 요새 앞에 내려서 07:20부터 걷기 시작하였다. 동이 거의 틀 무렵이어서 먼발치에서 순례자가 걸어가고 있는 모습이 보인다. 이 길로 합류하여 나바라 대학교 캠퍼스

Pamplona; 나바라 대학 캠퍼스 내,
이곳에서도 순례자를 위한 여권을 준다고 안내한 간판

를 거쳐서 시내를 완전히 빠져나오는 데 거의 한 시간이 소요된다. 그동안 농촌과 산길만 걷다가 이곳에서는 제법 큰 도시 — 한국으로 치면 중소 규모 도시로 크지 않지만 — 를 빠져나오는 데 시간이 걸렸다. 이 대학교에서는 순례자 여권 발급과 스탬프를 찍어 준다고 순례길 위에 청색 안내판이 세워져 있다. 아쉽게도 일본어, 중국어 안내는 동시에 적혀 있는데 한국어는 없다.

　도시를 벗어나니 주변이 온통 추수한 뒤의 밀밭이고 아주 먼 발치에는 산맥이 가로 놓여 있는데 산꼭대기에는 수십 개의 풍력 발전 타워가 능선을 따라서 설치되어 있다. 아마 이 산맥을 넘어가는 언덕이 힘들다고 알려진 뻬로돈 언덕인 모양이다. 밀밭 사이로 고불고불 가는 순례길은 한국에서 온 이방인에게는 잘 볼 수 없는 광경이다. 드넓은 밀밭, 순례길 좌우에 있는 미루나무, 앞서 걸어가는 순례자와 먼발치의 산맥을 배경으로 이정표 앞에서 사진을 찍으면 멋있을 것 같아 몇 장의 사진을 찍고 있는데 일본인 순례자(가쯔 씨)가 뒤이어 와서서로 찍어 주고 그다음으로 조영옥 씨, 이윤주 씨가 와서 같이 사진을 남겼다.

Pamplona-Puente la Reina; 미국 캘리포니아에서 온 일가족과 함께

먼 곳의 산맥을 넘어가는 길은 완만한 오르막길이며 조그만 마을, 밀밭, 군데군데 숲 등이 어우러져 경관이 한 폭의 그림과 같다. 도중에 대충 5세, 7세쯤 되어 보이는 꼬마 여자아이를 데리고 가는 6명의 서양인 일행이 특이하기도 하여 인사를 하고 어디서 왔느냐고 물으니 캘리포니아에서 왔다고 한다. 대단하다고 감탄을 하고 추억으로 간직하려고 기념사진을 또 남겼다.

일부 순례길 좌우에는 가시가 있는 산딸기나무로 경계를 표시해 놓은 곳이 많았는데, 산딸기가 붉고 검은색으로 익어 가고 있었다. 몇 개를 따서 먹어 보니 맛이 상큼하다. 언덕을 올라갈수록 밀밭과 함께 해바라기밭이 넓게 퍼져 있다. 추수할 때가 다 되어 가는 듯 해바라기가 대부분 고개를 숙이고 있다.

10:25경 사리퀴에귀_{Zariquiegui} 마을에 도착하여 산 안드레_{San Andre} 성당에 들어가 소박하게 꾸며진 내부를 둘러보았다. 3시간 동안 온 길을 뒤돌아보니 먼 곳에 우리가 묵었던 빰쁠로나시가 보인다. 뻬로돈 언덕을 올라가는 길은 험난하고 가파르지는 않지만 지난할 정도로 계속 오르막 언덕이 전개되어 있다. 도중에 표일봉 씨, 김광남 씨 일행 4명을 만나서 난생처음 보는 납작 복숭아를 얻어먹었는데 달고 과즙이 많아 정말 맛있게 먹었다. 오늘 목적지에 도착하면 마을 슈퍼에서 필히 사 먹으리라.

11:20경 드디어 언덕 꼭대기에 도착하였다. 여기까지 13.3km를 걸어왔다. 비교적 넓게 조성된 꼭대기에는 철판으로 순례자와 말 형상을 한 조형물을 설치해 놓아 뻬로돈 언덕을 넘는 순례자의 고단함을 풀어 주고 있다. 우리도 이 순례자 조형물 사이에 서서 같이 걸어가는 모습을 연출하여 사진을 남겼다.

Pamplona-Puente la Reina; 뻬로돈 언덕 위 순례자 조형물

고개 너머 아래에는 아주 먼 곳까지 전망이 확 트여 있어 가슴이 활짝 트이는 것 같다. 오늘 가야 할 목적지인 뿌엔떼 라 레이나_{Puente la Reina} 마을도 안내 표지판으로 식별할 수가 있다. 대략 15분 정도 휴식을 취한 후 11:35경 하산을 시작한다. 그런데 하산길은 자갈이 많고 경사도 심해 미끄러지지 않도록 많은 주의를 기울이며 내려왔다. 자칫 잘못하면 미끄러질 수도 있고 내리막 경사가 심해 무릎에도 무리가 올 것 같다. 피레네산맥을 넘어올 때에도 그렇지는 않았다. 약 한 시간 후인 12:40경 우떼르가_{Uterga} 마을에 도착하여 숙소를 겸하는 레스토랑_{Camino de Perdon}에서 샌드위치와 시원한 생맥주로 피로를 풀며 신발도 벗어 놓고 휴식을 취하였다. 여기까지 오는 길이 만만하지 않았고 낮에는 날씨도 다소 더워서 힘이 들었다.

옆 테이블에 앉아 있는 60대쯤으로 보이는 멕시코 여자 순례자(Maria)가 우리에게 어디서 왔느냐고 묻길래 한국에서 왔다고 하니까 대뜸 "한국

최고!"라며 엄지손가락을 치켜세운다. 지난 6월 러시아 월드컵에서 한국이 독일을 2:0으로 물리친 덕에 멕시코가 16강에 진출할 수 있었다며 고맙다고 한다. 단지 한국인인 것만으로도 외국인과 좀 더 친숙해지는 기회를 갖는다. 나는 멕시코에 대하여 무엇을 가지고 엄지척을 해 줄 수 있을까 생각하였지만 순발력이 떨어진다. 레스토랑에서 주는 물을 생수통에 가득 채우고 13:40경 출발하였다.

Pamplona-Puente la Reina; 뻬로돈 언덕을 넘어서 허기진 가운데
반갑게 찾은 우떼르가 마을에 있는 바 겸 알베르게 "Camino de Perdon"

앞으로 7km를 더 걸어가야 한다. 가는 길 주변에 햇볕을 막아 줄 나무는 거의 없고 대책 없이 땡볕을 맞고 가면서 무르사발_{Muruzabal} 마을과 오바노스_{Obanos} 마을을 경유하면서 걸어간다. 도중에 순례길 옆 나무둥치를 베어 내고 기둥만 살려서 순례자 모습으로 조각한 목재 조형물이 인상적이어서 피곤함에도 불구하고 사진 한 컷을 찍었다.

73

마을에 들어와서도 숙소로 가는 길이 지루하다. 그만큼 지친 상태이다. 그렇게 큰 마을이 아닌데도 몸이 피곤하니까 크게만 느껴진다. 15:20경 숙소에 도착하니 목이 마르고 힘도 떨어져 빨리 침상에 드러눕고 싶다. 다행히 어제 이 숙소에 전화 예약을 해 놓아서 방 걱정 없이 푹신한 매트리스가 깔린 1인용 침대 두 개만 있는 방으로 안내받았다. 하얀 면 시트와 샤워 타월이 나오니 좋다. 신속히 샤워를 하고 빨래까지 마친 후 모두 침상에서 한숨 자며 휴식을 취하기로 했

Puente la Reina; 오래된 나무둥치를 그대로 살려 만든 뿌엔떼 마을의 나무 조각상

다. 배가 많이 고픈 가운데 17:30경 마을로 나와 슈퍼로 향했다. 이곳에서도 가로수를 잘라서 기둥을 이용한 목재 조각물이 많이 보인다. 이 마을의 상징일 것 같다.

슈퍼에서 오늘과 내일 점심으로 먹을 납작 복숭아, 둥근 복숭아, 초콜릿 등 먹을거리를 사 들고 숙소로 돌아왔다. 사 온 납작 복숭아를 먹었는데 오늘 오전에 얻어먹었던 그 맛이 나지 않아 다소 실망스럽다. 18:30경 마을 구경을 하기 위하여 숙소 뒷문을 통해 나오니 중세 시대의 길처럼 골목길 주변에 오래된 성당과 집들이 보인다. 산티아고와 산 페드로 교구Parroquia de Santiago y San Pedro 성당에 들어가 내부를 관람했다.

지금까지 걸어오면서 크고 작은 마을에 있는 대부분의 성당은 내외부를 모두 둘러보았다. 성당에 다니지는 않지만 내가 걷고 있는 이 길은 그냥 트레킹과 여행을 위한 길의 의미보다 종교적으로 경건하고 신성한 길임을 알기 때

문이다. 과거 유럽 여행 때에도 큰 도시에 있는 성당들을 보곤 하였지만 스페인의 작은 마을에 있는 성당은 우선 그 외부 모습부터 소박하여 더욱 더 경건한 마음을 들게 한다. 이 마을 이름에는 뿌엔떼_{Puente} 라는 단어가 포함되어 있는데 Puente라는 뜻이 다리를 의미하듯이 중세 시대 때 만든 오래된 석조 다리가 이 마을에 있다고 한다. 그곳에 가니 아르가강 위에 걸쳐져 있는 제법 긴 아치형 다리를 볼 수가 있다.

Puente la Reina; 1,000년 전 중세 시대의 석조 다리

작지 않는 강폭에 걸친 이 석조 다리를 보니 규모가 대단하고 구조적으로도 매우 안정되고 웅장하게 지어져 있다. 6개의 아치가 교각 위에 지지되어 있는데 각각의 교각은 사람이 설 수 있도록 아치형 공간이 나 있다. 다리 밑으로 내려가서 인증 샷을 찍고 다시 다리 위로 올라가서 좌우로 흐르는 아르가강을 보니 처음 수비리에서 봤던 강물보다는 수량이 풍부하고 강폭도 넓다. 당시 순례자들을 위하여 만든 이 다리는 마차도 다닐 수 있도록 만든 다리이다. 수많은 세월이 지났지만 동일한 공간에 내가 서 있으니 1,000년 이상 되는 세월의 간격은 얼마 되지 않음을 느낀다.

Puente la Reina; 로마 시대의 뿌엔떼 석조 다리 위
당시 마차가 교행할 수 있을 정도의 폭이다.

다리와 일직선상으로 나 있는 마을 도로를 거슬러 올라가니 조금 전 보았던 성당이 다시 나온다. 몸이 피곤하고 배도 고파 근처 레스토랑에서 저녁을 먹기로 하고 숙소 뒷문에서 두 블록 떨어진 시청 맞은편에 있는 또레따 레스토랑에서 저녁을 주문하였다. 스페인의 유명 음식 하몬_{Jamon} ― 돼지 뒷다리를 소금에 염장을 한 고기 ― 에 마카로니를 담은 전체에 소고기 스테이크와 닭 날개 ― 프렌치프라이 포함 ― 를 시켜서 둘이서 서로 나누어 먹었다. 역시 매번 나오는 적포도주를 곁들여 보통 때보다는 훨씬 더 맛있게 요기를 하였다. 이런저런 얘기 중에 독일인 게오그 씨가 합류하여 생맥주를 더 곁들이면서 반가움의 기념사진을 남겼다. 역시 이 사진은 그의 딸을 위해 메일로 즉시 전송했다. 숙소에 돌아와 내일의 출발 시간과 날씨를 핸드폰의 날씨 앱으로 확인해 보니 비가 올 것이라고 한다. 일단 내일 아침 05:00에 일어나기로 하고 이 숙소의 나름 괜찮은 침대에 별로 괜찮지 않은 나의 몸을 호사스럽게 눕혔다.

순례길 6일 차

2018년 9월 5일 수요일, 밤에 비 온 후 아침에 그침 이후 흐림

• 경로: 뿌엔떼 라 레이나(Puente la Reina) → 에스떼야(Estella)

• 거리: 21.6km (출발 표고 346m, 도착 표고 421m)

• 시간: 07:35 ~ 14:20, 6시간 45분 소요

• 숙소: 시립 알베르게, 6유로, 96침상

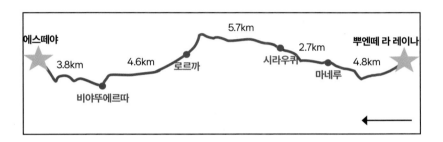

05:00 기상하여 바깥을 보니 비가 어중간히 오고 있다. 버스를 타고 갈 것이냐, 배낭은 부치고 빈 몸으로 걸어갈 것이냐, 아니면 그냥 우의 쓰고 갈 것이냐를 놓고 고민하다가 배낭을 부치는 것은 전날 예약하도록 되어 있는 것을 보았다. 오늘 예약 없이 부칠 수가 있을까도 염려되지만 일단 아침을 먹은 후 결정하기로 하고 숙소가 제공하는 간편식으로 아침을 먹었다. 마침 냉장고 안에 요구르트가 있어 식탁 위에 갖다 놓고 커피를 준비하고 있는데 어느 서양인 남자 순례자가 와서 이 요구르트가 자기 것이라고 한다. 얼른 돌려주고 미안하다고 우선 사과부터 하였다. 숙소에서 제공하는 것인 줄 알았는데 그게 아니었던 것이다. 냉장고 안에 있는 것 중에서 숙소가 제공하는 것이 있고 개인이 사서 넣어 놓은 것이 있는 줄을 이때 처음 알았다.

07:00가 조금 지나니 비가 그친 것 같다. 배낭은 보호 커버를 씌우고 걷기로 하였다. 07:35 숙소를 나와 보니 순례길 골목 좌우에 다닥다닥 붙어 있는 건물 벽에 예쁜 장식이 있는 가로등이 따뜻한 주황색 불빛으로 길을 밝혀 주면서 작별 인사를 한다. 덕분에 순례자는 한결 가벼운 몸으로 출발한다. 어제 봤던 중세 때의 석조 다리를 건너자마자 비포장도로가 전개된다. 빗물에 녹아 나오는 아침의 이 흙냄새는 정말 어린 시절 맡았던 말 그대로 무공해의 자연산 흙냄새다. 도시의 포장도로에서 나오는 빗물 냄새에 익숙해져 있던 코가 모처럼 호강을 한다. 한 시간쯤 계속 오르막으로 걸어가니 마네루_{Maneru} 마을이 나온다. 이 마을 안을 거쳐 조금 더 걸어가니 그리 멀지 않은 언덕 위에 시라우퀴_{Cirauqui} 마을이 보이고 마을 제일 높은 곳에는 어김없이 성당의 종탑이 보인다.

Puente la Reina-Estella; 앞에 보이는 시라우퀴 마을
대부분의 마을의 제일 높은 위치에는 성당이 있다.

가는 길 좌우에는 포도밭과 추수 후의 밀밭이 주로 보이며 포도밭에는 잘 익은 포도가 주렁주렁 탐스럽게 달려 있다. 시라우퀴 마을 입구에서 그저께 수비리에서 빰쁠로나 가는 길 아침에 Café에서 만났던 이재권 씨를 다시 만나 반가웠다. 사진 찍을 때마다 두 팔로 'V' 자를 그리며 포즈를 취한다는 이 친구가 큰 대자를 그리면서 점프하는 모습을 잘 포착하여 찍어 주었다.

언덕 위 종탑에 시계가 달려 있는 성당 앞에서 잠시 휴식을 취하는데 마침 마을 아주머니 한 분이 집 앞으로 나온다. 아주머니가 대문 좌우에 장식해 놓은 갖가지 꽃에 물을 주는 모습을 보고 삶을 참 여유 있고 아름답게 살아가고 있다고 느낀다. 다시 걷기를 계속하면서 직장을 그만두고 다음 직장을 얻을 때까지의 시간에 여기에 왔다는 25세 된 활달하고 쾌활한 프랑스 여성 휘에 씨 등 오늘도 많은 사람을 만나고 대화하고 걷는다.
_{Fie}

Puente la Reina-Estella; 좌로부터 프랑스인 Fie 씨, 아르헨티나인, 친구 항하

Fie 씨와 대화에 집중하다 보니 길을 벗어나 다른 곳으로 걷다가 친구의 고함 소리에 200m 정도를 되돌아왔다. 올리브 농장 담장 길에는 돌과 나무 등

으로 휴식 공간을 꾸며 놓고 마실 것과 음식을 판매하고 있는데 이 휴식 공간 완성을 위하여 도움을 요청한다는 문구가 나무판자에 적혀 있다. 날씨는 계속 흐리기만 하고 더 이상 비는 오지 않아 다행이다 싶다. 어제 내린 비로 공기가 더 맑아져 나의 폐에 더 더욱 신선한 공기를 주입하고 있다. 큰 도로 위에는 농업용수를 공급하기 위하여 대형 콘크리트 수로가 마치 하늘 위를 날아다니는 것처럼 설치되어 있었다. A-12번 도로 밑으로 지나가는 순례길의 통로 벽면에 순례자들이 적어 놓은 수많은 글귀가 눈에 들어온다. 여기에도 한국어로 써 놓은 글귀가 있다.

11:00경 로르까_Lorca 마을 — 이 마을도 언덕 위에 있고 마을 중심의 제일 높은 곳에는 역시 성당이 위치 — 에 도착해 휴식을 취하며 갖고 온 과일을 먹고 마실 물을 새로 받았다. 마을 중심에는 대부분 마실 물이 끊임없이 나오는 수도 시설과 주변에 벤치를 놓아 주민뿐만 아니라 순례자들이 쉬었다 갈 수 있도록 해 놓았다. 심지어 미끄럼틀, 그네 등 어린이 놀이 시설도 갖추어 놓아 남녀노소 할 것 없이 마을 주민 모두가 이곳에서 서로의 얘기를 주고받고 세상 사는 얘기를 할 것이다.

여기서 또 한국에서 온 여자 순례자 이세미 씨를 만났다. 다니던 외국인 회사_GE Power 근무가 힘들고 해외 출장이 잦은 업무가 싫어 그만두고 남는 시간을 어떻게 보낼까 하다가 이곳을 선택하게 되었단다. 휴식 후 비야뚜에르따_Villtuerta 도시를 경유하면서 초등학교 철제 담에 붙어 있는 "More than Thousand Years of History"라는 문구가 적힌 안내판이 보인다. 내용을 보니 이 마을 산 미겔 소성당_Ermita San Miguel 벽에서 10세기의 그리스도 관련 첫 조각품이 발견되었다고 한다. 진품은 빰쁠로나시 나바라 박물관에 소장되어 있다고 설명하며 관련 사진과 함께 걸어 놓았다. 이 길을 걷는 도중에 이 성당이 보이면 찾아서 보겠다고 생각하고 계속 걸어갔다.

마을 끝자락에는 사각 종탑이 붙어 있는 돌을 쌓아 지은 아순시온_Asunción

성당이 있어 배낭을 내려놓고 잠시 성당 내부를 들렀다 나왔다. 바깥에는 11세기 산 베레문도_{San Veremundo} 라는 순례자 수호성인의 동상이 세워져 있다. 마을 외곽으로 빠져나올 무렵 좌측에는 좀 오래된 듯한 작은 성당이 보인다. 산 미겔 소성당이다. 조금 전 초등학교 앞에서 봤던 안내판에서 설명한 그리스도 관련 조각품이 박혀 있다던 그 성당이다. 성당 주변으로 올리브나무들이 듬성듬성 심어져 있고 어린아이들이 보호자와 함께 놀고 있다. 성당 안으로 들어가 보니 정면에 십자가가 있고 그 앞에는 제단이 있다. 제단 위에는 많은 종이쪽지와 돌들만이 얹어져 있는 것으로 보아 성당으로서 사용은 하지 않는 듯 보인다. 눈이 뚫어지게 벽면을 보았으나 그 조각품은 보이지 않는다. 진품을 옮겨 놓고 모조품이라도 박아 놓았을 것이라고 생각했으나 그냥 일반 돌만 끼워 놓았다.

Puente la Reina-Estella; 산 미겔 소성당과 그 내부.
소박함이 더 아름답고 더 많은 것을 생각하게 한다.

도중에 서양 여자를 지나치며 "부엔 까미노" 인사와 함께 어디서 왔는지 물어보니 뉴질랜드에서 왔다고 한다. 바스크어로 별이라고 하는 에스떼야_{Estella} 시 초입에 14:00경 들어왔다. 이 도시는 1090년 산초 라미레스 왕이 만든 계획도시로 당시에는 매우 번창했던 도시라고 한다. 에가$_{Ega}$ 하천을 우측에 끼고 내려오니 산또 세뿔끄로$_{Santo Sepulcro}$ 성당이 좌측으로 보이는데 성당 주변은 오래된 건물들의 벽이 허물어져 있고 성당 입구와 본체 건물만 보수하여 사용하는 것 같다.

Estella; 산또 세뿔크로 성당
성당 앞에 있는 안내판을 보니 12세기 후반에 로마네스크 양식으로 지었다가
이후 고딕 양식으로 증축했다고 한다.

　금일은 숙소 예약 없이 도시 입구에 있는 시립 알베르게에 무작정 들어갔는데 다행히 여분의 침상이 있다. 체크인을 하고 관리인에게 괜찮은 레스토랑을 소개해 달라고 하고 전화번호와 약도를 받아 놓았다. 2층으로 올라가니 16명이 한 방을 쓰는 방에 상단 침상을 배정받았는데 바로 아래 침상은 미국에 살고 있는 프랑스 할머니가 사용한다. 날씨가 흐리고 비가 올 듯해 빨래는 양말과 내의만 하고 샤워 후 곧바로 시내 구경을 가기로 하였다.

1층 주방으로 내려가 보니 몇몇의 한국인이 앉아 있다. 이들은 이미 슈퍼에 들러서 저녁용 먹을거리 장을 보아 놓았다. 우리도 이재권 씨에게 길을 물어서 숙소 왼쪽 언덕으로 약 20분 올라간 지점에 있는 에로스키_{Eroski Center} 슈퍼에서 내일 아침에 먹을 복숭아, 포도, 일본 컵라면 등을 여유 있게 샀다. 한국 컵라면이 없다는 게 이상하다. 세계에서 한국 라면이 그렇게 유명하다고 하는데 여기는 오히려 일본 컵라면이 있다. 숙소로 내려오는 길에 있는 부동산 중개소를 유심히 보니 120㎡, 방 3개, 화장실 2개 딸린 집이 275,000유로라고 적혀 있다. 한국과 이 도시 규모를 비교해 보니 가격이 비슷한 것 같다.

Estella; 부동산 매도물 광고판

숙소로 오니 이미 한국인들은 닭백숙과 삼겹살을 만들어 먹고 있는 중이며 우리에게도 권하여 죽과 삼겹살을 먹었다. 모처럼 한국 음식을 먹으니 이 맛 또한 잊지 못하겠다. 날씨가 흐리고 비가 올 것 같아 나름 옷을 껴입고 18:40

경 나와서 로스 푸에로스_{Los Fueros} 광장으로 갔다. 체크인 시 숙소 관리인에게 소개받은 아스따리아가_{Astarriaga} 레스토랑으로 가서 종업원에게 저녁을 먹으려고 한다니까 19:30부터 된다고 한다. 배는 고픈데 말이다. 광장 코너에 인접한 마라까이보 식당_{Restaurante Maracaibo}에서는 19:00부터 저녁을 제공한다기에 여기에서 생맥주를 시켜 놓고 저녁 시간을 기다렸다.

샐러드, 파스타, 돼지고기 구이가 나오는 메뉴에 와인과 빵을 곁들여 먹고 있으니 비가 내리기 시작한다. 다소 춥기도 하여 맞은편 산 후안_{San Juan} 성당을 배경으로 로스 푸에로스 광장을 기념사진으로 남기고 비를 맞으며 총총걸음으로 숙소로 돌아왔다. 이 도시에는 박물관이 유명하다고 했는데 못 보고 온 게 좀 아쉽다.

순례길 7일 차

2018년 9월 6일 목요일, 흐린 후 오후 갬

- 경로: 에스떼야(Estella) → 로스 아르꼬스(Los Arcos)

- 거리: 21.3km (출발 표고 421m, 도착 표고 451m)

- 시간: 07:00 ~ 14:00, 7시간 소요

- 숙소: 오스트리아 소스 알베르게(Hostel la Casa Austria Source), 9유로, 36침상

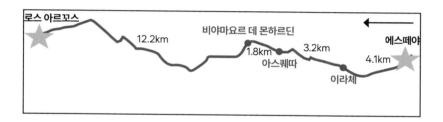

Estella; 숙소 주방에서 출발 준비로 바쁜 순례자들
주방에는 순례자가 먹고 남은 음식이나 불필요한 물건을 별도의 공간에 담아 두는 곳이 있어서
필요시 이를 활용할 수 있다.

06:00에 기상하여 1층 주방으로 내려오니 이미 많은 순례자들이 아침 취사와 출발 준비로 바쁜 모습이다. 컵라면과 복숭아로 아침을 해결하고 이재권 씨에게 어제 닭죽과 삼겹살을 잘 얻어먹은 사례로 컵라면을 주었다. 주방 한쪽에는 먹다가 남은 식재료, 음료수 등 다른 순례자를 위해 물건을 놓고 가는 공간이 따로 마련되어 있다. 물론 남는 물건들도 두고 갈 수 있도록 공간이 있다. 나에게는 이 순간 불필요해 남은 것이지만 다른 순례자에는 아주 유용할 수 있으므로 괜찮은 시스템이다. 07:00에 밖으로 나오니 아직 동이 트질 않아 가로등이 켜져 있다.

출발부터 계속 언덕길이며 어제 갔던 슈퍼를 지나 계속 올라가니 이라체_{Irache} 마을이 나온다. 마을을 벗어날 무렵 오른쪽에는 와인을 무료로 준다는 와이너리가 나온다. 이곳에 오기 전 한국에서 순례길 도중에 필히 가 봐야 할 곳을 몇 군데 정했는데 이곳도 그중 하나였다.

아나나 다를까 건물 벽에 수도꼭지가 두 개 달려 있는데 오른쪽 꼭지는 물이 나오고 왼쪽 꼭지는 와인이 나온다고 적혀 있다. 좌측 벽에 설명한 보데가스 이라체_{Bodegas Irache} 회사의 안내 간판을 보니 와인은 08:00부터 20:00까지 모두 100리터가 나온다고 적혀 있다. 이러한 광경은 다른 어디에서도 맛볼 수 없는 경험이라 생각해 기다리기로 하였다. 기다리는 동안 순례자들이 차츰 모이기 시작한다. 일부는 그냥 가고 일부는 계속 기다리는데 한 20여 명쯤 모여 있다. 그런데 8시가 되어도 와인이 나오지를 않는다. 공장 안에 직원들이 출근하는 것으로 보이길래 와인 꼭지를 틀어 달라고 소리치니 08:10경 나오기 시작한다. 줄을 서서 기다리다가 물통을 하나 비우고 여기에 약간의 와인(100cc가량)을 담았다. 와인 담는 모습을 사진으로 남겼다. 옆에는 와인 박물관도 있다.

Estella-Los Arcos; Bodegas Irache 와이너리
정문 밖에 순례자를 위한 와인과 식수를 마실 수 있는 꼭지가 있다(좌).
VINO가 와인이고 AGUA는 물. 20분간 기다린 후 줄을 서서 생수병에 와인을 조금 담았다.

흐렸던 날씨는 차츰 개기 시작한다. 가면서 외모 및 복장이 유대인 모습을 한 이스라엘 청년들과 아일랜드 젊은 여자 세 명을 만나서 서로 인사하며 간단한 대화를 주고받았다. 중세 시기 스페인에서 종교 재판이라는 명분으로 수많은 유대인들이 학대당하고 심지어 죽임을 당했던 기억하고 싶지 않은 역사를 겪은 이스라엘의 순례자에게는 지금 걷고 있는 길이 어떤 의미의 길일까?

우측 먼발치(북쪽)에는 하얀 바위 절벽으로 치장을 한 긴 산맥이 보이는데 하늘이 개기 시작하면서 햇살을 받은 이 산의 풍광이 숲으로 이루어진 언덕과 바로 앞의 넓은 밀밭과 함께 어우러져 정말 아름다운 장면을 연출한다. 나중에 구글 지도에서 무슨 산맥인지 꼭 확인하여 보고 싶다. ─ 이후 찾아보니 우르바사_{Urbasa} 산이었다. ─ 09:30경 50가구도 채 되지 않아 보이는 아스퀘따_{Azqueta} 마을 ─ 이 마을도 언덕 위에 있고 성당이 중심에 있다 ─ 을 지나 밀밭 사이로 난 길을 좀 더 걸어가니 우측 전방에 삼각형의 산봉우리가 보이고 꼭대기에는 성같이 보이는 건물 ─ 몬하르딘 성_{Castillo de Monjardin} ─ 이 있다. 10:00경 비야마요르 데 몬하르딘_{Villamayor de Monjardin} 마을 초입에 다다르니 우측에 중세 시대에 사용했던 우물 — 바스크_어로 Erdi aroko itturria — 이 보인다. 집 같이 지붕이 있는 중세 시대의 이 우물은 계단으로 내려가도록 되어 있고 언덕 중턱인데도 물이 제법 많이 있다. 당시 돌로 만든 우물터 위에 현세에 와서 복원을 해서인지 아랫부분의 오래된 것과 윗부분의 새것이 돌 색깔로 구분이 된다.

Estella-Los Arcos; Medieval 샘, 중세 시절 우물

마을 중앙의 높은 곳에 있는 산 안드레스_{San Andres} 성당은 사각형이 아닌 원형의 돔에 장식을 화려하게 한 종탑을 갖고 있다. 내부를 둘러보고 스탬프를 찍은 후 Café에서 점심때 먹을 샌드위치와 초콜릿을 산 후 다시 발걸음을 내디뎠다. 구릉으로 되어 있는 이 지역 대부분의 터는 밀밭이며 간간이 포도밭이 보인다. 그동안 도시에서 살면서 인공물에 길들여진 나의 눈에는 눈앞에 전개되는 풍경 하나하나가 모두 그림이자 영화의 한 장면이다.

Estella-Los Arcos; 자연의 순한 색깔로 그려진 한 폭의 풍경화이다.

　계속 가는 도중에는 경북 청도에 살고 있다는 60세 전후의 아주머니를 만나서 여기까지 온 경위를 들었다. 몸이 아파 직장을 그만둔 29세 된 아들의 권유로 같이 오게 되었다고 하며 아들은 앞서가고 있다고 한다. 12:00가 좀 지나서는 밀밭이 약간 완만한 경사로 넓게 퍼지고 이 밀밭과 순례길 사이로 길게 나 있는 길을 몇몇의 순례자가 가로질러 걸어간다. 이 길을 가로지르니 왼편 구릉에 올리브 농장이 보인다.

Estella-Los Arcos; 밀밭을 가로질러 가는 순례자들

　배도 좀 고프고 몸이 휴식을 원하고 있어 농장의 올리브나무 밑에서 푸짐한 점심 — 샌드위치, 납작 복숭아, 토마토, 방울토마토, 초콜릿 — 을 먹는데 꿀맛이다. 매일매일 거의 동일한 종류로 먹는 것이지만 질리지도 않고 매번 맛이 좋음을 느끼는 것은 몸에서 그것을 간절히 원하기 때문일 것이다. 게다가 공기가 맑고 조용하고 경치 좋은 이 야외에서 소풍하며 먹는 기분도 한맛을 더했을 것이다. 다시 걸음을 재촉하며 가는 길의 주변은 가을의 문턱이라서 황토색과 노란색 밀밭의 기본 바탕에다가 그 위에 소나무와 포도 농장의 초록색, 올리브나무의 연두색을 덧칠해 놓은 자연이 만들어 놓은 풍경화다. 중간중간 보이는 마을 또한 이 색깔에 파묻혀 자연의 일부로 오랫동안 함께한 색깔이다.

14:00경 도착한 로스 아르꼬스_{Los Arcos} 마을은 여느 마을과 달라 보이지는 않는다. 오래된 3층짜리 건물들이 서로 양어깨를 따닥따닥 붙여서 골목길을 만들어 놓았고 골목길 바닥은 중앙으로 경사가 져 비가 와도 골목 중앙으로 흐르도록 하여 바닥을 돌과 콘크리트 조각으로 매끄럽게 만들어 놓았다. 마을 중앙에 있는 성당 앞 조그만 광장 중앙에는 조형물에 수도꼭지가 달려 있다. 또한 광장 주변으로는 벤치를 놓아 마을 사람들이 언제라도 쉴 수 있는 기본 공간을 만들어 놓았다.

Los Arcos; Santa Maria 광장과 산따 마리아 성당
야외 Café에서 많은 순례자가 휴식을 취하고 있다.

숙소는 이름에 오스트리아가 있는 것을 보니 주인이 아마 오스트리아인인 것 같다. 비교적 깨끗하고 집에 치장을 많이 해 놓았다. 1층 바깥은 30평이 채 되어 보이지 않지만 잔디를 깔아 놓았고 위에는 청포도가 주렁주렁 달려 있다. 이곳에 빨래터와 나무 의자, 테이블이 있고 빨래 건조대까지 시설해 놓아 다소 답답한 느낌을 준다. 빨래를 해 널려고 하니 햇볕을 받고 있는 공간은 이미 다른 세탁물들이 차지하고 있어서 2층으로 올라갔다. 베란다 앞의 양지바른 곳 창틀과 의자 위에 세탁물을 걸어 놓고 마을 구경을 나가기로 했다. 당연히 성당_{Santa Maria} 쪽으로 걸어가서 성당 내부를 둘러보고 스탬프를 찍은 후 오드론_{Odron} 하천 쪽으로 나가는 문 — 다음 날은 이 통문을 거쳐서 오드론 하천을 건너서 간다 — 을 지나 그렇게 크지 않는 마을의 절반만 돌아보았다.

성당 안의 예수님관, 대리석으로 만든 예수 조형물을 넣어 놓았다.

슈퍼에도 다시 들러 자두, 사과, 에너지 음료와 물을 샀다. 며칠 전 만났던 마드리드에서 왔다는 키 작은 중년의 여자 4명을 큰길에서 만나 어디를 가느냐고 물어보니 로그로뇨_{Logrono}로 가기 위해 버스를 타러 정류장으로 간다고 한다. 성당 앞 광장에 돌아와 부엔까미노 카페_{Caféteria Buen Camino} 옥외 테이블에서 오늘도 순례자 전용 메뉴 — 전식: 완두콩 스프, 메인: 닭 날개, 연어 — 를 먹었다. 잔으로 나온 와인은 다 마시고 나서 추가로 더 달라고 하니 추가 요금 없이 더 부어 준다. 레스토랑 앞 간판에는 순례자 메뉴_{Menu del Peregrino}라 고 적어 놓고 1. 빠에야부터 7가지 종 류의 메뉴, 2. 닭 날개부터 7가지, 후 식으로 아이스크림 등 3가지, 그리고 빵, 물, 와인도 제공한다고 바스크어 로 적혀 있다. 다른 언어로도 순례자 메뉴로 적어 놓았다. '1'은 전식이고

Los Arcos; 산따 마리아 성당에서 나온 수도자 차림의 신자인 듯하다.

'2'는 메인 요리이겠지. 이날이 무슨 기념일인지 성당 안에서는 많은 신도들 이 나왔는데 그중 한 여자가 순례자 복장을 입은 채 지팡이를 들고 광장 앞으 로 나왔다. 이 장면이 흔치 않는 장면이라 광장 앞에 쉬러 나온 순례자들이 이 여자 사진을 찍기에 바쁘다.

숙소에 돌아오니 오늘 만났던 청도 아주머니가 아들이 요리한 스파게티와 닭고기가 좀 남았다고 권한다. 배가 부르지만 안 먹겠다고 할 수가 없어 한 접시를 얻어먹었는데 맛이 좋다. 주방 옆 베란다에 널어놓은 빨래를 걷고 의 자에서 잠시 휴식을 취하면서 내일의 일정을 당초 계획대로 로그로뇨로 갈 것인지 아니면 출발 당시 관리 사무소에서 받은 표대로 좀 가까운 비아나_{Viana} 까지만 갈 것인지를 친구와 상의했다. 일단은 내일 걸어가면서 결정하자고 하고 21:00에 침낭 속으로 들어갔다.

순례길 8일 차

2018년 9월 7일 금요일, 흐림

- 경로: 로스 아르꼬스(Los Arcos) → 로그로뇨(Logrono)
- 거리: 27.6km (출발 표고 451m, 도착 표고 382m)
- 시간: 07:15 ~ 15:00, 7시간 45분 소요
- 숙소: 로그로뇨 알베르게(Albergue Logroño - Pensión La Bilbaina Logroño),
  10유로, 25침상

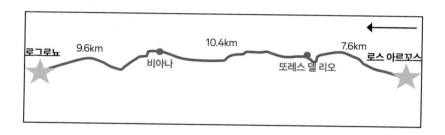

06:00 기상하여 알베르게에서 주는 빵과 우유, 커피가 아침으로 부실해 남은 컵라면과 어제 샀던 자두와 사과를 더 먹었다. 07:15 출발하여 1시간 30분가량 걸어가니 산솔Sansol에 당도한다. 이내 바로 옆에 붙어 있는 또레스 델 리오Torres del Rio 마을에 도착해 산또 델 세뿔끄로Santo del Sepulcro 성당에 들어가 소박하게 꾸며 놓은 제단과 특이한 천정을 보고 나왔다. 도중에는 돌탑을 많이 쌓아 놓은 곳이 보인다. 마치 우리나라 산속 절 입구에 간혹 보이는 돌탑같이 해 놓았다. 길 위에 널려 있는 수많은 돌을 순례자들을 위하여 한쪽에 탑으로 쌓는 여유로움은 동서양을 막론하고 똑같은 문화를 갖고 있는 듯하다.

Los Arcos-Logrono; 아마도 순례자들이 쌓아 놓았을 돌탑

조금 더 걸어가니 순례길 좌측에 있는 뽀요 소성당_{Ermita del Poyo} 벽에는 성모 마리아를 타일로 장식한 것이 보인다. 스페인이 유럽에서 오랜 기간 동안 기독교가 제일 번성한 나라임을 곳곳에서 보이는 기독교 흔적으로 잘 알 수가 있다. 11:40경 비아나에 도착하였다. 여기에 머물 것인가를 항하와 상의하여 로그로뇨까지 가기로 결정하였다.

날씨는 오전 내내 기온도 낮고 구름이 많고 흐렸다. 오는 길 좌우에는 포도밭이 많이 보였고 적포도와 청포도는 정말 탐스럽게 익어 한 송이 따 먹고 싶을 정도이다.

Los Arcos-Logrono; 탐스럽게 무르익은 와인용 포도송이

순례길은 대체로 평지 길이며 간혹 30~50m의 오르막, 내리막이 있다. 우측에는 큰 병풍바위를 쳐 놓은 듯한 높은 산맥과 풍력 타워가 많이 보이며 좌측 먼 곳에는 아주 높은 산들이 보인다. 전방 1시 방향으로는 늦어도 모레쯤은 넘어가든지 아니면 옆으로 지나가든지 할 것으로 짐작되는, 수평으로 길게 뻗어 있는 고원 지대 능선이 몇 줄 보인다. 목적지가 13.3km 남았다는 목재 이정표 말뚝 꼭대기에는 순례자의 것으로 보이는 신발이 걸려 있어 신발 주인이 이때 겪었을 불편함을 대충 가늠케 한다.

비아나에 다다를 무렵 비아나 마을을 배경으로 한 컷을 찍으려는데 뒤따라오는 서양 여자가 같이 웃으며 다가와 찍자며 옆에서 어깨동무를 한다. 서양 사람들의 거리낌 없는 행동이 오히려 더 친숙하게 만든다. 오는 길에는 폴란드, 체코, 벨기에에서 온 여성 순례자들을 만났다. 지금까지 만나 본 외국인을 대충 손가락으로 세어 보니 14개국에 이른다.

Los Arcos-Logrono; 독사진을 찍으려는데
뒤에서 오던 순례자가 같이 찍자고 포즈를 취한다.

소나무 숲을 빠져나온 순례길은 N-111번 도로를 가로지르기 위해 도로 위에 목재 계단으로 만든 육교를 걸쳐 놓았다. 다리를 건너 다시 N-111번 도로를 왼쪽으로 끼고 소나무 숲길이 정취 있게 계속 이어진다. 그리고 로그로뇨 시내 초입에서 교차로로 복잡하게 얽혀 있는 도로 밑 터널로 난 순례길 벽에는 온갖 나라의 언어들로 순례길 여정의 느낌을 표현해 놓았다. 이 글을 다 읽고 가려고 해도 1시간은 족히 걸릴 것 같다. 목적지에 도착할 무렵에는 하늘이 개어 다소 덥다는 느낌을 받는다. 도시 북부를 서에서 동으로 흐르는 에브루강은 황토 색깔이다. 최근에 상류 지역에 많은 비가 온 것 같다.

Logrono; Logrono시에 들어가는 에브루강 위의 Piedra 다리
강물은 최근에 비가 왔는지 황토색이다.

삐에드라_{Piedra} 다리를 건너 시내 중심부에 들어오니 성당 옆에는 검은색 큰 돌을 정육면체의 주사위로 만들어 사람들이 앉아서 쉴 수 있게 해 놓은 것이 보인다.

Logrono; Santiago El Real 성당 앞에는 순례자들이 앉기 좋은 높이로 만들어 놓은
여러 개의 돌 주사위 큐빅이 있다. 배려에 고마운 마음을 느낀다.

　머물고자 한 시내의 알베르게에 도착하니 3시다. 이번 순례길 일정 중 제
일 긴 거리인 29km를 걸어왔다. 그래서인지 몸이 피곤하다. 숙소는 8명이
한 방을 쓰는데 내부가 깨끗하게 잘 단장되어 있고 목재 침상에 하얀색 시트,
비누, 샤워 타월, 샤워 젤, 샴푸까지 다 갖추어져 있다. 게다가 호텔에서나 줄
법한 하얀 시트커버를 씌운 이불까지 나오니 호텔과 다를 게 뭐가 있는가 싶
다. 화장실, 샤워장이 8명만 사용하도록 되어 있는 것은 문제가 되지 않는다.
지금까지 이렇게 적은 순례자가 공동 화장실을 써 본 경험이 없으니까 말이
다. 모처럼 호사를 누려 본다.
　로그로뇨는 스페인 대표 음식인 따빠스_Tapas 골목이 유명하다고 하여 주인
에게 위치를 물어보니 숙소 바로 뒤에 위치하고 있단다. 몸이 피곤해도 이
때가 아니면 언제 다시 경험하랴 싶어 그 골목길을 찾아서 위로 올라갔다.

따빠스를 맛볼 집을 정해 놓고 다시 내려오니 손님으로 붐비던 그 집은 낮잠_Siesta_을 자기 위해 16:00에 문을 닫는다며 점포 문을 잠그고 있는 중이다. 할 수 없이 그 밑의 다른 집에 들어가서 유리 진열장에 얹어 놓은 여러 가지 따빠스 중에 맛있어 보이는 소고기, 샐러드, 피망 따빠스를 생맥주와 함께 시켜 먹었다. 바깥의 손님은 높은 탁자 앞에 서서 먹고 있고 우리는 실내에서 의자에 앉아 난생 처음 따빠스 맛을 보았다. 간으

Logrono; 술안주로 먹기 좋은 갖가지 따빠스를 먹을 수 있는 골목 로그로뇨는 따빠스로 유명하다.

로 찍어 먹을 하얀 소금은 큰 결정 형태로 나와 청결하고 맛나 보인다. 바게트빵을 토막 내어 그 위에 간단한 요리를 얹어 한두 입에 들어갈 수 있게 만든 따빠스도 있다. 배가 출출할 때 간식으로 먹기에 딱 좋을 것 같다.

Logrono; 오후에 Tapas와 와인을 먹을 수 있는 Bar

까르푸_{Carrefour} 슈퍼에 들러 내일 아침과 점심 때 먹을 빵과 컵라면, 과일, 물을 사 들고 숙소에 들어오니 내 침상 밑에 있는 순례자는 발에 난 물집을 따내고 있다. 여기까지 오는 동안 고생을 많이 한 것 같다. 그런데 이 독일 친구는 프랑스 공항에서 배낭을 통째로 잃어버려서 프랑스에서 모두 새것으로 다시 사서 여기에 왔다고 한다. 같은 순례자로서 마음이 아프다. 숙소에는 아일랜드 남자, 미국 여자 등 모두 8명이 한 방을 쓴다. 숙소에서 잠시 휴식을 취한 후 18:40경 다시 숙소 앞 시내로 나왔다. 메르까도_{Mercado} 광장 앞에 서 있는 높은 두 개의 종탑을 갖고 있는 산따 마리아_{Santa Maria} 성당 내부를 보면서 천정 돔 중앙에 팔각형 구멍이 난 것을 봤다. 옛날 이탈리아 로마에 갔을 때 판테온 신전 돔에 구멍이 나 있었던 것이 기억난다. 이 구멍으로 웬만하면 비가 들어오지 않는다고 했던가?

성당 밖으로 나와 성당 옆으로 난 폭이 넓은 보행자 전용 길 주변에 있는 각종 상점들과 행인들을 보면서 이국의 길거리 문화를 느껴 본다. 도시 규모가 작지 않음을 금방 알 수 있을 정도로 행인이 많고 잘 갖춘 상점들이 많이 보인다. 나이 든 노신사와 할머니들의 세련된 차림새는 삶을 여유롭게 꾸며가는 이 나라 도시 사람들의 단면을 잘 보여 주는 것 같다. 시내를 한 바퀴 돌고 나니 출출한 배가 나에게 레스토랑으로 가자고 재촉한다.

숙소 앞 골목 안에 작은 광장이 보이고 야외에 많은 사람이 저녁 시간을 즐기고 있다. 우리도 숙소에서 멀지 않는 곳에 있는 순례자 메뉴를 제공하는 모데르노 카페_{Café Moderno}의 옥외 쪽에 자리 잡고 주문을 했다. 이탈리아 남부의 멋쟁이 같은 스타일로 검은 머리카락에 머릿기름을 윤이 나게 바르고 검은 바지에 흰 와이셔츠 차림의 코가 큰 웨이터가 와서 주문을 받는다. 해산물 수프와 러시아 샐러드를 시키고 양고기 구이를 메인으로 주문했다. 러시아 샐러드는 한국에서 흔히 먹는 샐러드와 다를 바 없다. 옥수수, 당근 등 대부분의 야채를 삶아서 그 위에 삶은 감자와 마요네즈를 넣고 으깬 것이다.

양고기는 노린내가 나지 않고 맛이 있고 곁들여서 같은 접시에 나오는 붉은 피망을 볶은 것은 맛이 참 좋다. 물론 매번 나오는 프렌치프라이도 맛있다. 그동안 광장 한편에서 색소폰 연주를 하고 있던 악사가 우리 테이블에 와서 뭐라고 하길래 연주가 좋았다고 엄지를 세워 주고 2유로를 주었다. 물론 함께 사진도 몇 장 찍어서 이 연주자가 다시 우리에게 사례할 기회를 주었다.

Logrono; Café Moderno에서 맛있는 저녁을 먹고
색소폰 연주도 들으며 여유를 갖는 시간이다.

모처럼 늦은 시간인 21:00 넘어 숙소에 들어와 내일 계획을 상의하고 10시에 호텔 같은 알베르게에서 로그로뇨의 첫 밤이자 마지막일 것 같은 잠을 청하였다.

순례길 9일 차

2018년 9월 8일 토요일, 맑음
- 경로: 로그로뇨(Logrono) → 나헤라(Najera)
- 거리: 29km (출발 표고 382m, 도착 표고 490m)
- 시간: 06:45 ~ 14:35, 7시간 50분 소요
- 숙소: 니도 데 시구에나 알베르게(Nido de Ciguena Albergue), 15유로, 20침상

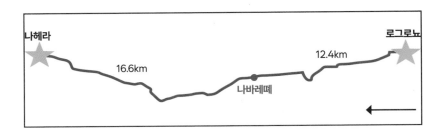

05:30 기상하여 주방에서 어제 산 컵라면과 복숭아를 먹고 동이 아직 트지 않은 06:45에 출발하였다. 시내를 빠져나오는 도중에 순례자 모습의 남녀 동상 조형물 앞을 지나 사진 한 컷 찍고 동이 틀 무렵 시가지가 끝나는 지점에 기아$_{KIA}$ 자동차 판매점이 보여 반가웠다.

Logrono; 반가운 한국의 기아 자동차 판매점

도시를 빠져나오니 그라헤라Grajera 저수지 옆으로 골프장, 여타 체육 시설이 함께 들어서 있는 그라헤라 공원이 나온다. 먼 곳 앞에는 나바레떼Navarrete 마을이 보이며 산언저리에는 투우 형상을 철판으로 만들어 놓은 조형물이 보이고 3시간여를 걸어가니 바닥에 기초석만 있는 옛날 집터Hospital de San Juan de Acre가 나온다. 순례자를 위한 오래된 병원 터라고 간판에 안내해 놓았고 그 옆에는 돈 하꼬보Don Jacobo 와이너리가 보인다.

09:30경 나바레떼 마을에 도착해 보니 여느 마을과 마찬가지로 이 마을 입구에도 타지 여행자들이 쉽게 알 수 있도록 마을 전체를 자세하게 안내해 놓은 지도가 나온다. 마을 중심에 있는 누에스뜨라 세노라Nuestra Senora 성당은 과거 이곳에서 성직자 생활을 했던 역대 성직자가 입었던 옷을 전시해 놓았다. 당시의 여건으로 보아서는 상당히 고가의 화려한 옷으로 보이며 당시 기독교의 권위가 어떠했는지를 가히 짐작할 수가 있을 것 같다.

Logrono-Najera; 나바레떼 마을의 누에스뜨라 세노라 성당에 전시된 성직자 의상

이 마을을 빠져나와 20분쯤 걸었을까 포도밭 사이로 난 순례길 옆에 순례

자와 양의 모습을 한 흰색의 석고 조형물이 있다. 그 옆으로는 수많은 돌을 얹어 놓아 순례길을 안전하게 갈 수 있도록 염원하고 있는 것 같다. 11:40경 산티아고까지 593km 남았다는 이정표가 있는, 쉼터로 조성된 구역에서 배낭을 풀어 놓고 간단한 점심을 먹으면서 바로 옆에 있는 포도밭에서 포도송이를 따서 갈증을 달래었다. 포도 알맹이가 우리나라 포도보다는 작지만 당도와 즙은 훨씬 달고 풍부하다. 농부가 힘들게 가꾸어 놓은 포도를 따 먹자니 미안한 마음이 들기는 하지만 달콤하고 즙이 많아 순례자의 피로를 풀어 주기에는 이만한 것이 없을 것 같다. 1,000년 전 순례를 시작한 이후 많은 순례자들이 산티아고로 걸어가면서 과연 무엇을 먹고 갔을까 생각하면 포도는 빼놓을 수 없는 먹을거리였을 것이다.

Logrono-Najera; 순례길 옆 포도밭. 순례자를 위한 배려? 그래서 한 송이 땄다.

표고가 400m 채 되지 않는 로그로뇨에서 나바레떼와 벤또사$_{Ventosa}$를 지난 19km까지는 오르막으로 계속 가다가 660m 정점을 찍고 나머지 9km는 경사가 거의 느껴지지 않는 내리막이다. 좌측에는 먼 곳에 아주 높은 산이 보이는데 안내 간판에는 2,271m 높이의 산 로렌소$_{San\ Lorenzo}$ 산이라고 적어 놓았다.

Logrono-Najera; 저 먼 곳에 솟아 있는 2,271m 높이의 San Lorenzo산

　12시를 지나면서 햇살이 따가워지기 시작한다. 어느 서양 순례자는 큰 양산을 쓰고 걸어간다. 대부분의 서양인은 오히려 햇볕을 반기면서 가기 위해 반바지, 반팔 차림이 많은데, 햇볕을 아주 싫어하는 서양인도 있다는 것을 양산을 쓴 이 사람을 통해 확인한다. 14:30경 나헤라_{Najera} 신시가지 시내로 들어와 나헤리야_{Najerilla} 하천을 넘으니 구시가가 산 앞으로 보인다. 당초 묵으려고 생각하였던 뿌레으따 알베르게_{Albergue de Puerta}에 도착해 보니 이미 침상이 모두 나가 버렸다고 하며 주인은 인근의 다른 곳을 소개하며 그곳으로 가 보라고 한다. 조영옥 씨도 우리보다 먼저 도착해 여기서 기다리면서 동시에 시립 알베르게에 이윤주 씨가 줄을 서고 있다며 이곳이 안 되면 거기로 간다고 한다.

　서둘러 나와서 소개받은 니도 데 시구에나 알베르게_{Nido de Ciguena Albergue}에 가 보니 주인 안톤 씨는 여기도 남는 침상이 없다고 한다. 다만 사전 예약한 순례자가 15:15까지 오지 않으면 여기에 머물 수 있다고 해 친구 항하는 이곳에서 기다리기로 한다. 한편으로 시립 알베르게에도 줄을 서기 위해 시급히 가 보니 이윤주 씨, 아람 씨와 홍콩인이 나보다 20여 명 앞에서 줄을 서 있다. 나도 줄을 서서 기다리고 있는 동안 항하로부터 니도 알베르게 예약자가 15:15 이후에도 오지 않아 우리가 투숙할 수 있게 되었다고 연락이 왔다. 다행히도 세 명이 한 방을 쓰는 곳이라고 한다. 당초 방값이 3명 50유로 하던 것을 2명 40유로로 하였다가 때마침 일본인 가쯔 씨가 들어와 방을 찾길래 3명 45유로로 5유로 할인을 해 준다.

Najera; 마을 앞 Najerilla 하천, 하천변으로 Café가 많다.

날씨가 다시 흐려지고 비가 올 듯하여 빨랫감을 유료 세탁으로 주인에게 맡기고 나헤리야 하천 앞 나싸라 카페_Café Naxara에서 마후_Mahou 표 생맥주와 따빠스 한 조각을 시켜 놓고 피로를 풀었다. 비가 조금씩 온다. 서둘러 총총걸음으로 하천 건너편 에로스키_{Eroski} 슈퍼에 들러 내일 아침과 점심거리를 사서 숙소로 비를 맞으며 돌아왔다.

Najera; 록 밴드 연주, 밤늦게까지 연주하여 시끄러웠으나
이곳 주민들은 모두 양해를 하는 문화인 것 같다.
뒤편의 절벽은 이 도시의 특징이다. 절벽에 많은 굴을 뚫어 놓은 곳이 보인다.

슈퍼에서 산 아이스크림을 주인에게 주니 무척이나 고마워한다. 오른발 뒤꿈치가 조금 아파서 보니 물집이 잡혀 있다. 이곳에 온 지 10일 차 — 걷기로는 9일 차 — 만에 처음 생긴 물집이다. 갖고 온 바늘과 실로 물집을 따 내고 실은 그대로 물집에 걸쳐 두어 물이 계속 빠져나오도록 두었다. 그리고 나니 훨씬 덜 아프다. 저녁을 먹기 위해 주인에게 물어보니 이 근처 메손 엘 부엔데 얀따르_{Meson El Buen de Yantar} 레스토랑이 괜찮다고 들어 하천 둑 앞에 있는 그곳으로 갔다. 오늘의 메뉴_{Menu del Dia}인 마늘 수프, 돼지 허리 고기를 시켜 맛나게 먹고 숙소로 돌아오는 길에 보니 마을 골목길 좁은 광장에서 산 미겔_{San} _{Miguel} 문화 축제로서 록 밴드가 격한 연주와 노래를 한다. 무대 뒤에는 붉은 사암 같은 절벽이 보이고 절벽 중간에는 일부러 파 놓은 사각 동굴들이 많이 보인다. 오래전에 수도자들이 기거했을 것 같다.

숙소에 돌아와 못 쓸 것 같은 짐은 무게가 얼마 되지 않아도 버리기로 하였다. 항하가 사 준 발가락 양말 두 짝 중 하나는 버리기로 하고 발바닥에 물집 방지용으로 바르려고 갖고 온 바셀린 연고도 버리기로 했다. 무게가 얼마 나가지는 않지만 있는 것과 없는 것은 심리적으로도 마음을 가볍게 하는 것 같다. 같이 자는 일본인 가쯔 씨는 아직 오지 않았고 21:30 취침에 들어갔다.

순례길 10일 차

2018년 9월 9일 일요일, 맑음

- 경로: 나헤라(Najera) → 산또 도밍고 데 라 깔사다(Santo Domingo de la Calzada)
- 거리: 20.7km (출발 표고 490m, 도착 표고 639m)
- 시간: 07:20 ~ 12:40, 5시간 20분 소요
- 숙소: 꼬프라디아 알베르게(Casa de la Cofradia del Santo), 7유로, 217침상

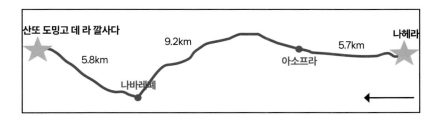

어젯밤에는 록 밴드의 연주 소리에 자다가 밤 01:00경 일어나 귀마개를 찾아서 꼽고 다시 잤다. 이렇게 경우 없이 밤에 시끄럽게 하여 주민들 밤잠을 설치게 해도 되는지 의아스럽다. 06:00에 일어나 어제 산 컵밥 등 풍족한 먹을거리로 아침을 먹고 일부는 가쯔 씨에게도 줬다. 07:20 숙소를 나와 뒷산을 넘기까지 다소 가파른 경사 고갯길을 지나서 평지 길을 걸었다. 어젯밤 비가 온 후라 공기는 매우 상큼하다. 뒤편(동쪽)에서 비추는 아침 햇살은 구름, 안개와 함께 어울려 신비로움마저 줄 정도로 아름다운 풍경을 연출한다.

Najera-Calzada; 마르지 않은 양말과 수건을 배낭에 걸고 걸어간다.
약 10일 동안 깎지 않은 수염이 많이 길었다.

10:00까지는 좌우에 포도밭이 자주 보이다가 이후에는 밀밭이 많이 보인다. 나헤라에서 5.7km 떨어진 아소프라_{Azofra} 마을을 지나 이후 9km 동안 중간에 마을이 없다. 아소프라 마을에는 식물원으로 가는 안내 간판에 한글로 '식물원'을 적어 놓았다. 가는 길 왼편에 있는 어느 포도밭은 구릉에 포도나무를 심어 놓은 줄이 매우 잘 정렬되어 있어 사진 작품에도 나올 법하여 몇 장의 사진을 찍었다. 물론 작품으로 쓸 것은 아니지만….

Najera-Calzada; 잘 정리된 포도밭

시루에나_{Ciruena} 마을 초입 언덕 위에는 골프장_{RioJa Alta Golf Club}이 딸린 새로 조성된 듯한 마을이 나온다. 일요일이라서 그런지 골프를 치러 나온 사람들이 적지 않게 보인다. 혹시 스페인의 유명한 프로 선수 가르시아는 없는지 생각하며 유심히 보았다. 목적지로 가는 길은 약간의 오르막길이지만 못 느낄 정도로 완만하다. 도중에 폭스바겐 자동차 회사의 디자인 부서에 근무한다는 벨기에 여자를 만나 같이 기념사진을 찍은 후 잠시 더 얘기를 하려고 하니 먼저 앞장서 걸어간다. 아들이 자동차 회사의 디자인 분야에 근무하니 좀 더 알아서 연결해 줄 생각까지 했었다. 12:00가 가까워 오면서 하늘에는 구름이 약간씩 걷히고 푸른 하늘을 조금씩 내어 놓는다. 약간의 구릉은 있지만 광활한 주변의 끝없는 평지는 이방인의 눈이 휘둥그레지기에 충분하여 360도 파노라마 사진을 돌린다.

Najera-Calzada; 360도 파노라마 사진. 사방이 광활한 평지와 구릉이다.
노는 땅 없이 이 땅에서 생산되는 농산물 양은 짐작이 안 된다.

4~5km를 남겨 놓은 약간의 내리막길에서는 저 앞에 목적지 마을이 보인다. 산또 도밍고 데 라 칼사다_{Santo Domingo de la Calzada} 도시 초입에 들어와 첫 알베르게에 들어가니 잔여 침상이 없다. 시내에 있는 안내소에 들어가 마을 지도와 숙소 추천을 받아서 217침상이 있는 꼬프라디아 숙소_{Casa de la Cofradia del Santo} 에 여장을 풀 수가 있었다. 평소보다 이른 시간에 도착해 오늘은 큰 피로 없이 걸어왔다. 점심을 못 먹었기에 싸 가지고 온 먹을거리를 숙소 2층 주방으로 내려가 먹었다. 숙소는 내부를 리모델링하여 깔끔하게 잘 만들어 놓았고 주방과 휴식하는 공간이 넓게 잘 확보되어 있으며 집기류, 식탁, 소파 등 충분히 갖추어져 있다. 샤워장과 화장실도 남녀 분리를 해 놓아 불편함이 덜하다. 자동판매기에서 캔맥주와 함께 먹는 점심 또한 꿀맛이다. 숙소 바로 인근에 있는 성당 내 수탉으로 유명하다는 산또 도밍고_{Santo Domingo} 성당에 들어가 살아 있는 흰 수탉 두 마리를 성당 내에서 키우는 것을 보았다. 이 동네 마을 처녀가 독일에서 순례자로 온 남자에 대한 짝사랑과 죽음 그리고 다시 살아나는 12세기 때의 전설 같은 얘기가 있는 곳이다.

Calzada; Santo Domingo 성당 내 벽에 장식하여 놓은 수탉
전설 같은 애틋한 사랑을 간직하고 있다.

성당 내에는 19세기 후반 전후에 사용하였던 타자기, 전신기, 축음기, 저울 등을 전시한 공간도 있다. 성당 지붕으로 가는 계단이 있어 종탑을 보다 가까운 거리에서 볼 수가 있었다. 종탑은 돌을 깎아 정말 화려한 모양으로 치장해 놓았다. 종탑 일체를 마치 주조로 만든 것같이 보인다. 아담과 이브부터 아브라함, 야곱 등 기독교 역사에 나오는 대부분의 인물을 나무 모양으로 그려 놓은 가계도는 처음 보는데 기독교 역사를 이해하는 데 도움이 될 것 같다. 시청 앞 스페인 광장은 지금까지 본 광장 중에 빰쁠로나시 다음으로 넓다.

Calzada; 시청 앞 스페인 광장

마을 남쪽에 있는 에로스키$_{Eroski}$ 마트에서 먹을거리를 사 숙소에서 계란을 삶아 놓고 다시 마을로 나왔다. 스페인에서 빠에야$_{Paella}$를 먹어 보자고 하여 슈퍼로 가는 길을 다시 올라가 큰 도로 옆에 있는 까뽀따$_{Capota}$ 레스토랑에서 빠에야와 녹색 파스타를 시켜 먹고 나왔다.

Calzada; 스페인 유명 음식 Paella

16명이 쓰는 숙소 1번 방에는 함양성당 일행 11명과 김광남 씨 일행, 표일봉 씨 부부 등 모두 15명의 한국인이 모여 있다. 이 방에 같이 있는 외국인 한 명은 한국인들 특유의 숙박 문화로 인하여 다소 불편하지 않았을지 모르겠다. 숙소에서 내일 벨로라도$_{Belorado}$에서 머물 숙소$_{Canton\ Cantos\ Albargue}$에 전화 예약을 완료한다. 모레 도착 예정인 산 요한$_{San\ Juan}$에서는 머물 숙소가 한정되어 있어 조금 더 멀리 있는 아헤스$_{Ages}$에 머물기로 하고 이 숙소도 전화 예약을 마쳤다.

1층 주방 및 휴게실에서 많은 순례자들이 대화하는 소리로 숙소 전체가 시끄럽다. 2, 3층은 사각으로 방이 배치되어 있고 가운데 1층 홀은 2, 3층에서 모두 볼 수 있는 구조라서 1층의 소리가 모두 2, 3층에 전달되어 잘 들린다. 한동안 힘들 정도로 아팠던 사랑니는 이제는 못 느낄 정도로 아픔을 모르겠다. 인천 공항에서 샀던 약을 매일 한 번씩 꾸준히 먹었던 효과가 이제야 나타나는 듯싶다. 그리고 해마다 9월 중순부터 찾아오는 비염 때문에 이번 순례길을 대비해 약을 처방받아 가지고 와서 매일 먹고 있는데 다행히 이곳에선 그 증세가 없다. 순례자가 아닌 여행자로 와서 이 며칠 동안 성모님의 은혜를 입어서인가? 침상에서 왼발 뒤꿈치에 추가로 난 물집 — 물집이 영어로 Blister라는 것을 순례길에 와서 알았다 — 을 따고 실을 걸어 놓았다. 이제는 두

발 모두 물집이 났으니 더 이상 생기지 않으리라. 내일 05:40에 일어나기로 하고 16명이 한 방을 쓰는 3번 방 문 앞에 있는 상단 침상에서 다소 불편하지만 밤잠을 청하였다.

순례길 11일 차

2018년 9월 10일 월요일, 맑음

· 경로: 산또 도밍고 데 라 깔사다(Santo Domingo de la Calzada) → 벨로라도
(Belorado)

· 거리: 22km (출발 표고 639m, 도착 표고 767m)

· 시간: 06:45 ~ 12:50, 6시간 5분 소요

· 숙소: 깐똔 깐또스 알베르게(Canton Cantos Albergue), 8유로, 62침상

벨로라도

4.6km
비야마요르 델 리오

3.4km

가스띠델까도
2km

레데시야 델 까미노
1.6km
빌로리아 데 리오하

3.9km

그라논

6.5km

산또 도밍고 데 라 깔사다

　　05:30 기상하여 잠자는 순례자를 깨우지 않기 위하여 고양이 걸음으로 짐을 바깥 복도로 옮겨 놓았다. 어제 사 놓은 대만산 컵라면과 사과로 아침을 먹는데 1번 방의 이혜숙 씨가 와서 자기들이 먹다 남은 밥이 있는데 좀 먹으라고 한다. 고마운 일이다. 걷는 내내 날씨가 흐려 걷기에는 좋았고 대체로 완만한 오르막 길이다. 오늘이 전체 예정한 일정의 1/3을 소화하는 날이다.

Calzada-Belorado; 북서쪽 갈리시아 지방 레온까지 가는 길을 상세하게 안내한 표시판

포도밭은 전혀 보이지 않고 대신 해바라기밭이 나온다. 대부분 밀밭이지만 나중에는 무, 양파, 채소밭이 많이 보인다. 길가에 있는 해바라기는 순례자들이 열매 끝에 달려 있는 앞 수술을 없애 사람 얼굴에 눈, 코, 입 모양 등 여러 가지 형태 — 웃거나 화나거나 무표정이거나… — 로 만들어 놓아 피로한 순례자의 눈에 새로운 볼거리를 준다. 나도 나를 자화상으로 한 얼굴을 해바라기에 만들면서 항하에게 한 사진 부탁하였다.

Calzada-Belorado; 해바라기씨 끝에 달린 꽃술을 따 내어서
얼굴을 그리는 여유를 갖는다.

오는 길에 그동안 몇 차례 만났던 독일인 게오그 씨와 러시아 월드컵 축구에서 우리나라가 독일을 2:0으로 이겼다는 데 대하여 감사의 뜻을 전하던 멕시코 여자 마리아 씨 — 작은 키에 크고 단단한 배낭을 메고 피로한 기색 없이 미소 띤 얼굴로 잘 걷는다 —, 순례길에 대하여 사전 공부 없이 무작정 와서 우리들에게 약간의 염려를 하도록 한 이민호 씨 — 정말 잘 걷는다 —, 마음씨가 아

주 좋아 보이는 미국인 스티브_{Steve} 씨 노부부를 또 만나서 반가움을 표시했다. 처음 순례길을 출발할 때와 1/3을 소화한 오늘까지 도중에 만나는 사람을 보면 자주 만나는 사람이 있고 만났다가 더 이상 못 만나는 사람, 새롭게 만나는 사람 등 우리의 인생이 겪는 과정과 다를 것이 없다. 다시는 못 볼 것 같은 사람이라도 이렇게 뜻하지 않게 만나는 경우가 있는데 인생을 살면서 결코 미운 감정의 헤어짐은 없어야겠다는 깨달음을 얻는다.

모두 5곳의 마을을 그라논_{Granon} - 레데시야 델 까미노_{Redecilla del Camino} - 까스띠델까도_{Castidelcado} - 빌로리아 데 리오하_{Viloria de Rioja} - 비야마요르 델 리오_{Villamayor del Rio} 순으로 비교적 걷기 용이한 완만한 길을 걸어왔다. 이곳의 마을 수도꼭지의 물은 못 마신다고 적어 놓은 곳이 몇 있다. 하얀 턱수염이 덥수룩하고 카우보이모자와 검고 둥근 선글라스를 쓴 순례자는 배낭을 메고 소형 수레 위에 여행용 가방을 싣고 끌고 온다. 아주 특이한 모습이다. 그 나름대로 편리한 수단을 이용하여 온다. 5명이 일가족 같은 팀은 큰 개를 데리고 같이 왔다. 개의 등에도 약간의 짐을 얹어 놓았는데 아마 개 자신이 먹을 양식을 지고 가는 것 같다.

밀밭 한가운데에는 그 넓디넓은 밀밭의 밀을 수확하고 나오는 밀 짚단을 장방형으로 크게 꾸려 쌓아 놓았는데 그 높이가 10m는 넘어 보이고 폭 또한 20m 이상은 되어 보인다. 집채보다 큰 이 크기를 짐작하기 위하여 짚 더미 앞에서 나를 넣어서 한 컷을 만들었다.

농사 짓는 규모가 한국과는 비교가 안 된다. 어떻게 짚단을 이러한 큰 장방형으로 꾸리는지 궁금한데 분명히 전용 기계를 사용하지 않고는 못 할 것이다. 그런데 아무 탈 없이 사용하던 핸드폰이 갑자기 문제가 생긴다. 전원이 아직 40%나 남았는데 화면이 깜빡깜빡하더니 갑자기 꺼져 버린다. 그동안 사진 찍어 놓은 것과 데이터들이 모두 사라지는 것은 아닌지 염려가 되고 앞으로 남은 일정 동안 사진 촬영도 불가하다는 생각을 하니 아찔하다.

Calzada-Belorado; 밀 짚단을 건물보다 더 큰 규모로 쌓아 놓았다.
사각으로 반듯하게 각각의 짚단을 만들어서 이렇게 높이 쌓은 것이다.

Calzada-Belorado; 산티아고 가는 순례길을 타일에 구워 가정집 벽에 붙여 놓고
순례자들이 편히 보라고 안내해 놓았다. 고마움의 마음을 전한다.

이틀 뒤 큰 도시인 부르고스_{Burgos}에 가서 고쳐 보리라 마음먹었다. 벨로라
도 도시 입구에 들어서는 초입에 각 나라의 국기를 걸어 놓은 어느 알베르게
의 광고판에는 순례자 메뉴도 있고 숙박비가 6유로밖에 하지 않는다고 적혀
있다. 애국심을 발휘하여 한국 국기를 찾아 보았으나 보이지 않는다. 벨로라
도 마을은 절벽이 있는 나지막한 산 앞에 있고 마을을 보고 있는 산 쪽은 그
저께 머물렀던 나헤라같이 절벽에 많은 동굴이 보인다.

Belorado; 절벽에 굴을 만들어 놓았는데 수도자들이 기거한 곳 같다.

12:50에 어제 예약한 깐똔 깐또스 알베르게_{Canton Cantos Albargue}에 도착하니 이미 많은 순례자들이 문 앞에 배낭을 풀어 놓고 13:00부터 투숙 수속하는 시간을 기다리고 있다. 우리보다 먼저 도착해 줄을 서 있는 순례자를 보니 한국말 잘하는 프랑스 여자 앤, 김광남 씨와 이혜숙 씨 일행이 먼저 와서 기다리고 있다.

Belorado; 13:00에 문을 여는 알베르게 앞에서 기다리는 순례자들
왼쪽 웃는 이가 프랑스인 Anne. 1952년생인데 배낭은 나의 것보다 훨씬 크다.

우리 바로 앞에서 줄 서 있는 캘리포니아에서 왔다는 젊은 미국 여자는 대학 졸업 후 취직 전 이곳을 다니러 왔다고 한다. 차림새와 준비해 온 물건들을 보니 순례길 트레킹 의지가 당차 보인다. 배정받은 방은 1층 하단 침상으로 받았는데 1층이라 화장실, 샤워장, 세탁실 접근이 용이하여 좋다. 숙소에는 수영장과 잔디밭이 있어 수영장에는 수영을, 잔디 위 벤치에는 일광욕을 즐기는 서양인 — 특히 여자들 — 이 많이 있다. 대부분 수영복을 입고 잔디 위에서 쉬고 있는데 가까이에 정면으로 있는 이 모습을 오랫동안 쳐다보지는 못하고 자연스러운 시선 처리를 위한 내 자세가 오히려 어색하기만 해 의자 방향을 옆으로 틀었다. 구름 한 점 없는 새파란 하늘의 오후 태양은 따갑기까지 해 태양의 동선에 따라서 같이 움직이는 나무 그늘을 찾아서 몇 번씩 의자를 옮기면서 자판기 캔맥주와 함께 여유 있는 오후 휴식을 취했다. 주변 사진을 찍어 놓으니 선명한 녹색의 잔디와 푸른 하늘의 색이 서로 잘 어울려 산뜻한 느낌을 준다.

Belorado; 숙소 뒤 수영장이 딸린 정원
태양이 따가워 그늘에 앉아 있는데 서양인들은 일부러 햇빛을 즐기고 있다.

밖으로 나와 인근 산 절벽에 나 있는 동굴 구경을 하려고 산따 마리아_{Santa} _{Maira la Mayor} 성당 옆에 있는 출입구로 갔으나 문이 잠겨 있어 들어가지 못하고 성당 외부에서 창문을 통해 내부를 촬영하는 데 그쳤다. 숙소 건너편 메이어 광장에 있는 불레바르_{Bulevar} 레스토랑에서 이혜숙 씨, 김광남 씨 일행 등 모두 6명이 함께 오늘의 메뉴인 우리나라 순대 같은 음식과 돼지고기 구이를 주문했다. 와인은 병도 잔도 아닌 갈색의 도자기 술병에 담아 나왔다. 아마 와인 독에서 퍼서 주는 것 같다. 그동안 이 병을 몇 차례 보았는데 오늘에야 와인 담는 도자기의 큰 잔인 것을 알았다. 그래도 와인 맛을 잘 구별할 줄 몰라 순례길 동안 마셨던 와인 맛하고 큰 차이가 없어서 마시기에 괜찮았다.

내일은 오르막길을 제법 많이 걸어야 하므로 21:30 일찍 잠자리에 들어갔다.

Belorado; 도자기로 만든 와인 주전자

순례길 12일 차

2018년 9월 11일 화요일, 맑음

- 경로: 벨로라도(Belorado) → 아헤스(Ages)
- 거리: 27.7km (출발 표고 767m, 도착 표고 968m)
- 시간: 06:20 ~ 14:35, 8시간 15분 소요
- 숙소: 빠하르 알베르게(Albergue el Pajar), 10유로, 34침상

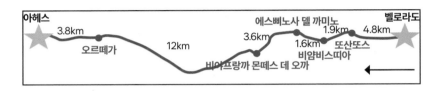

05:30 기상하여 짐을 챙겨서 나오니 아직은 캄캄하다. 하늘은 수많은 초롱초롱한 별들이 아침 길을 시작하는 나그네를 반긴다. LED 손전등을 켜서 걷는데 07:15쯤 여명이 밝아 온다. 뒤편 동녘 하늘은 주황색의 빛이 산 능선과 나무를 검은색 실루엣으로 장식해 하늘과의 경계선을 선명하게 보여 준다.

Belorado-Ages; 벨로라도를 출발한 지 얼마 되지 않은 07:12경의 여명
하늘과 땅과의 경계가 아름다운 실루엣을 연출한다.

적지 않은 순례자들이 열심히 걸어가고 있다. 한 시간여를 걸어가니 또산 또스_{Tosantos} 마을이 나온다. 마을 입구마다 하얀 바탕의 안내판에 "까미노 데 산티아고_{Camino de Santiago}"를 제일 위에 적어 놓고 바로 밑에 마을 이름 또산또 스, 그다음에 마을 지도를 표시해 놓아 이방인이 쉽게 알 수 있도록 해 놓았 다. 산티아고 가는 길에 있는 여러 마을에서 지금까지 이 안내판을 다 보았 다. 이 마을에도 외곽 산 절벽에 동굴을 많이 파 놓은 곳이 조그만 교회와 함 께 많이 보인다. 이 마을에서 2km도 채 떨어지지 않은 비얌비스띠아_{Villambistia} 마을까지 가는 길은 해바라기밭으로 넓게 조성하여 놓았다.

Belorado-Ages; 이 지역에는 드넓은 해바라기밭이 자주 보인다.

또 그만치 더 온 지점에서는 앞마을과 같은 규모의 에스삐노사 델 까미노 _{Espinosa del Camino}라는 또 다른 마을이 나온다. 이 마을에 있는 노란색의 3층 집 에 꽃과 수레바퀴, 하얀 자전거 등 장식물로 예쁘게 치장한 알베르게_{La Campana}

de Pepe Albergue가 보인다. 하룻밤 자고 가고 싶은 마음이 들 정도로 치장을 잘해 놓았다. 이 집 벽에는 산티아고까지 531km 남았다고 적어 놓았다. 순례길 거리의 1/3 정도 걸어온 것 같다.

Belorado-Ages; 오래된 집이지만 특이한 모습으로 이쁘게 단장을 잘해 놓았다.

비야프랑까 몬떼스 데 오까Villafranca Montes de Oca 마을로 가는 도중 길 위에는 검은색 침낭 하나가 떨어져 있다. 분명히 순례자 것인데 아마 자전거를 타고 가는 순례자가 도중에 떨어뜨린 것을 미처 알아채지 못한 것으로 보인다. 분실한 이는 오늘 추위로 떨고 자야 할 것으로 생각하니 어떻게든 전달해 주고 싶은 마음인데 전해 줄 방법이 없다. 순례길 도중 귀중품이나 이러한 물건을 잃었을 때 분실물 보관소에 맡겨 놓으면 분실자가 연락을 취해 찾아갈 수 있게 하는 시스템이 있으면 좋겠다는 생각이 든다. 물론 있을 거라 생각한다. 일단 주워서 들고 가기로 했다. 다음 마을에까지는 놓고 가리라 생각하고 약간 무겁긴 하지만 스틱에 걸어서 들고 가기로 하였다. 다음 마을까지는 약간의 오르막이 계속된다.

09:20경 중간 경유지 마을인 비야프랑까 마을에 도착한다. 이 마을 입구에도 마을 안내 간판이 보이고 몇 군데의 명소를 사진과 함께 안내한 별도의 간판도 보이는데 역시 성당이 제일 우선으로 들어가 있다. 간판을 보니 이 마을 근처 어디에는 댐이 있는 것 같다. 이 마을을 벗어나니까 숲길이 있는 오르막길이 나온다. 햇볕을 피할 수 있어서 다소 덜 힘들겠다. 오까$_{Oca}$ 산을 가로지르는 순례길은 좌우로 소나무가 우거져 있어 길 위로 풍겨져 나오는 소나무 향기가 나의 몸을 깨끗이 정화하는 것 같아 여기에서 그냥 텐트를 치고 며칠 쉬었다 가고 싶은 마음이 든다.

나무는 자연적으로 자란 것이 아니고 조림을 한 것으로 보이며 중간중간에 산불 방지 겸 벌목용 비포장도로가 나 있다. 가파르지 않은 길이지만 길의 최고점은 고도가 1,100m 이상이 된다. 길 위에는 돌과 나무들로 여러 가지 표시를 해 놓았는데 순례자들이 지나가면서 밟지 않고 표시의 의미를 공감하며 피해 간다. 순례길 방향 화살 표시, 사랑표 표시, Buen Camino 글자 표시, I love you 등등 모두가 다소 피곤해지는 순례자의 마음을 추슬러 주기에 충분하다. 다음 마을 산 후안 데 오르떼가

Belorado-Ages; 아헤스 가는 길은 8시간 이상을 걷는 길이지만 숲길이 많아서인지 그렇게 지루하다고 느껴지지 않는다.

San Juan de Ortega 까지 9km로 표시한 판자로 된 길 안내 표시판이 보인다. 최종 목적지까지는 대략 12km 남았다. 4시간은 족히 더 걸어야 할 것 같은데 날

씨가 너무 쾌청하여 한낮에는 다소 더울 것 같다. 숲길 도중에 길 좌측에는 콘크리트 기념비가 하나 보인다. 비둘기 모양과 '1936'이라고 적어 놓고 설명해 놓은 콘크리트비인데 아마 1936~1939년 스페인 제2공화국에서 일어난 대규모 내전에 관련되어 희생된 전사자를 기리는 것으로 보인다.

Belorado-Ages; 스페인 내전 종식 희생자 추념비 같아 보인다.

오아시스_{Oasis} 700m라고 적어 놓은 안내판도 보인다. 식수가 떨어져 목마른 순례자에게는 이 안내판이 어느 안내판보다 반가우리라. 뒤에서 열심히 걸어오는 이민호 씨를 다시 만났다. 이번 순례길에 아무런 준비 없이 왔다고 했는데 여러 번 순례길을 다녀 본 사람처럼 서슴없이 빠른 걸음으로 잘 걸어오고 있다. 그 사이 얼굴이 햇볕에 좀 탄 것 같다. 아마 나의 얼굴도 탔겠지.

좀 더 걸어가니 역시 오아시스가 나온다. 땅에서 솟아오르는 샘물이 있는 곳이 아니라 이 길목 그늘에서 시원한 음료, 과일 등을 판매하는 노점이다.

주변에는 앉아서 쉴 수 있게 나무로 만든 여러 종류의 의자들이 보이고 주변에 약간의 치장을 해 놓아 쉼터같이 보인다. 반달만 한 수박 한 조각과 몇 가지의 과일, 음료수 등 먹을거리를 테이블에 얹어 놓고 순례자에게 판매를 한다. 여기서 먹는 수박 맛은 정말 시원하고 달콤하겠다는 생각이 들지만 먹고 나서 갈증이 더 날 것 같아 참기로 한다. 아람 씨가 빈 몸으로 나무 지팡이를 짚고 걸어서 온다. 무릎이 심하게 아파서 버스를 타고 가려고 했으나 그래도 한번 걸어 보자고 하여 배낭은 택배로 부친 후 천천히 절뚝절뚝 걸어온다고 한다. 의지의 젊은이다. 나중에 두고두고 추억에 남을 것이고 살아가면서도 이런 순간들이 인생 역경을 헤쳐 나가는 데 많은 도움이 될 것이다.

Belorado-Ages; 무릎과 발목이 아파도 지팡이를 짚고
오늘의 순례길도 걸어오는 의지의 아람씨

대략 13km 되는 오까산 숲길의 내리막 종점에 오니 오르떼가 마을이 나온다. 아주 작은 마을임에도 산 후안_{San Juan} 수도원과 큰 성당이 보이는데 이 마을이 예사 마을이 아님을 짐작하게 한다. 12~17세기 스페인의 가톨릭 종교의 전성기에 이 마을은 많은 역사를 가지고 있었고 특히 순례자를 위한 안전한 공간을 마련하고 있는 이 성당은 수많은 순례자에게는 피곤한 몸과 지친 마음을 달랠 수 있는 안식처로 알려졌다.

Belorado-Ages; Ortega에 있는 12세기에 건축된 유명한 San Juan 수도원

✓ 산 후안 수도원 San Juan de Ortega

San Juan de Ortega는 원래 성 요한 오르테가 — 영어: Saint John of Ortega, 스페인어: San Juan de Ortega — 라는 이름의 수도사에 의해 세워졌다. 그는 1080년경 부르고스 근처의 작은 마을에서 태어났으며, 후에 로마 가톨릭 교회의 성인이 되었다. 성 요한은 산티아고 순례길을 더 안전하고 편리하게 만들기 위해 여러 공사를 진행했으며, 특히 산티아고 순례자들을 위한 병원과 숙박 시설을 세우는 데 큰 기여를 했다.

또한 순례자들에게 숙박과 음식을 제공하던 곳이었다. 수도원 내에는 성인의 유해가 안치된 교회가 있으며, 산 후안 수도원도 성 요한 오르테가의 유해가 안치된 곳으로, 많은 순례자들이 이곳을 방문하여 기도를 드린다.

✔ 성모 마리아의 기적 El Milagro de la Luz

매년 춘분과 추분 때 수도원 교회의 제단에 빛이 비추는 현상이 발생한다. 이는 자연 현상으로, 교회의 건축 설계가 이를 고려한 것으로 보인다. 이 빛의 현상은 순례자들에게 신비롭고 성스러운 경험으로 여겨진다.

한낮이라 태양이 매우 따갑다. 이 마을 그늘에서 잠시 쉬면서 갈증을 풀기 위하여 마을 유일의 바에서 음료 한 캔을 들이켠 후 발걸음을 계속 재촉했다. 그런데 어제 갑자기 꺼졌던 휴대폰이 다시 살아났다. 걸어가는 중간에 휴대폰에서 '삐삐' 소리가 나더니 다시 켜졌다. 마치 식물인간 상태의 사람이 다시 정신을 차리고 일어나는 듯이 언제 그랬냐는 식으로 핸드폰에 저장된 데이터는 전혀 이상이 없고 사진도 다시 잘 찍힌다. 순례길에서 매일 수십 장의 사진을 찍어 놓았으니 이놈도 피곤하다고 어디 잠시 쉬러 다녀왔나 싶다. 정말 다행이다. 문명의 이기가 필요 없음직한 이곳이지만 막상 휴대폰이 없었던 동안에는 내심 데이터가 날아갔는지 무척 염려가 되었다. 이곳 산 후안 성인의 도움을 받았다는 생각이 불현듯 든다.

최종 도착지인 아헤스Ages 까지는 3.6km 남았다. 한 시간 전후면 도착할 것이다. 가는 길은 숲길이며 마을 도착 무렵은 들길이다. 마을 입구에 들어오니 산티아고까지 518km 남았다는 안내판과 연자방아 같은 둥근 바퀴 모양의 조형물이 조그만 정원 같은 데 놓여 있다. 바로 옆에는 최소 100년은 더 되었을 것 같은 옛날 집들이 그들 나름 곱게 치장을 하고 서 있다.

131

Ages; 우리나라 연자방아 같은 것이 여기에도 있다.

숙소는 노란 바탕의 벽에 사이사이로 검정색을 칠한 목재 기둥과 보가 드러나 있는 3층짜리 오래된 집이지만 외관은 깔끔해 보인다. 그저께 미리 예약해 놓았기 때문에 염려 없이 체크인 — 3호 방 31번 침대 — 을 했다. 샤워와 빨래를 간단히 하여 숙소 앞 공용 터에 있는 건조대에 널어놓고 숙소 옆에 있는 야외 욕조에 발을 담가 피로를 풀었다. 이 욕조는 먼저 도착한 이혜숙 씨가 알려 줘 모두 이 욕조에 발을 담그고 순례길 이야기로 꽃을 피웠다.

Ages; 오늘 머물 예정인 좀 경륜이 있어 보이는 목조 기둥과 보로 만든 3층짜리 Albergue 건물(좌).
여기까지 큰 탈 없이 같이 온 나의 발에게도 휴식을 갖는 시간을 보낸다(우).

그런데 갑자기 소나기가 온다. 급히 빨래를 걷고 나니 소나기가 그친다. 숙소 옆에 붙어 있는 상점과 레스토랑을 겸하는 곳에서 호박수프, 빠에야, 멜론과 와인으로 저녁을 먹고 마을을 한 바퀴 돌아보면서 작은 규모의 마을 성당_{Santa Eulalia} _{de Merida}에 들어갔다. 성당에는 할머니 한 분이 스페인어로 성당에 대한 설명을 하는데 한 가지는 알아들을 것 같았다. 성당 후면에 있는 스테인드글라스에서 들어오는 빛을 성당 전면에 있는 제단의 거울을 통하여 볼 수 있고, 이곳에서 사진을 찍으면 좋다고 하는 것 같아서 성전의 거울에 들어오는 빛을 사진에 담았다.

Ages; Santa Eulalia 성당
성당 문 위의 원형 스테인드글라스 창으로 들어오는 햇빛을 성당 제단에 있는
거울에 비추어 촬영하였다. 이 시간대가 아니면 촬영할 수 없는 귀한 사진이다.

숙소에 들어와 보니 아일랜드 젊은 여자가 젖은 빨래를 큰 타월에 얹어서 접은 후 쥐어짠다. 처음 보는 장면이다. 탈수 효과가 좋다고 하고 친구도 이렇게 하면 물기를 쉽게 빼낼 수가 있다고 한다. 나도 다음번에는 그렇게 해봐야지. 핸드폰 충전하는 곳이 적어서 다소 불편하다. 자다가 중간에 일어나서 꼽아야겠다. 내일 05:30 기상하기로 하고 오늘 많이 걸었기 때문에 이른 시간인 20:30 취침에 들어갔다.

순례길 13일 차

2018년 9월 12일 수요일, 맑음

- 경로: 아헤스(Ages) → 부르고스(Burgos)
- 거리: 22.2km (출발 표고 968m, 도착 표고 858m)
- 시간: 07:10 ~ 13:10, 6시간 소요
- 숙소: 시립 알베르게(Municipal Albergue), 5유로, 150침상

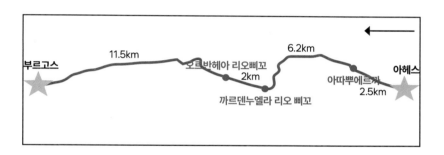

05:30 기상하여 배낭을 꾸리고 아침을 먹지 않고 07:10 출발하였다. 마을을 벗어나면서 길을 잃었다. 이 길 저 길 손전등으로 방향 표시를 찾아 헤매고 있는데 이세미 씨가 걸어온다. 이세미 씨는 서울에 살고 있는데 우리 집과는 그렇게 멀지 않다. 아직 미혼이지만 서울에 집을 한 채 장만했다고 한다. 젊은 나이에 벌써 서울에 집까지 있을 정도면 자기 관리를 철저히 하는 사람인 것 같다. 다행히 길을 찾아서 같이 걸으면서 서로의 사는 얘기를 주고받았다. 아따뿌에르까Atapuerca 마을을 지나서는 자갈길의 오르막이 전개된다. 오르막길에는 바퀴가 두 개 달린 손수레를 힘들게 끌고 가는 좀 나이가 든 남자 순례자가 다시 보인다. 자갈길을 오르는 데 힘이 많이 들어 보인다.

Ages-Burgos; 100여 미터의 언덕길에서 손수레를 끌고 가는 순례자가 힘들어 보인다.

오른쪽 먼 곳에는 풍력 발전 타워가 많이 보인다. 오르막을 올라가니 앞이 탁 트인 황토색 평원이 나온다. 평원 입구에는 큰 나무 십자가_{Atapuerca 십자가}를 세워 놓고 주변에 많은 돌을 쌓아 놓은 곳이 보인다. 순례자들이 나름의 염원을 모아 돌을 얹어 놓은 것이므로 그냥의 돌멩이는 절대 아니다. 수레를 끌고 가던 순례자가 여기에 앉아서 쉬고 있다. 평원이지만 농사를 짓는 땅으로 보이지는 않아 보인다.

Ages-Burgos; Atapuerca 십자가

평원이 끝나는 지점에는 스페인어와 영어가 적힌 큰 하얀 간판이 세워져 있다.

"리오 삐꼬_{Rio Pico} 계곡에 온 것을 환영합니다.
안전을 위하여 오래된 광산 레일을 따라서 나 있는
보행자 길을 이용하세요."

이 근처에 유명한 계곡이 있는 모양이다. 아침을 먹지 않아 배가 출출하던
참에 까르덴누엘라 리오삐꼬_{Cardenuela Rio Pico} 마을 초입에 있는 돌담으로 정원
을 만든 샌드위치 가게_{Bocateria San Miguel} 앞마당에서 이세미 씨와 계란파이와 커
피로 요기를 달랬다. 그림이 예쁘게 그려진 이 마을의 Café 벽면에서 독일인
게오그 씨를 다시 만나서 반갑다고 그림을 배경으로 한 컷을 찍고 즉석에서
사진을 게오그 씨 메일에 보냈다.

Ages-Burgos; 독일인 Georg 씨
만날 때마다 사진을 찍어 달라고 하는데 사진을 딸에게 매번 보낸다고 한다.

오르반헤아 리오삐꼬_{Orbaneja Riopico} 마을을 경유하여 걸어가니 부르고스_{Burgos}
시 초입에 공항이 보인다. 두 갈래 길이 있는데 좌측 길을 이용하는 것이 훨
씬 가깝고 수월하다고 며칠 전 창원에서 온 교사 은퇴자로부터 들은 게 있어
서 왼쪽 길을 택하여 공항 활주로를 옆으로 계속 걸어갔다. 시내를 관통하는
동안 많은 로터리와 분수, 조형물이 보인다. 도시는 빰쁠로나보다는 작아 보
이지만 로그로뇨 정도의 크기로 보인다.

Burgos; Burgos 시내에는 수많은 조형물 작품을 볼 수 있다.

  13:10경 시청에서 운영하는 숙소에 도착해 4층의 334번 침상을 배정받았
다. 숙소는 제법 큰 규모의 건물이고 침상을 배열한 모습이나 분위기가 론세
스바예스 숙소처럼 깔끔하고 단장을 잘해 놓았다. 신발 놓는 곳은 도서관의
슬라이딩 서고같이 만들어 놓았다. 순례자 모두에게 노란 나일론 백을 하나
씩 준다. 용도가 뭔지 모르지만 유용할 것 같아 보인다. 침상 바로 옆에는 간
이 세면대가 있어 편리하다. 이곳에서 함양성당 일행을 또 다시 만났다. 역
시 빠른 시간에 먼저 체크인을 한 후 빨래까지 마치고 양지바른 곳 건조대에
많은 빨래를 걸어 놓았다.
  숙소 인근에 있는 스페인에서 세 번째로 크다는 부르고스 대성당을 구경
하러 나왔다. 성당 앞 넓은 광장에는 수많은 관광객, 순례자들이 보인다. 광

장에는 벤치에 앉아 있는 지친 순례자 모습을 한 동상이 있어 그 옆에 앉아서 동감하는 의미에서 기념으로 한 컷 남긴다.

Burgos; Burgos 대성당에서 또 다른 영원한 순례자 동상, 친구와 함께

그리고 성당과 도시 주변을 한 바퀴 도는 빨간 관광 열차(자동차)를 타고 40분간 둘러보았다. 도시 뒤편에 있는 산 위의 부르고스 성을 끼고 한 바퀴 도니까 전망 좋은 곳에서는 성당을 포함한 부르고스 시내가 한눈에 들어온다. 이곳에서 이재권 씨, 이세미 씨, 이민호 씨와 함께 시내를 배경으로 한 컷 찍는다. 다시 성당 앞 광장으로 돌아와 성당 내부를 돌아보았다. 성당 내부에는 11세기의 스페인 장군 엘 시드_El Cid가 이슬람교를 믿는 무어인들과 전쟁을 위하여 병사들을 모집하는 데 필요한 돈을 유대인에게 빌릴 때 담보로 잡았다는 보물을 담은 궤 ─ 나중에 궤를 열었을 때 내부는 모두 돌로 채워져 있었

으며 엘 시드는 보물보다 더 중요한 것은 자신의 말과 약속이라고 하였다 한다 — 도 전시해 놓았다.

Burgos; Burgos 대성당 내에 있는 El Cid의 보물 상자

아르란손_{Arlanzon} 강 건너에 있는 메르카도_{Mercado} 슈퍼에 가기 위해 산따 마리 아 다리를 건너가는 도중에는 강 옆의 잔디 공원에서 휴식을 즐기고 있는 시 민들과 각종 동상, 조형물들이 이방인에게 볼거리들을 많이 제공한다. 저녁 에는 함께 사진을 찍었던 한국인 세 명과 함께 스페인 전통 음식을 먹기 위해 광장 뒤 레스토랑_{Cerveceria Morito}에 갔다. 오징어와 먹물, 하몬과 감자튀김, 실뱀 장어, 새우 소금구이 등의 요리를 주문하여 모처럼 스페인 요리를 맛보았다.

Burgos; 실뱀장어 요리

시내에는 아르란손강이 흐르고 강 주변은 공원으로 조성해 놓아 남녀노소 할 것 없이 많은 시민들이 여유 시간을 즐기고 있다. 부르고스에는 정말로 동상이 많다. 우산 쓰고 있는 여자, 길에서 신문 읽는 모습, 군밤을 구워 파는 아주머니 모습, 노부부가 벤치에서 쉬는 모습, 황소, 뚱뚱한 남녀 모습 등등 시내 곳곳에 정말로 많은 작품들이 있다. 이곳 시민들은 이러한 예술 작품을 보면서 삶의 여유를 한층 더 가지리라.

Burgos; 이 사람이 읽고 있는 신문 내용이 궁금하다.

이 강에서 성당으로 통하는 문Arco de Santa Maria의 기둥에는 사람 키 정도의 높이에 붉은 선이 두 줄 그어져 있고 각 줄에는 1874.6.11.과 1930.6.30. 날짜를 표시하여 놓았다. 그 당시 대홍수가 나서 이 정도의 높이까지 물의 찼다는 표시를 해 놓은 것으로 짐작된다.

Burgos; 과거 Arlanzon강이 범람하여 이 높이까지 강물이 올라왔다는 표시인 것 같다.

스페인 사람들이 보내는 저녁 시간이 우리보다 훨씬 더 여유가 있어 보이고 모두가 멋쟁이 차림이다. 숙소에 돌아와 왼발 뒤꿈치에 생긴 물집을 또 따내고 실을 걸쳐 놓았다. 우리 침상 옆에는 한국인 여자들인 것 같은데 아직 숙소에 돌아오지 않았다. 10시에 취침에 들어갔다.

Burgos; Burgos 시내 전경. 높은 현대식 건물은 보이지 않아 차분한 느낌의 도시이다.

✓ 산따 마리아 대성당

부르고스의 산따 마리아 대성당Catedral de Santa María de Burgos은 스페인의 가장 중요한 고딕 양식 건축물 중 하나로, 유네스코 세계문화유산으로 지정되어 있다. 1221년 페르난도 3세Fernando III와 주교 마우리시오Mauricio에 의해 건축이 시작되었으며 성당은 프랑스 고딕 양식의 영향을 받았다. 본당은 1238년에 완성되었으나, 이후 여러 세기에 걸쳐 확장과 개축이 계속되었다. 주요 건축 작업은 15세기와 16세기에 이루어졌다.

- 사용된 양식

- 고딕 양식: 성당의 대부분은 고딕 양식으로 지어졌으며, 첨탑, 장미창, 플라잉 버트레스 등의 특징이 있다.
- 르네상스와 바로크 양식의 영향: 15세기와 16세기 동안 추가된 부분들, 특히 예배당과 장식물들은 르네상스와 바로크 양식의 영향을 받았다.

- 주요 특징

- 파사드Facade: 성당의 서쪽 파사드는 화려한 고딕 양식의 첨탑과 장미창으로 장식되어 있다. 중앙에 위치한 장미창과 문 위의 조각들은 매우 정교하다.

- 첨탑Spire: 두 개의 고딕 양식의 첨탑은 부르고스 시내 어디에서나 볼 수 있을 정도로 높고 웅장하다. 이 탑들은 15세기에 독일의 건축가 요한 데 쾨른Johann de Cologne 에 의해 완성되었다.

- 골든 계단Escalera Dorada: 디에고 데 실로에Diego de Siloé에 의해 16세기에 설계된 이 계단은 르네상스 양식의 걸작으로 여겨진다.

- 카피야 델 콘데스탈Capilla del Condestable: 15세기 후반에 건축된 이 예배당은 스페인의 고딕 건축의 정수로 평가받는다. 아름다운 장식과 섬세한 조각들로 유명하다.

- 성당 내부: 내부는 웅장한 높은 천장, 아름다운 스테인드글라스 창문, 그리고 수많은 조각과 회화로 장식되어 있다. 제단, 합창석, 성가대 좌석 등도 매우 정교하게 만들어졌다.

- 종교적, 문화적 중요성

- 순례지: 산따 마리아 대성당은 산티아고 순례길의 주요 경유지 중 하나로, 매년 많은 순례자들이 이곳을 방문한다.

- 예술적 보물: 성당에는 수많은 예술적 걸작이 소장되어 있으며, 이는 중세 스페인의 예술적 유산을 잘 보여 준다. 회화, 조각, 스테인드글라스 등 다양한 예술 작품들이 있다.

- 무덤과 기념물: 산따 마리아 대성당은 카스티야 왕국의 여러 왕족과 귀족들의 무덤이 있는 장소이다. 특히, 엘 시드El Cid와 그의 아내 도냐 히메나Doña Jimena의 무덤이 유명하다.

Burgos; Burgos 성당 주변에는 이렇게 청동 조형물을 많이 볼 수 있다.

메세타 지역으로

순례길 14일 차

2018년 9월 13일 목요일, 흐린 후 맑음

· 경로: 부르고스(Burgos) → 오르니요스 델 까미노(Hornillos del Camino)
· 거리: 21km (출발 표고 858m, 도착 표고 820m)
· 시간: 07:05 ~ 12:05, 5시간 소요
· 숙소: 미팅 포인트 알베르게(Meeting Point), 10유로, 34침상

동 트기 전에 숙소를 나와 도시를 빠져나가는 길은 가로등 불빛이 있어 걷기가 좋다. 이 또한 색다른 정취를 느낄 수 있다. 아르란손강을 건너기 전에는 머리에 스카프를 쓴 아주머니가 우유 통을 들고 서 있는 동상이 보인다. 도중에 이 강을 가로지르는 다리Malatos 다리를 건너 오른쪽으로 공원을 끼고 가니 환자가 휠체어를 타고 앉아 있는 동상이 보인다. 앞에서 잠시 작품을 감상하며 '순례길을 가다가 부상을 입은 환자는 아닐까?' 하는 생각이 든다.

도시를 빠져나오기 전 교통 신호 대기를 하던 중 텍사스주에서 왔다는 흑인 여자 세 명과 일본에서 온 여자와 간단한 인사를 나누고 각자의 길을 걷는다. N-120번 도로를 이용하여 한참을 가니 A-231번, B-U30번, N120번 도로가 겹치는 복잡한 인터체인지 길에서 잠시 순례길 가는 방향을 잃었다. 핸드폰의 구글 지도를 펼쳐서 방향을 다시 잡아서 길을 찾았다. 옛날에 순례길을 갔던 사람은 길을 잃었을 때 어떻게 찾았을지 궁금하다. 그때는 이렇게 복잡한 현대식 도로가 없었으니 쉽게 찾을 수도 있겠다 싶다. 따르다호스 Tardajos 마을로 가는 길은 한국과 많이 닮은 모습이다.

Burgos-Hornillos; 우리나라 시골길 같은 모습
뭔가 인공물이 많이 보여서인지 그렇게 느껴진다.

고속도로와 기찻길 그리고 주변의 채소밭과 농장 등 이미지가 많이 흡사하다. 부르고스부터 레온 Leon 까지 203km에 이르는 길은 메세타 Meceta 지역이라고 하여 평균 고도 800~900m의 광활한 평원이다. 숲도 없어 햇볕을 그냥 맞고 가야 하며 중간중간 마을 간 거리도 멀어서 순례자의 걸음을 힘들게 하는 구간이라고 한다. 그러나 지금 따르다호스까지 가는 길에서는 메세타 분위기를 느낄 수가 없다. 이 정도의 메세타 지역은 쉽게 갈 수 있을 것 같다.

마을 입구에는 여느 마을과 같이 마을 안내 간판이 보이지만 여기는 대리석 판으로 사각 안내 구조물을 만들어 전면에는 스페인 땅 덩어리 모양의 갈색의 석판에 순례길을 새겨 놓아 순례자들이 현재의 자기 위치를 가늠하게 할 수 있도록 설치해 놓았다.

Burgos-Hornillos; 돌판에 새겨진
유럽 이베리아 반도에 표시된 산티아고 가는 순례길

다음 마을 라베 드 라스 깔사다스_{Rabe de las Calzadas}에는 마을 끝에 작은 성당_{Ermita de la Virgen de Monasterio}이 있고 성당 문 옆에는 흰색 옷을 입은 할머니가 따사로운 아침 햇살을 맞으면서 앉아 있다.

Burgos-Hornillos; Ermita de la Virgen de Monasterio 성당

성당 뒤편에는 몇 그루의 사이프러스 나무가 하늘을 찌를 듯이 서 있다. 서양에서는 사이프러스 나무가 삶과 죽음을 연결하는 나무라고 과거 스페인 그라나다 알람브라 궁전 관광 때 가이드에게 들었던 기억이 난다. 이 성당 뒤편에 분명히 묘지가 있을 것이라고 짐작했는데 역시 맞다. 이곳에 잠들어 있는 죽은 자의 영혼은 이 나무를 타고 하늘나라에 갔으리라. 물론 성당에 묻혔으니 모두 천당에서 영면을 취하고 있을 것이다.

이곳에서 불과 150m 떨어진 곳의 길가에는 창고 건물 벽에 벽화와 큰 사진을 걸어 놓았다. 사진에는 여자 순례자가 지쳐서 길 위에 쓰러져 있고 어느 남자 순례자가 쪼그려 앉아 이를 돌보려고 하는 장면이다. 그리고 사진 밑에는 영어를 포함하여 스페인어, 프랑스어, 독일어로 적어 놓은 글이 보인다.

"Love the Lord your God with all your heart and...
and love your neighbor as yourself."

순례길이 순례자에게 고통을 주기도 하지만 한편으로는 도움과 보살핌을 같이 주는 길인 것이다. 시사하는 바가 많다.

Burgos-Hornillos; 순례길 도중 힘든 순례자를 만났을 때 다른 순례자가 돌보자는 메시지

10:00경 하늘이 개기 시작한다. 등 뒤에서 나의 몸을 비추는 태양이 순례길 위에 고스란히 나의 움직이는 그림자를 계속 만든다. 저만치 앞의 능선 너머까지 전개된 고불고불 굽은 순례길은 화폭에 담으나 사진으로 담으나 작품으로 만들기에 조금도 손색이 없다. 짙고 옅은 노란색, 초록색 계열의 자연의 색깔에 간간이 보이는 순례자의 울긋불긋한 복장 색깔과 조화를 이루어 만드는 작품이다.

Burgos-Hornillos; 넓디넓은 메세타 지역을 보는 360도 파노라마 전경
360도 모든 방향이 산이 안 보이고 지평선만 보이는 광활한 평지다

오르막길을 계속 가니 푸엔떼 데 쁘로또레Fuente de Protorre라는 목재 화살표가 있다. 오른쪽을 가리키는 화살표로 보니 우물Fuente 쉼터인 것 같다. 천장을 설치하여 비를 피할 수 있도록 하였고 펌프로 물을 길러 먹을 수 있게 해 놓았다. 여기서 잠시 쉬고 물을 한 통 받아 다시 출발한다. 적당한 시점에 필요한 것이 있어서 좋다. 순례길 전체 구간이 이러할 것이다.

고개를 넘어가니 젊은 남자 두 명이 기타를 치고 노래를 부르고 있다. 순례자도 별의별 재미있는 사람들이 간혹 있다고 생각하며 다가가서 보니 오늘의 목적지 마을 오르니요스 델 까미노Hornillos del Camino의 바Green Tree Bar에서 아르바이트를 하는 아일랜드인이라고 한다. 순례길을 왔다가 잠시 여비를 마련하기 위한 것이라고 한다. 19:00부터 연주를 하니 참석하라고 한다.

Burgos-Hornillos; Hornillos 마을의 어느 Café를 순례자들에게 홍보하기 위해
마을 입구에서 기타 치는 아일랜드인들

   내리막길에서는 저 멀리 오늘의 목적지인 오르니요스 델 까미노 마을이 보이고 그 뒤 먼 곳에는 풍력 발전 타워가 보인다. 화덕$_{Hornos}$ 에서 유래된 이름을 갖고 있는 이 마을에는 빨간 꽃으로 예쁘게 단장한 집도 보인다. 12:00경 숙소에 도착하여 체크인하는 동안 벽에 붙은 안내문을 보니 저녁을 신청하려면 5시 이전에 사인하라고 적어 놓았는데 아시아 국가 언어는 한글만 보인다.

   한국인 순례자가 많이 온다는 것은 순례길 전체 구간에 다 알려진 사실이고 한국인이 숙소 영업에 많은 도움이 되는 듯하다. 일찍 도착한 덕에 하단 침상(7번)을 확보할 수가 있어서 좋았다. 이것 하나로도 마음의 만족을 얻는다. 하단 침상이 꼭 좋은 것은 아니지만 상단 침상은 오르내리는 것이 불편하다. 하단 침상이 불편한 것은 고개를 마음대로 펴지 못하는 낮은 침상이 있을 때이다.

Hornillos; Meeting Point Albergue 내부의 침상

　숙소 도착 후 일상이 되어 버린 샤워 와 빨래를 마치고 마을을 가 봤다. 마을 중심지인 16세기 지었다는 성당_{San Roman} 내부를 둘러보니 하얀 벽돌로 천장과 벽을 만들어 놓아 여느 다른 성당보다 밝은 느낌을 준다. 성인 산 후안_{San Juan} 상도 보인다. 성당 앞의 작은 광장에는 수도꼭지가 두 개 달린 석재 기둥 꼭대기에 수탉 조형물이 얹어져 있다. 수탉과 이 마을이 어떤 관계가 있는 모양이다. 며칠 전 칼사다의 산따도밍고 성당에서 봤던 수탉하고 무슨

Hornillos; 성당 앞 수탉상

관계라도 있을까? 또한 포르투갈의 상징 동물이 수탉이라고 하는데 이와는 무슨 관계일까? 좀 더 깊게 알아보면 흥미 있는 관련 얘기가 나올 것이다.

광장에는 트럭에 과일과 생필품을 가득 싣고 와서 장사를 하고 있다. 몇몇의 순례자가 물건을 사고 있다. 우리도 수박과 복숭아를 좀 샀는데 우리가 과일을 고르는 것이 아니고 주인이 골라서 주는 것을 받아야 한다. 바로 옆에는 시립 알베르게가 보이는데 이혜숙 씨 부부, 김광남 씨 일행이 투숙한다. 가는 일정이 비슷하다 보니 만났다가 헤어지고 다시 만났다가 또 헤어지는 게 순례길이고 우리의 인생과 같다. 숙소에 돌아와 수박을 쪼개어 먹고 한국인 청년에게도 주려고 좀 남겨 두었다.

Hornillos; 이동식 마트. 과일은 파는 사람이 골라서 주는 것을 사야 한다.

숙소 뒤 잔디밭에서는 미국인 젊은 부부가 서로 발 마사지를 해 주고 있다. 한국인이 보면 잉꼬부부라고 할 테지만 이들의 모습은 극히 자연스러운 일일 것이다. 숙소 주방에서는 주인이 금일 먹을 저녁 식사 준비를 하고 있다. 이 나라 주요 음식인 빠에야다. 쌀에다가 해산물과 야채 등을 넣어 만든 짙은 황색이 나는 음식인데 폭이 넓고 깊이가 낮은 프라이팬 같은 솥에 넣어 만들었다. 먹음직스러워 침이 꼴깍 넘어간다. 빠에야의 밥은 쌀이 덜 익은 상태로 나와서 약간은 생쌀을 씹는 식감이 있다. 저녁을 먹은 후 다시 바깥으로 나와 마을 위쪽 길로 가면서 나이가 좀 있는 대만 여자 두 명을 만났다.

Horinollos; 오늘 먹을 저녁이다.
쌀에 오징어, 야채 등을 넣어서 만든 빠에야(Paella)

아시아 지역에서는 한국 다음으로 많이 오는 국가인 것 같다. 바Green Tree Bar 에서는 오는 도중에 만났던 아일랜드인들의 기타 연주 소리와 순례자들의 대화 소리가 창문으로 흘러나온다. 성당 뒤편으로 나 있는 길 왼쪽 옆은 주변보다 지대가 높은데 많은 굴이 보인다. 쇠창살로 닫아 놓은 입구에서 안을 들여다보니 땅굴을 만들어 계단으로 내려가도록 해 놓았다. 벽돌로 굴 내부를 단단하게 구축해 놓았다. 틀림없이 와인 저장고일 것이다. 여름에는 여기에서 피서를 해도 좋을 듯하다. 마을 뒤편 산꼭대기에는 대형 십자가가 눈에 들어온다. 저녁 20:20이 되었는데도 아직 어두워지지 않는데 하절기 시간Summer Time 때문이다. 내일 05:30 기상하기로 하고 잠자리에 들었는데 상단 침상의 삐그덕거리는 소리에 귀마개를 꺼내어 귀를 막고 잤다.

Hornillos; 숙소 이름이 미팅 포인트인 알베르게 리셉션
마감 시간이 밤 10:00, 식사는 Paella 등 정보가 보인다.

순례길 15일 차

2018년 9월 14일 금요일, 흐린 후 맑음
- 경로: 오르니요스 델 까미노(Hornillos del Camino) → 까스뜨로헤리스(Castrojeriz)
- 거리: 19.9km (출발 표고 820m, 도착 표고 802m)
- 시간: 06:30 ~ 12:30, 6시간 소요
- 숙소: 노스뜨라 알베르게(Casa Nostra Albergue), 7.5유로, 26침상

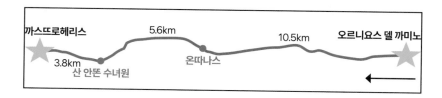

05:30 기상하여 06:00부터 숙소에서 제공하는 3유로의 간편 식사를 하고 6:30에 출발하였다. 손전등을 켜고 어두운 길을 그다지 어렵지 않게 걸어간다. 07:15경 동이 트면서 주변에 완만한 구릉이 넓게 펼쳐져 있는 것이 보인다. 메세타 지역임을 느끼게 한다. 주변은 밀밭과 간혹 해바라기밭이 보이며 끝없는 지평선이 보인다. 또한 풍력 발전 타워도 보인다.

Hornillos-Castrojeriz; 메세타 지역의 밀밭. 먼 곳에는 풍력 발전 타워가 보인다.

11km까지는 마을이 없어 출발 시부터 먹는 물을 완전히 채워 넣고 걸었다. 중간에 나오는 온따나스_{Hontanas} 마을은 가까이 가기 전에는 알 수 없을 정도로 지대가 평지보다 낮은 곳에 위치하고 있다. 이곳에는 샘이 많다고 하여 샘을 뜻하는 Hontanas를 마을 이름으로 쓰고 있다. 낮은 쪽으로 빗물이 고여 흐르면서 만든 하천이 흘러가니까 자연히 사람들이 이곳에 모여 살았을 것이다. 이 마을 입구에는 돌로 돔을 가진 집을 만들어 이 안에 성인_{Santa Brigida} _{de Suecia} 상(1303~1373)을 모셔 놓았다.

Hornillos-Castrojeriz; 온따나스 마을 초입에 있는 성인 산따 브리히다 데 수에시어 상(1303~1373)

옆에는 음용수가 나오는 수도꼭지가 있다. 마을 중앙에 있는 성당_{Nuestra de la} _{Sra. Concepcion} 에는 각국(17개국)의 성경과 각국의 언어로 된 미사 안내장을 비치해 놓았고 배지, 국기, 양초 등 일부 품목은 판매를 하고 있다. 벽에는 테레사 수녀 등 16명의 성인들 사진도 걸어 놓았다. 마을 어느 집 벽에는 산티아고까지 가는 길을 그려 놓고 이 마을이 있는 지점을 표시해 놓았다. 오른쪽에는 1203년에 걸었던 순례자의 모습을 그려 놓았고 산티아고까지는 457km가 남았다고 적어 놓았다. 아직 절반을 못 온 셈이다. 마을을 빠져나오며 왼쪽에 하천_{Arroyo de Garbanzuelo}과 지방도를 보면서 하천과 평행하게 난 구릉 허리 길을 걷는다.

Hornillos-Castrojeriz; 온따나스 마을 어느 집 벽에 그려 놓은 순례자를 위한 안내 그림
산티아고까지 457km 남았음을 적어 놓았다. 얼추 절반이 다가온다.

    햇볕이 약간 부담스러울 10:00경이다. 혼자 지팡이를 짚고 걸어오는 아람씨도 만났다. 창원에서 온 부부도 다시 만났고 같이 따라온 남편 친구도 만났다. 구릉 오른쪽에는 간간이 소나무 숲이 나오는데 이쪽에 순례길이 있었으면 더위를 덜 느낄 텐데 생각해 본다. 도중에는 소성당_{Ermite de San Vincente}의 한쪽 코너 기둥만 남은 유적이 보인다.

Hornillos-Castrojeriz; 옛날 성당 건물의 한쪽 코너 기둥만 남아 있는데
이를 유적으로 그냥 놓아두고 있다.

　11:00경에는 산 안똔 수녀원_{Antiguo convento de San Anton}　　　　　건물이 보인다. 산 안똔 수녀원은 13~14세기경 지었다고 하며 지금은 일부 벽체와 지붕만이 있는데 이를 유적지로 그대로 보존하고 있다. 이 폐허 안에는 누군가 임시 거처를 마련하여 살고 있다.

Hornillos-Castrojeriz; 13~14세기경 만든 아르꼬 데 산 안똔 수녀원

이 유적지를 나오자마자 오른쪽에는 엘까따로_{Elcataro} Café가 있는데 주인이 수박 한 조각을 먹으라고 준다. 고마운 마음에 다른 것을 좀 사 먹었다. Café 앞에는 승용차에 지팡이와 기념품을 갖고 와서 판매를 하고 있다. 이 지점 또한 순례자들이 쉬고 가지 않으면 안 되는 피곤해질 무렵의 위치이다. 여기서부터는 먼발치에 까스뜨로헤리스_{Castrojeriz} 마을과 산꼭대기의 성을 보면서 자동차 도로를 따라서 가는 길이고 햇빛도 따가워서 다소 지루하게 느끼면서 나머지 길을 걸어간다.

도로 좌우에 띄엄띄엄 있는 이름 모를 가로수 그림자가 햇볕을 가려 줄 뿐 정신적으로 지치는 마지막 길이다. 이때에는 동행자와 대화를 하면서 걷는 것이 피로감도 덜하다. 도중에 메릴레네 씨를 다시 만나서 같이 걸어갔다. 메릴레네 씨는 나이가 내 또래 정도 되어 보이는데 피로한 기색 없이 즐겁게 잘 걷는다.

Hornillos-Castrojeriz; 순례길 가는 도중 수시로 만났다 헤어지는
브라질인 순례자 Merilene 씨

마을 입구 우측에는 제법 규모가 있는 13세기 성당_{Collegiate de Santa Maria de Man-}
zano이 있어 내부를 둘러보았다. 전시실에는 목재로 이 성당과 부근의 명소를
소형 모형으로 만들어 놓았고, 금 세공품과 유리 세공품도 보이고 대리석을
깎아서 예수, 성모 마리아상을 만들어 놓기도 하였다. 목재 커버가 삭을 정도
로 아주 오래된 책도 전시해 놓았다. 성경일 것이다.

Hornillos-Castrojeriz; Castrojeriz 마을 입구에 있는
성당(Collegiate de Santa Maria de Manzano)과 성당 안에 전시된 오래된 책

이 마을에서는 로살리아 알베르게_{Rosalia Albergue}에 묵으려고 시 안내소에 가
서 물어보니 직원이 전화로 확인해 본 결과 남는 침대가 없다고 한다. 할 수
없이 근처 숙소를 소개해 달라고 하였다. 무턱대고 헛걸음을 할 뻔했다. 안
내소에서 나와 거꾸로 돌아가는 지점에 다소 허술해 보이는 숙소가 있어 물
어보니 침상에 여유가 있다고 한다. 다행이다. 조금 지나니까 더 많은 순례
자들이 와서 방을 찾고 있는데 우리 숙소도 이미 다 차 버렸다. 이곳에 숙소
가 많이 있어도 이 마을 전후로 가까이 있는 마을이 없다 보니 숙소 잡기가
어려운 것을 알겠다.

마릴레네 씨도 같이 들어와 체크인을 하고 같은 방에 유일하게 남아 있는
단층 침대를 쓰겠다고 하여 흔쾌히 동의했다. 기분이 좋아진 마릴레네 씨는

방에 있는 흔들의자에도 앉아 보면서 아주 만족해한다. 이 의자에 앉아 있는
사진도 찍어 달라고 하여 몇 장을 찍어 주었다. 숙소는 바닥이 마루로 되어
있어 움직일 때 마다 삐걱거리는 소리가 난다. 그래도 담요가 나오고 샤워장
에 샴푸도 준비되어 있다. 그런데 더운물이 제대로 나오지 않고 건조대도 북
향에 있고 Wi-Fi도 되지 않는 점은 아쉽다.

Castrojeriz; 100년은 족히 된 듯한 까사 노스뜨라 알베르게(좌).
선반의 항아리들, 순례자들이 주고 간 각 나라들의 지폐 액자, 우리나라 1,000원짜리도 보인다(우).

슈퍼에 가는 도중에 아람 씨를 만났다. 지금은 슈퍼 문을 닫고 낮잠_{Siesta} 중
이기 때문에 5시 이후에 가야 한단다. 다시 숙소로 들어오니 이미 우리 방에
는 독일 여자(안토니아), 대만 남자(이안), 서양 남자가 들어와 방이 꽉 차 버렸
다. 14:00 이후에 오는 순례자는 방 잡기가 어렵다고 한다. 17:30경 슈퍼에 다
시 가서 내일 아침과 점심으로 먹을거리를 산 후 마을 가운데에 길게 나 있는 쉼
터에서 복숭아를 먹으며 잠시 휴식을 취했다. 저녁을 먹기 위해 성당 옆에 있는
레스토랑_{La Taberna} 에 들어가니 메릴레네 씨가 앉아 있어 합석해 음식을 주문하였
다. 소갈비 스테이크를 시켰는데 두툼한 살코기를 정말로 맛이 좋게 구워 왔다.
　마릴레네 씨는 1957년생으로 아들이 세 명 있고 큰며느리는 엔지니어라
고 한다. 3명이 와인 두 병을 다 마시고 레스토랑을 나올 때 음식 맛이 너무
좋아서 식당 주인아주머니와 함께 기념사진을 찍었다.

Castrojeriz; 와인 한 병이 같이 딸려 나오는 10유로짜리 소갈비 스테이크 요리

숙소에 돌아와 보니 종아리가 따끔할 정도로 아프다. 그런데 사랑니는 찬물로 칫솔질을 해도 전혀 아프지가 않다. 공항에서 산 약이 이제 듣는 것 같다. 이가 아프지 않으니까 살 것 같다. 치통으로 며칠간 고생한 것은 난생처음이었다.

숙소에서 메릴레네 씨의 잔여 일정 계획을 들었다. 10여 일 뒤 도착할 베가 데 발까르세_{Vega de Valcarce} 마을에서는 브라질인이 운영하는 알베르게에서 투숙을 할 계획이란다. 내일은 걸어갈 목적지가 멀고 메세타 지역이어서 늦어도 06:00 이전에는 출발하기로 하고 20:30 일찍 잠자리에 들었다.

Castrojeriz; 시내에 있는 곧 쓰러질 것 같은 가옥

순례길 16일 차

2018년 9월 15일 토요일, 맑음

- 경로: 까스뜨로헤리스(Castrojeriz) → 프로미스따(Fromista)
- 거리: 24.7km (출발 표고 802m, 도착 표고 784m)
- 시간: 05:40 ~ 12:40, 7시간 소요
- 숙소: 루스 데 프로미스따 알베르게(Luz de Fromista), 9유로, 28침상

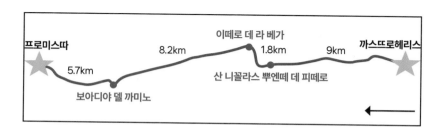

05:15 기상하여 다른 순례자가 깨지 않도록 조심조심 짐을 챙겨서 05:40 출발하였다. 07:15까지는 계속 손전등을 켜고 걸어가면서 앞에 가로막혀 있는 산을 넘어간다. 표고 차이 약 180m 정도 되는 산허리로 비스듬히 나 있는 순례길을 다소 지루하게 ─ 깜깜하니까 더 지루한 느낌이다 ─ 넘었으나 여전히 동이 트질 않는다. 06:40경 고개 정상에 오니 우측에 순례길 탑을 세워 놓은 듯한 것이 있는데 어두워서 제대로 볼 수가 없다. 고개를 넘어서는 시멘트 포장이 되어 있는 내리막길로, 아래까지 와서야 동이 튼다. 주변은 광활한 평원이고 그야말로 순례길 좌우에 나무 한 그루 보이지 않는 메세타 _{Meceta} 지역이다.

08:00경 건물이 두 채 밖에 없는 산 니꼴라스 뿌엔떼 데 피떼로_{San Nicolas} _{Puente de Fitero} 마을에 도착하였다. 이 중 한 건물은 알베르게이다. 여기를 지나

자마자 바로 앞에는 삐수에라$_{\text{Pisuera}}$ 강이 있고 약 150m 정도로 제법 길어 보이는 석재 다리$_{\text{Fitero}}$가 놓여 있다. 다리를 건너자마자 우측으로 난 길을 좀 올라가니 이떼로 데 라 베가$_{\text{Itero de la Vega}}$ 마을이 나온다. 마을 입구에 있는 레스토랑$_{\text{Fitero}}$에서 커피를 시켜 야외 테이블에서 어제 산 먹을거리로 요기를 하였다.

Castrojeriz-Fromista; 이른 아침 출발하여 거의 3시간 만에 보이는
전방의 피스떼로 식당. 허기진 배를 채우고 그 여느 때보다 맛있는 커피도 한잔하였다.

이미 함양성당 일행 8명은 레스토랑에서 아침을 먹고 다시 출발한다. 나중에는 창원 부부 일행 세 명이 각각 도착해 아침을 주문한다. 이 부부는 나이가 60대 중반쯤 보이는데도 아주 잘 걷는 반면에 같이 따라온 남편의 친구는 발바닥에 큰 물집이 나 있어 절뚝거리면서 오는 모습이 애처롭기까지 하다. 이 부부는 이미 작년 4월에 한 번 다녀갔었고 이번에는 가을에 왔는데 친구가 무작정 따라붙겠다고 하여 부득이 같이 왔다고 한다. 그때에는 날씨가 지금보다 추워서 간혹 고생을 했지만 주변의 밀밭이 모두 초록으로 덮여 있어서 지금보다도 훨씬 경치가 아름다웠다고 한다. 나중에 친구로부터 들은 다른 얘기로는 가기 싫은 자신에게 같이 가자고 꼬드겼다고 하여 누구 말이 맞는지 확인할 길이 없으나 쌍방의 말이 절반 정도는 맞는 것 같다.

　이 부부는 친구의 걸음이 느리니까 출발 시부터 앞서 출발을 시키지만 절반도 못 와서 다시 뒤처진다고 한다. 발이 아프니까 배낭을 부치라고 해도 굳이 고집을 피워서 무거운 배낭을 메고 가고 있다고 한다. 09:00경 휴식과 아침 요기를 마치고 다시 출발하여 이 마을이 끝나는 지점에 오니 어느 집 벽에는 순례길과 순례자 형상을 그린 벽화가 보인다. 독버섯을 먹지 말라고 우스꽝스럽게 경고한 그림도 있다. "부엔 까미노 뻬레그리노_{Buen Camino Peregrino}(좋은 순례자의 길)"라고도 적혀 있다. 드넓은 들판에는 채소밭이 있는데 대형 급수 모빌이 보인다. 지하수 또는 관계수로에서 물을 취수하여 밭에 물을 골고루 주기 위한 장치이다. 과거 회사 출장 업무로 쿠웨이트에서 사우디아라비아 제다까지 가는 비행기 아래로 바라본 사우디아라비아 밀밭 - 직경 500미터 내외의 원형 밀밭이 수백 개가 조성되어 있다. 구글 지도에서도 볼 수 있다 - 하고 동일한 형태이다.

Castrojeriz-Fromista; 농업용수를 공급하는 대형 모빌과 Piseruga 운하

　도중에는 관계수로_{Canal del Pisuerga}를 만들어 놓아 농업용수가 넓은 평야에 필

168

요한 물을 공급하고 있다. 물길은 지형 높이 차이를 이용하여 전 들판에 공급할 수 있도록 단차를 줘서 토목 공사를 해 놓았다고 한다. 들판은 밀밭이 대부분이고 간혹 해바라기밭도 보인다.

Castrojeriz-Fromista; 이 길은 나무 한 그루 보기 힘든 Meceta 지역(좌)
보아디야 델 까미노 마을 중앙에 있는 산따 마리아 성당(우)

다음 마을 보아디야 델 까미노_{Boadilla del Camino}에 도착하여 잠시 쉬었다가 가는 길에는 운하_{Canal de Castilla}가 보인다. 까리온강과 삐수에르가강의 물을 평원에 필요한 농업용수로도 공급한다.

운하 공사는 18세기 중반에 시작해서 19세기 초반에 완공하였으며 운하의 길이는 200킬로미터가 넘고 까스띠야 내륙 지방과 깐따브리아 해안 사이의 물류 이동을 담당했다고 한다. 이후엔 관개수가 흐르는 수로로 사용되었으며 오늘날엔 배를 타고 운하를 따라 이동한다든가 말을 타고 운하를 따라 달리는 등 관광자원으로 활용되고 있다고 한다. 운하의 폭이 15m 정도는 충분히 되며 중간중간에는 선착장도 있어 이 물길에는 유람선도 다니고 있다. 적지 않은 관광객이 유람선을 타고 지나가면서 순례자들에게 손을 흔들며 순례자들에게 격려를 해 준다.

지난할 정도로 3km 운하를 따라서 걸어가니까 운하 Gate가 보이며 여기서부터 오늘 목적지인 프로미스따_{Fromista} 도시가 보인다. 운하 수문 앞은 다음 운하와 높이 차이가 있어 여러 개의 수문을 통하여 물이 다음 운하로 떨어지도록 되어 있다. 많은 관광객이 와서 기념사진을 찍고 있다.

Castrojeriz-Fromista; 관광객이 승선한 배가 운하 수로를 지나가고 있다(좌).
단차 진 수로에 물을 막는 댐이 있어 상부의 물을 하부로 조절하여 공급하는 역할을 한다(우).

이 앞에서 웬 아주머니가 와서는 오늘 머무를 알베르게를 정하였냐고 묻는다. 아니라고 하니까 갖고 온 알베르게 안내지를 보여 주며 이곳에 와서 묵으라고 한다. 오픈한 지 1년 정도 지났는데 구글 지도에도 없고 아직 잘 알려지지 않아 이렇게 직접 순례길 길목에서 안내장을 돌리면서 광고를 하고 있다고 한다. 마침 숙소 예약도 하지 않은 터라 아주머니에게 그렇게 하겠다고 약속을 하고 시내의 순례길 경로에서 오른쪽으로 200m 떨어진 이 숙소로 들어갔다. 숙소에는 주인 딸이 유창한 영어로 체크인을 받는다. 주인은 아들딸 각 한 명씩 있는데 애들이 어릴 때 순례길을 다녀 봤다고 하며 그 당시에 받았던 영감으로 지금 이렇게 순례자들을 위한 숙소를 운영하게 되었다고 한다. Wi-Fi 암호를 물어보니 영문 대소문자, 숫자를 조합하여 모두 20자로 되어 있어 제대로 암호를 입력하기가 매우 불편하다.

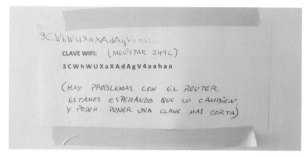

Fromista; 숙소 벽에 붙여 놓은 Wi-Fi 암호
기네스북에 등재해도 될 정도로 매우 긴 암호를 입력해야 한다.

4명이 한 방을 쓰는 2층 안쪽 구석 방을 택했다. 화장실과 샤워장으로 가려면 방 하나를 통과해야 하지만 안쪽 방이 낫다. 중간 방에는 중년의 일본 여자가 이미 도착해 쉬고 있다.

배낭을 풀고 샤워와 세탁을 끝낸 후 시내 슈퍼까지 걸어가서 먹을거리를 사 들고 시내 공원 — 'FROMIS-TA' 입간판이 있고 분수대에 UNESCO

Fromista; 오늘 묵을 숙소를 안내한 특이한 간판
순례자가 묵을 숙소임을 형상을 보고 쉽게 알 수 있다.

문양을 세워 놓은 공원 — 벤치에 앉아서 사 온 맥주와 땅콩으로 오후의 여유로운 시간을 즐겼다. 그 사이 우리 방에는 독일인 여자 두 명이 와 있다. 숙소에서 잠시 낮잠을 즐긴 후 17:00경 다시 숙소 앞 성당_{San Pedro} 박물관에 들어가 역대 사제가 입었던 사제복과 각종 철제로 만든 십자가 등 성당 용품을 보았다. 1540년 인쇄로 발간한 성경책으로 보이는 오래된 책과 파이프 오르간용 A3 사이즈 정도의 악보도 보인다. 지금의 악보와 같은 점은 5선으로 되어 있다는 것이고 다른 점은 음표를 정사각형으로 표시하여 놓았고 음의 길이를 음표로 구분한 것이 아니라 음표 간의 간격으로 표시하였다는 것이다. 높거나 낮은음자리표의 표시도 마름모 3개로 표시하였다.

Fromista; 성당 내에 전시된 악보. 옛날 음표가 신기하다.

　성당을 둘러본 후 다시 담배 가게에서 복숭아와 비누를 사서 숙소에 갖다 놓고 숙소 우측에 있는 레스토랑_{Villa de Fromista} — 돌조각을 새끼줄에 끼워서 식탁을 만들어 놓은 게 특이하다 — 에서 순례자 메뉴로 생선수프와 돼지고기 허리 살을 와인과 함께 먹었다. 이 레스토랑에는 처음 보는 한국인 남자 한 명이 식사를 하고 있다. 동양계 순례자는 대부분이 한국인이고 차림새를 봐서도 인식을 할 수가 있어 대뜸 한국어로 인사를 건네니까 상대가 인사를 반갑게 받는다.

오늘 걸어온 길을 다시 정리해 보니 초반에는 어둠을 뚫고 산을 지루하게 넘었으며 이후 평지 들판에 곧게 뻗은 길만 걷다 보니 정신적으로도 지쳤다. 다소 따가운 햇볕도 그대로 맞고 왔다. 메세타 지역의 특징이 그대로 반영되어 있는 구간을 통과하였다. 앞으로도 일주일가량은 이러한 지역으로 더 걸어가야 되니 지치지 않도록 각오를 좀 더 해야겠다. 내일 출발을 조용히 하기 위해 자기 전에 미리 짐을 대충 정리한 후 오늘 밤은 세상모르게 잘 수 있을 것 같은 기대와 함께 21:30 취침에 들어갔다.

Fromista; 하룻밤 묵었던 루스 데 프로미스따 알베르게 건물

Fromista; 시내에 있는 산 마르띤 성당

173

순례길 17일 차

2018년 9월 16일 일요일, 맑음
· 경로: 프로미스따(Fromista) → 까리온 데 로스 꼰데스(Carrion de los Condes)
· 거리: 18.8km (출발 표고 784m, 도착 표고 835m)
· 시간: 06:10 ~ 11:30, 5시간 20분 소요
· 숙소: 산따 마리아 알베르게(Albergue Santa Maria/성당이 운영), 5유로, 52침상

아직도 어두운 06:10에 숙소를 출발하여 가로등 불빛의 도움으로 마을을 빠져나온 후 오늘의 도착지 마을 리온 데 로스 꼰데스_{Carrion de los Condes}를 연결하는 P-980번 도로를 평행으로 길을 같이 간다. 이 도로 우측 옆으로 평행하게 붙어 있는 비포장 순례길은 자동차 도로에서 때때로 나는 자동차 달리는 소리와 느끼지는 못하지만 뿜어져 나오는 매연으로 자연의 느낌을 덜 받고 걸어가는 구간이다. 이 자동차 도로와 순례길은 함께 가면서 4개의 마을 — Poblacion de Campos, Revenga de Campos, Villarmentero de Campos, Villalcazar de Sirga — 을 차례로 거쳐 간다. 마을 이름에 들어간 Campos는 들판을 의미한다. 이 지역 전체가 들판으로 이루어진 지역임을 마을 이름에서 알 수가 있다.

첫 번째 마을 뽀블라시온_{Poblacion de Campos}까지 와도 아직 동이 트질 않았다.

마을 안으로 나 있는 순례길 좌우에는 순례자들을 위한 가로등이 켜져 있다. 불을 밝혀 주는 마을 배려에 감사하다. 이 고마움에 내가 보답해 줄 일은 무엇인가? 그냥 이곳을 이 시간에 걸어가 주는 것만으로 충분한 것 같기도 하다. 마을 중심에 있는 자그만 광장에는 바위를 사각으로 깎아 그 위에서 물이 올라오는 작은 분수대가 있고 광장 위에는 만국기가 걸려 있다. 여기까지 걸어와서 잠시 쉬고 가는 것이 내가 보이는 이 마을의 배려에 대한 고마움의 표시가 될 것 같다. 07:10쯤 동이 서서히 트기 시작한다. 동이 트는 하늘은 항상 뭔가 신비감과 기대감을 준다. 동녘 하늘에서 나오는 불그스레한 미명은 들판에 서 있는 나무들을 아름다운 실루엣으로 만들어 내고 하늘 위에 구름이 떠 있음을 빛으로 보여 준다.

Fromista; 매일 아침 동이 트기 전에 출발을 하면서 여명이 틀 무렵
뒤쪽에 보이는 실루엣은 정말로 신비감을 느끼게 한다.

다음 마을 레벤가Revenga de Campos에 도착하니 옛날의 원조(?) 순례자 모습을 철제 조형물로 만들어 놓은 것이 보인다.

Fromista; 마을에 있는 순례자 조형물

  시간의 벽을 넘어서 같이 걸어가는 것 같은 착각이 들고 친근감이 들어서 같은 자세로 사진을 찍었다. 07:40경에는 이 마을 휴식처_{Area de Descanso}가 보인다. 여기에서 어제 산 과일 등으로 아침 요기를 하였다. 과일과 빵을 위주로 하는 매일의 아침이지만 걷고 나서 먹는 맛은 질리지 않고 오히려 꿀 같은 맛이다. 단조로운 먹을거리이지만 순례길이 나에게 깨달음을 준다.

  08:30경에는 세 번째 마을 비야르멘떼로_{Villarmentero de Campos}에 도착했다. 불과 20가구도 되어 보이지 않지만 여기에도 어김없이 성당_{San Martin}이 보인다. 내부를 보지 않고 그냥 지나가기로 했다. 09:30경에는 옛날에 순례길을 걷는 순례자들을 도둑으로부터 보호한 템플기사단의 본거지였다는 네 번째 마을 비얄까사르 데 시르가_{Villalcazar de Sirga}에 도착했다. 템플기사단이 13세기에 만들었다는 성당_{Santa Maria la Blanc} 앞 벤치에서 쉬면서 성당 외부를 보았다. 마을 중심에 축대를 쌓아 올려 터의 높이를 올린 곳에 위치한 사각 고딕 형상의 성당은 우측 전면에 큰 해바라기 문양의 창에 스테인드글라스를 붙여 놓았다.

Fromista-Carrion de los Condes; 비얄까사르 데 시르가 마을의 산따 마리아 성당

　대부분 큰 성당의 입구가 그러하듯이 여러 줄의 아치 조각을 겹쳐서 만든 출입문으로 들어가 본 내부는 몇 개의 석관이 보이고 ― 이 중 하나는 템플기사단의 기사 무덤이다 ― 예수님을 안고 있는 다소 배가 부른 성모상도 보인다. 정면의 제단과 좌우의 여러 장식품과 예수, 성모상이 있는 내부의 모습은 지금까지 본 어느 성당과 큰 차이가 없어 보이지만 그것을 설치할 당시 그 나름대로의 의미와 역사를 갖고 있을 것이다. 성당 앞마당에는 옛날의 순례자가 테이블 옆에 앉아서 쉬고 있는 모습을 청동으로 만들어 놓았다. 테이블 가운데 자리에는 빈 청동 의자도 같이 있다. 순례자가 이곳에 앉아서 사진이라도 찍으라고 해 놓은 것이 분명하다. 그래서 여기에 앉아서 한 컷 남겼다. 테이블 위에는 역시 청동으로 만든 와인 주전자와 컵이 놓여 있는데 고맙게도 내 컵으로 쓸 수 있게끔 하나 더 놓여 있다. 청동 작품을 만든 이 예술가는 순례 길을 한번 걸어 본 사람일 것이다.

Fromista-Carrion de los Condes; Villalcazar de Sirga 마을의
Santa Maria 성당 앞의 순례자 조형물

　11:30에 오늘의 도착지 마을_{Carrion de los Condes}에 도착해 산따 마리아 성당에서 운영하는 알베르게로 가니 이미 20여 명의 순례자가 문 앞에서 대기하고 있고 낯익은 얼굴도 많이 보인다. 12:30부터 문을 연다고 하는데 이혜숙씨 부부 일행도 먼저 도착해 기다리고 있다. 성당 앞의 제과점_{Horno Artesano la Peregrina} 빵이 유명하고 빵 굽는 시간에 가면 맛있는 빵을 살 수가 있다고 한다.

Carrion de los Condes; 12:30부터 순례자를 접수하는
산따 마리아 성당에서 운영하는 알베르게

체크인 시간까지는 여유가 있어 빵집에 들어갔다. 12:00부터 빵이 나온다고 한다. 적지 않은 마을 사람들이 줄을 서서 빵을 산다. 둥그런 빵에 거북 등짝같이 사각으로 칼집을 내어서 갈라 먹기 쉽게 구운 빵이 먹음직스럽게 보인다. 그런데 구운 빵인데도 빵 표면이 여전히 하얗다. 이 빵과 도넛을 사 가지고 와서 성당 앞 공원에서 쉬면서 점심을 겸하여 요기를 하였다.

Carrion de los Condes; 산따 마리아 알베르게 앞의 유명한 빵집
(HORNO ARTESANO LA PEREGRINA)

알베르게 입구에서는 수녀가 순례자를 접수받으면서 노트에 순례자 이름, 여권번호, 생년월일, 국적 등을 한 줄에 기록한다. 2층에 방을 배정받았다. 우리 방에는 모두 14명이 숙박하는데 우리를 포함한, 함양성당 일행, 이혜숙 씨 부부, 김광남 씨 일행 등 한국인 순례자만 12명이나 된다.

Carrion de los Condes; 알베르게에서 순례자를 접수하고 있는 수녀님
노트에 일일이 수기로 작성하고 있다.

한국인이 몰려 있으니까 오히려 더 조용히 방을 써야겠다는 생각이 든다. 우리는 제일 구석에 아래위 한 침상을 배정받아서 짐을 풀고 샤워와 빨래를 마치고 성당 앞 공원으로 다시 나왔다. 공원 앞 스포츠용품 가게_{Pilgrim's Oasis}에서 어제 빨래 건조대에서 잊고 미처 챙겨 오지 못한 내의를 하나 샀다. 흔한 중국제가 아니고 스페인산이다. 중국산이 여기까지 오려면 운송비(?)가 더 많이 드니까 스페인산이 버틸 수 있는 것인가?

공원 중앙에는 이 마을 출신으로 필리핀에 파견된 마닐라 성당 주교 미겔 데 베나비데_{FR. Miguel de Benavide}(1552~1605) 동상이 공원 가운데 세워져 있다. 이 동상 하나만으로도 그 당시 스페인이 해양 대국으로서, 지금의 미국 같은 세계 제일의 패권 국가로서의 위세를 떨쳤음을 짐작할 수 있다. 이곳에서 필리핀까지 배를 타고 와서 주교까지 파견했다니 짐작이나 될 얘기인가? 물론 그 이전 1543년에는 포르투갈이 일본 나가사키까지 왔었으니, 우리는 당시 조선 시대 성리학으로 무장한 선비들이 윤리, 사회, 정치 세계의 옳고 그름을 갑론을박하며 삶의 이치를 따지고 있었을 때였다. 이를 바탕으로 백성들이 잘 살 수 있는 실질적인 결과물이 있었으면 훨씬 더 좋았을 것인데…….

Carrion de los Condes; FR. Miguel de Benavide(1552~1605) 주교 동상
16세기 필리핀 마닐라에 파견된 이 마을 출신의 주교

숙소 1층 접수대에서는 수녀가 기타를 치고 순례자들과 함께 노래를 부르고 있다. 17:00부터 성당에서 미사가 있다고 하여 성당에 들어가니 몇몇 수녀와 순례자가 찬송가를 부르며 종교 의식을 하고 있다. 이 마을에서는 17:30에 투우 경기_{Sin Picadores 축제}가 있다고 길거리에 광고판을 붙여 놓았다. 마을 한 바퀴를 둘러본 후 숙소에 돌아오니 메릴레네 씨가 다른 브라질 친구들과 함께 스파게티를 만들었는데 좀 남은 게 있다며 우리에게 권한다. 조금 전 주방에서 브라질 남자 순례자 중 한 명이 칼로 마늘을 쪼아 대는 솜씨가 예사롭지 않아 엄지손가락을 치켜세워 주었는데 그 마늘이 스파게티에 들어간 것이다. 마늘 냄새가 배인 스파게티 맛이 오히려 우리의 입맛에도 잘 맞아 맛있게 먹은 후 고마움의 표시로 냄비와 접시는 우리가 깨끗이 씻어 놓았다.

19:30부터 성당에서 순례자를 위한 미사가 있다고 해서 참석하였다. 성당 미사 행사를 처음 접하는 것이라 잘 모르지만 진행을 돕는 수녀의 안내와 앞 사람의 행동에 따라서 의자에서 일어섰다 앉았다 하면서 미사에 함께 하였다.

Carrion de los Condes; 산따 마리아 성당의 미사 집전

약 1시간 30분에 걸쳐서 진행하는 미사는 매우 경건했고 마지막 순서는 참석자들이 제단 앞으로 가서 신부님의 격려와 축복의 기도를 듣는 의식이다. 원래 성당에 다니지 않았지만 괜찮을 것 같아 줄을 서서 차례를 기다린후 신부님 앞에 서니 머리에 손을 얹고 스페인어로 축복과 격려의 의미인 것같은 말씀을 한다. 뭔가 묘한 기분이 들고 영적으로 힐링이 많이 된 것 같은느낌을 받는다. 옆에서 신부를 보좌하던 인자해 보이는 수녀님은 육각형 종이별을 선물한다. 순례길 여정을 안전하게 다니라는 의미라고 한다. 오늘의미사 참석은 정말 잘했다고 생각했다. 숙소에 돌아와 빨래를 걷고 침실로 들어와 21:00 취침에 들어갔다.

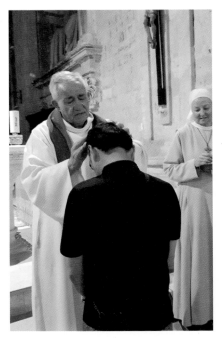

Carrion de los Condes; 산따 마리아 성당에서 순례자에게 축복과 격려를 하는 신부님.
신부님 손이 머리에 닿는 순간 전신에 뭔가 전율이 옴을 느꼈다.

순례길 18일 차

2018년 9월 17일 월요일, 맑음

- 경로: 까리온 데 로스 꼰데스(Carrion de los Condes) → 떼라디요스 데 로스 템플라리오스(Teradillos de los Templarios)
- 거리: 26.3km (출발 표고 835m, 도착 표고 888m)
- 시간: 06:00 ~ 12:45, 6시간 45분 소요
- 숙소: 뗌쁠라리오스 알베르게(Hostel los Templarios), 10유로, 52침상

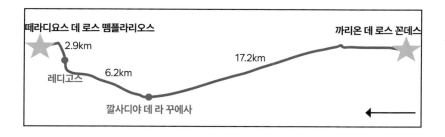

05:15 기상하여 짐을 챙기는데 함양성당 일행은 이미 일어나 05:40 출발을 한다. 우리는 06:00 출발하여 마을 가로등 불빛 안내에 따라 좀 더 걸어나오니 산티아고까지 401km 남았다고 마을 인도 위 사각 표지석 겸 의자에 글을 새겨 놓았다.

Carrion de los Condes; 새벽길을 나서는 순례자의 안전한 순례길을 기원하는 성모님인 것 같다.

오늘 구간은 전체 순례길 800km 거리의 절반에 도달하는 구간이다. 지난 8월 31일 걷기 시작하여 벌써 그렇게 많이 걸어왔나 생각이 든다. 말 그대로 시작이 반이 된 것이다. 오늘의 길은 여전히 광활하고 평탄한 밀밭의 들길을 걸어가며 다음 마을까지 17km는 어떤 마을도 없기 때문에 먹을 것과 마실 물을 좀 더 챙겨서 걸어야 하는 구간이다. 그만큼 출발 배낭이 무거워졌다.

마을에 붙어 있는 하천_{Carrion}을 건너서 있는 작은 마을에는 노란색의 벽돌 건물이 보인다. 수도원_{San Zoilo}이다. 이 건물 앞 가로등 불빛 밑에는 여러 명의 순례자들이 부지런히 걸어가고 있다. 네덜란드에서 온 키 큰 젊은 여자 순례자는 무릎이 아파 배낭을 다음 도착지까지 부치고 가벼운 봇짐 하나 메고 걸어간다. 이 여자 순례자는 일정 여유가 없어 레온_{Leon}까지만 갔다가 집으로 돌아간다고 한다.

마을을 벗어나니 가로등 불빛도 사라지고 말 그대로 메세타 지역의 다소 지루한 길이 전개된다. 마을 끝에 있는 로터리 중앙에는 순례자와 작은 천사 모습을 하얀 석조 조형물로 만들어 세워 놓은 것이 보인다. 작은 농촌 마을임에도 이 나라는 어느 마을이나 기독교 관련한 건물과 장식물들이 없는 곳이 하나도 없다. 천 년 이상의 오랜 세월을 거쳐 오면서 기독교 종교가 이 나라를 지배했으니 이 정도는 오히려 겸손한 수준이 아닐까 생각도 든다. 순례길 도중에 쉼터는 몇 개 보이지만 이제는 마을이 안 보인다. 도중에 메릴 레네 씨가 보여서 친구 항하는 어제 빌렸다가 돌려주는 것을 깜빡 잊은 볼펜을 되돌려준다.

Carrion de los Condes-Teradillos de los Templarios; 메세타 평원의 드넓은 밀밭

한참을 걸어도 앞에 마을이 보이지 않다가 10:10경 첫 마을 깔사디야 데라 꾸에사$_{Calzadilla de la Cueza}$가 갑자기 보인다. 분지에 꺼져 있는 마을이다. 메세타 지역의 대부분의 마을이 그러하다. 거대한 평원 지역인 이곳에서는 지형상 아래에 위치해야 물을 쉽게 구할 수 있으니 윗부분의 평원 지대에서는 마을을 볼 수가 없는 것이다. 마을 입구에 있는 숙소, 가게, 바$_{Camino Real}$를 겸하는 곳에서 쉬면서 오렌지주스로 목을 축인 후 10:30 다시 걷기 시작한다.

Carrion de los Condes-Teradillos de los Templarios;
아침 출발 후 처음 보는 식당이다. 허기진 배를 달랠 수 있는 좋은 곳이다.

여기서부터는 N-120번 도로 옆으로 계속 이어진다. 레디고스_{Ledigos} 마을에 닿기 전에는 옛날 도로인 것 같은 포장도로 위에 조약돌로 여러 가지 글과 화살표 등 형상을 표현해 놓았다. 순례길임을 알리고 지친 순례자에게 볼거리를 제공하여 힘을 내도록 한 것이 고맙다. 피곤한 몸이지만 심적인 여유를 가지고 이렇게 만들어 놓은 순례자의 여유 있는 마음이 존경스럽다. 12:00경 레디고스 마을에 도착하였다. 이 마을에는 다른 마을에서는 못 봤던 한국의 옛날 흙벽 집과 비슷한 집이 많이 보인다. 진흙에 밀짚을 으깨어서 집을 만든 이 방식은 농경 생활을 하는 지역이면 동서양 어디에도 다 있을 법하다.

Carrion de los Condes-Teradillos de los Templarios;
우리나라 흙집처럼 흙에 밀대를 썰어 넣고 반죽하여 만든 시골집이다.

이 마을에 있는 이정표에는 산티아고까지 373.87km 남았다고 표시되어 있다. 그러면 이미 절반 넘게 걸어왔다는 것이다.

Carrion de los Condes-Teradillos de los Templarios;
산티아고까지 378km 남았다는 표시

Carrion de los Condes-Teradillos de los Templarios;
이 시간쯤이면 햇살이 따가워 나무 그늘이 있는 곳을 찾게 된다.

이 마을을 지나 얼마 가지 않아 저 앞에 오늘 목적지 마을_{Teradillos de los Templarios}이 보인다. 마을 초입에는 어제 예약해 놓았던 알베르게_{Los Templarios Albergue}가 길 왼쪽에 혼자 덩그러니 보인다. 집터가 축구장 한 개 정도는 충분히 될 만큼 넓고 건물은 'ㄷ' 자 형태의 단층 구조이다.

Teradillos de los Templarios; 'ㄷ' 자 모양의 1층짜리 알베르게

이혜숙 씨 팀도 도착해 있는데 함양성당 일행은 보이지 않는 것을 보니 좀 더 가면 있는 마을에 숙소를 정한 모양이다. 숙소가 1층이고 마당이 넓고 빨래터가 커서 붐비지 않아 좋다. 햇살도 좋아 모처럼 신발 깔창도 세탁하고 침낭도 뒤집어서 속을 말렸다. 마당은 잔디를 깔아 놓았고 잔디 위에는 붉은 플라스틱 의자와 테이블을 갖다 놓아 잔디와 색깔이 잘 어울리는 야외 Café의 분위기이다. 이 마을 중심까지는 더 걸어가야 하기에 그냥 여기에서 점심, 저녁을 해결하기로 하고 우선 순례길 절반을 걸어온 것에 대해 자축을 하기 위해 알베르게에서 갖고 있는 "HALF WAY TO SANTIAGO"라고 쓰인 두꺼운 박스 종이를 항하와 같이 들고 기념사진을 남겼다.

Teradillos de los Templarios; 숙소에서 순례길 절반을 온 것을 기념하며(좌),
절반의 순례길을 자축하는 화이트와인(우)

그리고 특별한 의미로 화이트와인_{VINA PATI} 한 병을 주문해 야외에서 축배를 들었다. 조금 전에 숙소 레스토랑에서 마셨던 맥주에 더해 취기가 많이 올라오고 기분이 한껏 좋아진다. 한국에는 가족, 친구, 지인에게 몇 장의 사진을 보내며 절반을 걸어온 것을 알렸다. 취기를 못 이겨 방으로 돌아와 18:00까지 본의 아닌 스페인 낮잠 문화$_{Siesta}$를 즐겼다. 한숨 자고 나니 피로도 많이 풀린 것 같다. 빨래를 걷고 레스토랑으로 가서 저녁으로 순례자 메뉴인 샐러드와 스테이크를 주문하고 또 와인을 즐겼다. 오늘은 순례길 중 술을 제일 많이 마시는 날이 되었다.

식사 후 바깥 잔디밭으로 나와 어둠이 내리기를 기다려 밤하늘에 떠 있는 수많은 별들을 감상한 후 방으로 돌아왔다. 4명이 자는 방에는 스페인 남자 순례자 한 명만 있어 세 명이 단출하게 이 밤을 잘 수 있다. 내일 05:20에 기상하기로 하고 침상에 몸을 눕혔다.

순례길 19일 차

2018년 9월 18일 화요일, 맑음

- 경로: 떼라디요스 데 로스 뗌쁠라리오스(Teradillos de los Templarios) → 베르시아노스 델 레알 까미노(Bercianos del Real Camino)
- 거리: 23.2km (출발 표고 888m, 도착 표고 852m)
- 시간: 06:00 ~ 12:15, 6시간 15분 소요
- 숙소: 빠로뀌알 렉또랄 알베르게(Albergue Parroquial Casa Rectoral), 10유로(기부), 56침상

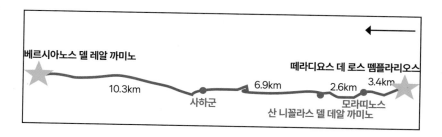

베르시아노스 델 레알 까미노　　　　　　　　　　　떼라디요스 데 로스 뗌플라리오스

10.3km　　　　　　6.9km　　　2.6km　　3.4km

사하군　　　　　모라띠노스
산 니꼴라스 델 데알 까미노

　　　오늘은 05:20 기상하여 06:00 출발하였다. 아침 기온은 춥지 않고 긴팔 티셔츠에 바람막이 재킷을 입으니 딱 맞다. 07:20경 모라띠노스_{Moratinos} 마을에 도착했으나 아직 동이 완전히 트질 않았다. 마을에는 오로지 벽돌만으로 지은 건축물이 몇 채 있다. 원래 이 마을은 과거 이슬람 지배지에서 이주해 온 기독교인들이 살던 곳이라고 한다. 서기 8세기 초 이슬람 세력이 스페인 남부, 중부, 동부까지 점령해 1492년 이사벨 여왕에게 패하여 최종 철수하기까지 780여 년간의 피정복 시기는 스페인의 역사, 종교, 문화 모든 면에서 무시할 수 없는 변화를 준 오랜 기간이었다. 스페인 북부 쪽의 순례길 여정

에는 이슬람 흔적을 많이 찾아 볼 수 없으나 그라나다, 세비야 등 남부 지방의 도시들은 기독교, 이슬람 문화가 혼재된 건축물들을 적지 않게 많이 볼 수 있다. 생활 문화 또한 영향을 받은 것이 많으며 오히려 서유럽보다 훨씬 다양한 로마, 이슬람, 기독교 문화를 동시에 많이 볼 수가 있다_{Moorish culture}. 16세기에 지었다는 성당_{Parroquia de Santo Tomas} 앞을 지나 N-120번 도로를 오른쪽에 두고 계속 평행하여 걷는 길은 어제의 길 분위기와 비슷하다. 또 다른 마을 산 니꼴라스 델 데알 까미노_{San Nicolas del Real Camino}을 경유하여 08:20경 사하군_{Sahagun} 도시 입구에 다다랐다. 도중에는 지팡이, 우산, 깔판을 엮어 메고 순례길을 반대 방향으로 거슬러 오는 사람이 보인다. 산티아고까지 갔다가 되돌아오는 순례자가 아닌지 궁금하다.

Templarios-Bercianos; 산티아고 순례길을 갔다가 걸어서 되돌아가는 순례자로 보인다.
조선 시대 한양으로 과거 보러 가는 모양새(괴나리봇짐)이다.

또한 큰 집게와 비닐 봉투를 들고 순례길 위에 많지는 않지만 각종 쓰레기를 줍는 사람 — 자원봉사자? — 도 보인다. 하천_{Vaderaduey}을 건너자마자 직선으로 곧장 도시로 들어갈 수 있는데 순례길 표시 화살표는 우측으로 가라고 해놓았다. 곧장 갈까 말까 망설이다 우측으로 가기로 했다. 하천 따라 300여

미터를 더 가니 왼쪽으로 다시 꺾는다. 전면에는 벽돌로 지은 무데하르_{Mudejar} 양식의 소성당_{Ermita del la Virgen de Puente}이 보인다. 그리고 벽돌로 지은 두 개의 기둥에 각각 기사와 성직자의 입상이 서 있다. 문인 것 같다. 이곳의 역사 유적을 보도록 하기 위하여 우측으로 가라고 한 것이다.

Templarios-Bercianos; 사하군 마을 초입에 있는 성당
Ermita del la Virgen de Puente(좌)과 11세기 이곳 성직자 San Bernardo(우)

이곳을 지나 마을에 들어서니 주변 공장에서 나온 각종 산업 쓰레기가 보이고 바닥도 기름에 절은 흔적과 냄새가 나서 첫인상은 별로 좋지 않았다. 하지만 도시 가운데로 들어서니 시내는 생각보다 크며 오래된 건축물들도 많이 보인다.

무데하르_{Mudejar} 양식이란 스페인이 이슬람의 지배를 받은 후 기독교 세력이 재정복한 이후에도 남아 있는 기독교적 요소와 이슬람적 요소가 결합된 스페인 특유의 벽돌을 쌓은 건축 양식이다. 무데하르란 말은 기독교 세력의

재정복 이후에도 자신의 종교와
관습을 지키면서 스페인에 머물
렀던 무슬림들을 의미한다.

　도로변 한편에는 2층이 도로
앞으로 튀어나온 쓰러질 것 같은
아주 오래된 집이 있다. 큰 목재
기둥과 철재보로 받쳐 놓은 것
이 특이하고도 위험해 보인다.
이 건물 앞에서 또 메릴레네 씨
를 만나 사진을 찍어 주었다.

　카페_{Bastide du Chemin}에 09:10경
도착하여 감자 오믈렛, 계란, 커
피로 아침을 먹었다. 시내에는
여러 곳에 오래된 건축물이 많
이 보이며 이 중에서 벽돌을 쌓

Templarios-Bercianos; 쓰러질 것 같은 오래된 집을
배경으로 서 있는 브라질 순례자 메릴레네 씨

아 올려 종탑을 사각 기둥으로 5~6층 정도로 높게 지은 성당_{San Tirso}은 무데
하르 건축 양식의 전형적인 예라고 한다. 12세기에 지었다가 16세기에 다
시 지은 것이다. 돌로 만든 건축물에 벽돌로 보수를 하여 마치 누더기 건물
처럼 보이는 산 베니또_{San Benito} 수도원은 현재 보수 중으로 보이며 출입이 통
제되어 있다. 산 로렌소_{San Lorenzo} 성당의 종탑은 산 피르소_{San Tirso} 성당 종탑과
비슷하나 더 높아 보인다.

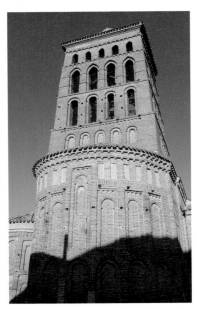

Templarios-Bercianos; 사하군 마을에 있는 무데하르 양식의 건물(산 로렌소 성당)

이 성당 옆 광장에는 머리에 눈구멍만 뚫린 두건을 쓰고 있는 두 명의 템플
기사단 동상이 있다. 하나는 북을 치고 또 다른 하나는 나팔을 부는 모습인
데 뭔가 음산한 느낌을 준다.

Templarios-Bercianos; 사하군시에서 역사적으로 유명한
Jesus Nazareno와 Patrocinio San Jose 형제단 사건을 알리는 청동상

유럽 대다수의 도시 건물들이 서로 붙어 있듯이 스페인도 마찬가지이다. 그런데 서로 붙어 있던 건물 중간에 있던 건물 하나가 허물어져 옆 건물 단면이 흉하게 보이면 그 단면을 그냥 두는 것이 아니라 외벽을 페인트로 칠하고 그림까지 그려 넣어 삭막하게 보이지 않게 하는 여유가 돋보인다. 이 사하군 도시는 옛 건물들이 많아서 여기서 하루를 더 묵으면서 충분한 시간을 갖고 관람하는 것도 좋을 뻔하였다.

Templarios-Bercianos; 성 베니또(Benito) 왕립수도원

근처에 있는 성 베니또~Benito~ 왕립수도원은 로마제국 후기에 예배당으로 지었다가 이후 수도원~Domnos Sancto~으로 사용 중이다.

이슬람 제국의 세 차례(714년, 791년, 988년) 침입으로 파괴되어 이후 재건되어 알폰소 3세 왕이 수도원장(알폰소)에게 하사했다. 지금은 복원 공사 중이라고 한다.

도시를 빠져나와 세아~Cea~ 하천을 건너기 전 다리 앞에는 약 6m 높이의 돌기둥이 서 있다. 돌기둥 제일 위에는 예수, 그 밑은 아기 예수를 안고 있는 성모 마리아, 제일 밑에는 성 야고보를 부조로 깎아 놓았는데 이제는 별 의미

없이 조각품의 외형만 보는 게 아니고 머릿속에서 역사와 함께 의미를 되새기면서 보기 시작한다.

Templarios-Bercianos; 위로부터 예수, 성모 마리아, 야고보를 조각한 석상

다리를 건너 N-120번 도로 옆을 계속 걸어가다가 목적지 마을_{Bercianos del} _{Real Camino}을 6km 남긴 지점부터는 A-231번 도로 쪽으로 순례길이 나 있다. 낮 시간이 되면서 태양은 따가워지기 시작한다. 도중에 브라질에서 온 남자 순례자 팀 네 명과 창원에서 온 부부의 친구 되는 사람도 만났다. 이 사람

은 순례길 첫날에 발바닥에 생긴 물집으로 인하여 순례길 절반을 넘은 지금까지도 걸어가는 모습이 몹시 힘들어 보인다. 창원 부부는 먼저 갔다고 한다. 브라질인 순례자 팀은 2일 전 들렀던 마을_{Carrion de los Condes}의 성당 숙소에서 우리에게 파스타를 요리해 준 사람들이다. 오늘의 목적지 마을에 도착하여 이 마을 제일 끝에 위치한 숙소에 도착하니 12:15이다. 13:30에 투숙객을 받는다고 한다.

Bercianos; 자원봉사자가 운영하는 알베르게
겉은 벽돌로 지은 건물이지만 2층은 목재를 사용한 마루로 되어 있다.

이 숙소는 덩그러니 2층짜리 독립 건물로 되어 있고 일하는 사람들은 순례자 경험을 한 후 이곳이 좋아서 자원봉사를 하고 있다고 한다. 창원 부부, 메릴레네 씨, 일본인 한 명 등 모두 7명이 먼저 도착해 체크인을 기다리고 있다. 체크인을 하면서 목이 말라 옆 테이블에 놓여 있는 시원한 물 — 유리 주전자 안에 레몬 조각을 넣어 놓았다 — 을 여러 잔 마시고 조금씩 뜯어 놓은 청포도와 땅콩도 맛있게 먹었다. 숙박 요금과 저녁, 아침 식사 비용 모두 순례자가 내고 싶은 만큼 기부금 함에 기부하면 된다고 한다. 이러한 경험이 없다 보니 얼마를 내야 할지 모르겠다. 우선 숙소를 겪어 보고 기부할 금액을 결정하기로 하였다.

숙소는 2층짜리 건물인데 내부는 흙벽에 흰색 페인트를 칠해 놓았고 바닥은 마루로 되어 있는 다소 허름한 건물이다. 배가 고파서 샤워도 하지 않고 우선 근처 호텔 레스토랑_{El Sueve} 옥외에서 오믈렛, 홍합 따빠스 그리고 생맥주로 점심을 먹으면서 지금까지 걸어온 거리 400km를 돌파한 기념으로 다시 한번 자축하였다. 숙소로 돌아와 샤워를 한 후 얼굴을 보니 수염이 많이 자랐다. 수염을 이렇게까지 길러 본 것이 인생에서 처음이다. 산적 같은 모습이지만 이런 모습도 보기 싫지는 않다. 낮잠을 즐긴 후 다시 숙소를 나와 슈퍼로 향했다. 슈퍼에서 내일 먹을거리를 사고 비누, 치약도 구입했다. 슈퍼에서 산 복숭아와 포도를 숙소 야외 테이블에서 먹고 있는데 수염이 덥수룩하고 깡마른 브라질 할아버지 순례자가 생수병에 와인을 담은 것을 들고 우리 테이블에 와서 와인을 권한다. 이 순례자는 와인과 빵만 있으면 순례길을 문제없이 걸을 수 있다고 한다. 내공이 좀 있어 보인다.

숙소에서 주는 저녁은 샐러드와 파스타이며 와인을 준다. 자원봉사자들은 프랑스, 브라질, 이탈리아 등 다국적이고 3주마다 다른 자원봉사자들로 교대된다고 하며 모두 즐겁게 일을 하고 있다. 식사 중 모두 숙소 레스토랑에 앉아서 바로 옆 사람들과 대화하며 서로의 얘기들을 듣고 즐긴다. 맞은편에는 러시아에서 온 사람도 있고 옆에는 이스라엘에서 온 사람이 앉았다. 식사 후 설거지는 자원봉사자들의 요청으로 순례자 중 네 명이 자원봉사자들을 도와서 해결했다.

Bercianos; 알베르게에서의 파스타 저녁 식사.
왼쪽 주홍색 티를 입은 이스라엘인 순례자, 오른쪽 회색 상의 입은 러시아인 순례자

20:10부터는 순례자와 자원봉사자들이 숙소 뒤에 있는 일몰을 볼 수 있는 마당으로 가서 모두 조용한 가운데 일몰을 보며 각자 명상의 시간을 가지고 사진도 몇 장 남겼다.

Bercianos; 순례길 방향의 서쪽 지평선에 해가 지는 광경

그리고 모두 둘러서서 자원봉사자가 주관하는 간단한 의식 — 노래, 기도,

촛불 돌리기, 서로 포옹하기 — 에 참가했다. 수기로 작성된 A4 용지의 내용은 기도문으로, 한글로 작성된 것도 있어서 보다 쉽게 이 분위기를 느끼면서 읽어 내려갔다. 뭔가 경건한 분위기이고 순례길의 의미를 더 느끼게 한다.

Bercianos; 알베르게 자원봉사자가 주관하는 순례자들을 위한 기도 의식

의식을 마치고 숙소로 돌아와 오늘 하루도 고마워하며 21:30 눈을 붙였다.

순례길 20일 차

2018년 9월 19일 수요일, 맑음

- 경로: 베르시아노스 델 레알 까미노(Bercianos del Real Camino) → 만시야
데 라스 물라스(Mansilla de las Mulas)
- 거리: **26.3km** (출발 표고 852m, 도착 표고 803m)
- 시간: 06:15 ~ 12:50, 6시간 35분 소요
- 숙소: 아미고스 델 뻬레그리노 알베르게(Albergue Amigos del Peregrino), **10
유로, 76침상**

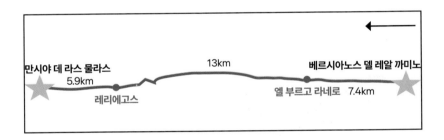

05:35 기상하여 배낭을 싸서 나오니 06:15이다. 다음 마을인 엘 부르고 라
네로_{El Burgo Ranero}까지는 7.6km인데 1시간 45분 걸렸다. 이 마을 초입에는 광
고를 위해 'Cafeteria El Camino'라고 페인트칠을 한 노란색 소형 승용차
가 있었는데 특색 있어 보인다. 그 바로 옆에는 어제 사하군 도시를 빠져나오
면서 보았던 예수, 성모 마리아, 야고보를 조각한 돌기둥이 또 보인다. 여러
개를 만들어 마을 곳곳마다 둔 것으로 보인다.

마을 안으로 들어서니 조금 전 승용차로 광고를 하던 레스토랑이 나오는데
입구에 세워 놓은 칠판에는 메뉴를 모두 한글로 적어 놓은 게 보인다. '따빠

스, 샐러드, 샌드위치, 순례자를 위한 아침 식사 등…' 우리가 한국인이니까 들어가서 식당 주인과 얘기도 나누고 먹고 싶으나 아침으로 싸 온 먹을거리가 있어서 그냥 지나쳤다. 마을이 끝날 무렵 어느 가정집 앞에 세워 놓은 벤치 — 마을 주민을 위한? 순례자를 위한? — 에 고마운 마음으로 앉아서 휴식을 취하며 어제 산 빵에 통조림 생선을 넣어서 자두와 함께 아침으로 먹었다. 오른쪽에서 메릴레네 씨가 나무 지팡이를 짚고 큰 보폭으로 걸어오면서 인사를 건넨다. 메고 있는 배낭의 크기가 내 것보다는 훨씬 크고 허리에도 물통과 작은 가방을 달고 가는데 체력이 훨씬 좋아 보인다. 이 마을을 벗어난 순례길은 메세타 지역답게 들판에 나 있는 길이며 폭이 불과 2m 남짓이다. 비포장 순례길은 두 사람이 대화하며 걷기 좋도록 중간에 풀이 나 있다. 왼쪽으로는 순례길을 따라서 나무가 심어져 있어 이 나무 그림자가 순례자를 덜 덥게 그늘을 만들어 줄 것 같은데 아침 길이라 태양이 등 뒤로 비춰 효과는 없다.

Bercianos-Mansilla; 메세타 지역의 광활한 밀밭 평야에 밀밭보다 순례길이 먼저 생겼으리라.
앞은 미국인 Steve 씨와 부인 Betty 씨.

LE-6615번 도로와 끊임없이 평행하게 뻗어 있는 길은 순례자를 지치게 만들기 충분할 정도로 끝이 안 보인다. 간혹 보이는 순례길을 표시하는 콘크리트 기둥과 가는 방향을 알려 주는 화살표 마크가 순례자와 함께 걷는 듯하다. 도로 좌우 먼 곳에는 기찻길이 나 있어서 왼쪽으로는 기차가 지나가는 소리를 들을 수 있고 오른쪽에는 기차가 지나가는 게 눈에 보인다. 사방을 둘러보아도 산은 보이지 않고 모두 지평선으로 하늘과 땅이 맞닿아 있다. 노란 들판과 파란 하늘 단 두 가지 자연과 색깔밖에 없다.

어제 숙소에서 만났던 와인과 빵만 있으면 순례길을 재미있게 갈 수 있다던 할아버지가 마침 LE-6615번 도로를 뛰어가고 있다. 정말로 놀라운 일이다. 큰 생수통과 약간의 짐만 걸어 메고 뛰어간다. 와인의 힘일까? 아니면 원래 뛰기를 잘하는 사람일까? 그야말로 세상은 알고 보면 나름 자기의 주관대로 잘 살고 있는 사람이 많은 것을 알 수 있다. 미국인 스티브 씨와 부인 베티 씨도 만났다. 현재 미국 시카고에 살고 있고 은퇴 후 이 길을 왔다며 부부애가 좋아 보이고 두 분 모두 얼굴에 항상 미소가 가득하다. 나이도 좀 있고 배낭 크기도 작지 않은데도 모두 다 성큼성큼 잘 걷는다.

순례길 중간중간에 벤치를 놓아 두어 피곤한 순례자들이 쉬고 갈 수 있게 배려했다. 오늘의 순례길은 농업용 관계수로의 옆을 지나가거나 가로질러 가기도 하고 기찻길 밑 굴다리도 통과해 간다. 이 광활한 메세타 지역은 비가 많지 않아 관계수로를 만들어서 북부 산악 지역에서 내려오는 물을 모아서 평원의 완만한 고저 차를 이용해 남쪽 방향으로 넓은 지역에 물을 공급하고 있다. 관계수로 옆에는 간간이 관계수로를 안내한 간판이 보이곤 한다. 지나온 길은 레리에고스_{Reliegos} 마을에 다다른다.

10:40경 마을에 들어서기 전 왼쪽에 건물 하나만 덩그러니 있는 까마스_{Camas} 알베르게 겸 레스토랑에 왔다. 야외에서 잠시 휴식을 취하기 위하여 커피를 시켜 놓고 남아 있는 빵을 먹는 중에 베트남에서 일하고 있는 친구(김상태)로부터 우리의 순례길 상황이 궁금하다며 전화가 왔다. 우리의 길을 격려하는 반가운 목소리에 더욱 힘을 얻는다. 휴대폰 영상으로 주변을 한 바퀴 돌

려 주어 친구도 순례길을 간접 경험하라고 즉석에서 보낸다. 마침 창원 부부 친구분도 절뚝거리며 걸어온다. 남아 있는 빵과 생선 캔을 같이 나누어 먹으면서 이런저런 얘기를 하였다. 포스코를 퇴직하고 지금은 쉬고 있는데 나중에 한국에 돌아가면 일자리를 다시 찾아서 일을 할 것이라고 한다. 이곳에서 먹는 물을 한 병 받아서 다시 출발한다. 이 마을 초입 우측에는 와인 저장고 같은 큰 동굴을 가진 축대가 보인다. 동굴 위로는 몇 개의 환기구로 보이는 장치가 보인다. 전체 형상은 마치 우리나라 도자기 굽는 가마터 같이 보인다.

Bercianos-Mansilla; 길 가는 도중에 가끔 볼 수 있는 와인 저장고

이 마을 끝에는 산티아고로 가는 순례자 모습을 한 하얀 석재상이 세워져 있다.

Bercianos-Mansilla; 순례자에게 경의(Homenaje)를 표하는 석조상

마을을 벗어나면서 옥수수밭이 넓게 보이고 추수가 끝난 땅에는 많은 소들을 방목해 목가적인 분위기다. 옥수수밭은 옥수수 키만큼의 높이를 가진 스프링클러가 작동해 물을 공급하고 있는데 이곳이 물이 부족한 지역인 것을 알겠다.

Bercianos-Mansilla; 메세타 지역의 드넓은 옥수수밭,
한쪽에는 이렇게 소들을 키우는 초지를 조성하여 물탱크를 갖다 놓고 소들을 키우고 있다.

A-60번 고속도로를 넘는 구름다리 위에서 보는 사방의 풍경은 정말 전원적인 모습 그대로다. 이 넓은 땅에 모두 농작물과 축산물을 생산할 수 있다는 게 얼마나 축복받은 땅인지 모르겠다. 지구상의 모든 나라 중에서 이렇게 넓은 땅에서 농산물을 제대로 생산할 수 있는 나라가 과연 얼마나 되는지 상상해 보면 몇 안 되는 것 같다. 여기서 생산되는 농산물은 비단 스페인뿐만 아니라 농산물이 부족한 나라에도 수출하여 같이 나누어 먹을 것이다. 인류를 생각하면 스페인만 축복받는 것이 아니고 스페인 덕에 다른 나라들도 같이 식량에 대한 축복을 받는다고 봐야 한다.

오늘의 도착지인 만시야Mansilla de las Mulas 도시까지 1시간여 남은 길부터는 길가의 나무가 그늘을 만들어 주어 덥지 않게 걸어왔다. 이제 1.5km 남았다고 이정표에 쓰여 있다. 이 도시에서도 집 앞에 자기들이 먹을 채소밭과 함께 과일나무를 사이사이 심어 놓았다. 우리의 농촌과 같은 고추, 토마토, 사과나무가 있다. 도시로서는 규모가 작은 이 도시는 들어가는 길목부터 분위기가 여느 마을과는 다르다. 도시 중간중간에 벽돌로 제법 높은 성벽을 쌓아 놓은 것이 보이는데 과거 이곳이 왕이 살았던 곳이거나 아니면 내일 걸어갈 레온_{Leon} 도시를 보호하기 위한 위성도시가 아닐까 싶다. 이 도시는 스페인에서 부뇰_{Bunol} 도시 다음으로 8월 마지막 주에 열리는 토마토 축제_{Feria del Tomate}가 유명하다고 한다. 시내에는 차들이 많이 다니지 않는다. 50년은 충분히 넘었을 것 같은 흰색과 빨간색으로 된 아주 오래된 승용차가 탈 없이 잘 굴러가고 있다.

Bercianos-Mansilla; 자동차 박물관에서 잠시 바람 쐬러 나온(?) 오래된 차가
한적한 시골길을 다니고 있다.

서기 최소 1181년 이전에 축조하였을 것이라는 성벽을 가까이서 보니 밑에는 대부분 자연의 돌을 흙과 석회석을 섞어서 쌓은 것으로 보이며 일부는 바닥에 사각 돌로 기초를 만든 곳도 보인다. 수백 년의 기간에 걸쳐서 필요할 때마다 쌓아 놓아서 성벽 하나만으로도 수백 년, 아니 천 년 이상의 역사를 품고 있다.

Mansilla; Mansilla 시내 성벽 길

숙소에 도착하여 여분의 침상이 있는지 물어보니 다행히 있다고 한다. 체크인 카운터에는 여러 가지 기념품을 팔고 있다. 순례길을 상징하는 조개 모양의 배지를 하나 샀다. 다른 기념품은 들고 다니기에 부담스러울 것 같아 엄두를 못 내겠다. 함양성당 일행은 이미 도착하여 빨래까지 다 해 놓고 마당 벤치에 앉아서 쉬고 있다. 샤워와 화장실 볼일을 보는데 다소 복잡하다. 창원 부부와 친구분도 이 숙소에 있다. 우리도 1층에 내려와 샤워, 빨래를 마치고 성벽을 보기 위하여 나가려는데 주방에서 메릴레네 씨가 우리보고 오라고 손짓한다. 순례자들과 점심으로 같이 먹으려고 브라질 요리를 만들고 있다고 한다. 돼지고기, 감자, 토마토, 콩, 마늘을 넣고 만든 음식인데 와인과 같이 점심을 맛있게 얻어먹었다.

Mansilla; 브라질 교수 메릴레네 씨가 여러 순례자와 같이 먹으려고 만든 브라질 요리

요리를 하는 동안 좀 거들어 주기도 했다. 서로 말이 잘 통하지 않지만 표정과 행동으로 서로를 읽고 이해하고 때로는 휴대폰에 있는 구글 번역기를 사용하면서 대화했다. 감사의 표시로 먹고 난 그릇들은 우리들이 모두 깨끗하게 씻어서 놓았다.

성벽을 보기 위하여 에슬라_{Esla} 강가로 갔다. 오래된 성벽이 강 앞으로 축성되어 있다. 강물과 성벽으로 적군을 막았을 것이다.

Mansilla; 최소 서기 1181년 이전에 축조하였다는 에슬라강 옆의 만시야 성곽

목이 말라 마을 광장_{Antonio Martinez Sacristan}에 있는 수도꼭지에 입을 대고 물을 마셨다. 한국의 수돗물에는 소독약 기운이 남아 있으나 이곳 수돗물은 그냥 물맛이다. 성벽 근처에 레온 주립 자연사 박물관_{Etnografico}이 있다. 옛날 사용하던 농기구, 와인 저장고의 단면, 수레, 동물 가면을 쓴 털 복장 — 사냥꾼 복장인 것 같다 —, 형형색색의 종이 가면과 종이 복장을 하고 머리 위와 등 뒤에는 부채 모양으로 접은 종이를 붙인 사람 모습 — 아마 축제 때 입었던 복장인 듯 —, 전통 악기, 대장간 물건, 가면 등등 과거 이 나라 사람들이 실생활과 축제 때 사용했던 여러 가지 물건들을 전시해 놓았다.

Mansilla; 만시야 자연사 박물관에 전시한 옛날 수레

Mansilla; 만시야 자연사 박물관에 전시한 옛날 수렵 복장인 듯

또 다른 전시실에는 포르투갈 전통 가면도 전시해 놓았다. 스페인과 포르투갈 가면의 특징은 색깔과 형상이 우리의 것보다는 더 다양하게 만든 것 같다. 일부는 우리의 하회탈과 같은 우스꽝스러운 형상도 보인다.

Mansilla; 만시야 자연사 박물관에 전시된 각종 탈

이 도시를 둘러싸고 있는 성곽은 에슬라강 앞으로는 대부분 연결되어 있지만 마을 쪽에는 대부분 잘려져 있고 훼손된 곳이 많다. 일부는 꼭대기까지 올라갈 수 있도록 개방해 놓은 곳이 있어 계단을 타고 올라가서 보니 마을이 한눈에 들어온다.

Mansilla; 만시야 성곽 위에 올라가서 보니 시내가 일부 보인다.

숙소로 돌아오는 도중 마트에 가서 내일 아침과 점심거리를 사 와 주방이 한가한 시간을 이용해서 우선 계란부터 삶았다. 마릴레네 씨에게 점심을 잘 얻어먹은 감사의 표시로 삶은 계란 몇 개를 주었다. 점심을 잘 먹어서인지 저녁에도 그렇게 배가 고프지 않아 컵라면과 계란으로 저녁을 때웠다.

Mansilla; 순례자들이 알베르게 주방에서 저녁거리를 요리하고 있다.

주방에는 민머리를 한 대만계 미국인(41세), 꽁지머리를 한 한국 남자, 스페인 여학생(15세), 한국 여자가 서로 대화하고 있어 그 사이 끼어들어 대화 속에 합류하였다. 15세의 스페인 여학생은 엄마의 권유로 혼자 여기에 와서 이곳 숙소에서 아르바이트 삼아 일도 하고 학교에 다니고 있다고 한다. 대만계 미국인은 순례길 여정에서 절대로 큰 도시에서는 머물지 않는다고 한다. 도시 생활이 싫어서란다.

마당에서 쉬고 있는 함양성당 일행과도 어울려 이들의 전원생활 얘기를 듣고 궁금한 것을 많이 물어보았다. 이들의 경험담에 의하면, 전원생활을 하고 싶다면 먼저 살고 싶은 그 마을에서 몇 개월 살아 보고 난 후 어디에 전원주택을 마련할 것인지를 판단하고, 주변에 축사 등 환경오염이 될 만한 곳은 피하라고 하며 여러 전원주택이 같이 있는 곳이 좋다고 한다. 그래서 환경 조건, 깨끗한 물, 현지 주민과 친화 이 세 가지가 필수 요소라고 한다. 아마 이들이 이렇게 하여 살고 있는 것 같다. 순례길을 가면서 얻은 또 하나의 유익한 정보이다.

순례길을 오면서 찍었던 사진들을 몇몇 지인에게 송부하고 내일은 레온의 샌프란시스코~San Fransisco~ 숙소까지 가서 하루를 더 머물며 휴식과 재충전을 하자고 항하와 약속하고 잠자리에 들어갔다.

순례길 21일 차

2018년 9월 20일 목요일, 맑음

- 경로: 만시야 데 라스 물라스(Mansilla de las Mulas) → 레온(Leon)
- 거리: 19.8km (출발 표고 803m, 도착 표고 824m)
- 시간: 06:45 ~ 11:20, 4시간 35분 소요
- 숙소: 산 프란시스꼬 알베르게(San Fransisco de Asis Albergue), 10유로, 100 침상

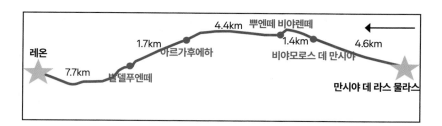

05:55 기상하여 주방에서 어제 산 계란, 복숭아, 메릴레네 씨가 준 과자, 대만인이 준 바게트 샌드위치를 아침으로 먹고 물통에 식수를 담은 후 06:45 숙소를 나왔다. 부르고스부터 시작한 장장 203km의 다소 지루했던 메세타 지역을 통과하는 마지막 일정이다. 어제 보았던 성벽 앞의 에슬라강을 건너 07:35경 로마 시대의 유적지가 남아 있다는 첫 마을 비야모로스 데 만시야 Villamoros de Mansilla에 도착했다. 아직 동이 완전히 트질 않았다. 뽀르마Porma 강을 건너기 전 카사블랑카 바를 지나 강 위에 낮게 놓여 있는 순례자용 도보 다리를 건넌다. 바로 오른쪽(상류)에는 N-601번 도로를 연결하는 자동차 도로용 석재 다리가 보인다. 스페인의 다리는 대부분 석재로 건설한 아치형의 다리로서 고전미와 튼튼함을 느끼게 한다. 이 다리는 비교적 길어 100m는 넘어

보인다. 다리를 건너자마자 왼쪽에는 테니스 코트, 농구 코트, 핸드볼 코트로 사용할 수 있게 콘크리트 바닥의 경기장을 만들어 놓았다. 08:00경 이전 마을과 인접한 마을 뿌엔떼 비야렌떼_{Puente Villarente}로 들어왔다.

Mansilla-Leon; 만시야에서 레온까지 가는 길 주변의 주요 마을과 강을 그려 놓아 쉽게 이 지역을 이해할 수 있다.

Mansilla-Leon; 석조 다리 앞에서 친구

마을 초입 우측에는 기아자동차의 'Ceed' 승용차 광고판이 눈에 들어온다. 09:00경에는 아르가후에하_{Arcahueja} 마을 삼거리 광장에 와서는 휴식과 함께 간식을 먹고 에너지를 보충했다. 발델푸엔떼_{Valdelfuente} 마을부터는 오르막이 시작되는데 오르막길을 가다가 지난번 부르고스로 가면서 보았던 수레를 끌고 가던 순례자처럼 수레를 끌고 가는 또 다른 순례자를 보았다. 그때 그 순례자인 것 같기도 하고…….

Mansilla-Leon; 자기의 짐을 수레에 싣고 끌고 가는 순례자

오늘의 도착지인 레온시에 들어가기 전 발데프로스노_{Valdefrosno} 마을에서는 레온시가 보였다가 사라진다. 도시 우측으로 지루하게 올라가는 길은 시간적으로나 지형적으로나 순례자를 지치게 하는 길이다. 그리고 자동차 도로를 이용하여 올라가는 다소 위험할 수도 있는 길이다. 언덕으로 올라가는 길은 왼쪽에는 소나무 숲이 있고 간간이 레온 시내가 소나무 사이로 보인다. 하지만 메세타 지역을 끝내는 일정이라는 스스로의 위로와 함께 인구 20만 명, 이 일대에서 가장 큰 도시이자 중세 레온 왕조가 있던 시와 대성당이 훤히 보이는 언덕 정상에 올라왔다.

Mansilla-Leon; 언덕에서 바라보는 레온시. 순례길 여정 중 제일 큰 도시이다.

여기서 도시 전체와 레온 성당을 사진에 담고 시로 입성하기 위해 내리막의 먼지 나는 오솔길을 내려와서 LE-20번 도로 위의 구름다리를 건너 시내로 들어왔다. 시내 초입에 있는 안내소에 들어가 도시 지도를 받아서 오늘의 목적지인 시내 중심에 있는 샌프란시스코San Fransisco 숙소로 찾아서 걸어갔다.

도시는 차량들이 정차 없이 교행하기 좋게 모두 로터리로 만들어 놓았고 로터리에는 조각품과 분수가 있어 도시의 미관을 예쁘게 했다. 도시가 큰 규모이지만 매연이나 미세먼지 같은 것은 못 느낄 정도로 공기가 괜찮다. 숙소에 거의 다 왔을 때 마침 정육점이 보여 소고기 가격을 보니 놀랄 정도로 값이 싸다. 1kg에 6~12유로 한다. 우리나라와 비교하여 매우 저렴한 가격이다. 고기의 질 또한 방목하여 키웠으니 좋을 것 같다. 즉석에서 항하에게 제안해 오늘과 내일 이곳에 머무르면서 밥을 몇 끼는 해 먹어야 할 것 같으니 차제에 소고기나 실컷 먹자고 하였다. 정육점은 부부가 같이 일하는 것으로 보이며 내부가 깔끔했다. 소고기, 돼지고기, 양고기 등 종류가 많았고 소스 등 관련 제품도 판매하고 있다. 1.2kg을 산 후 인근 마트에서 마늘, 감자, 양파와 와인을 구입해 숙소에 도착하였다.

Leon; 정육점 앞에 걸린 소고기 값(상급)
우리나라보다 아주 싼 값이다. 한국 돈으로 15,500원/kg

　　205호, 4인용 방을 배정받고 숙소 지하에 있는 주방으로 내려와 소고기와 감자, 양파, 마늘을 팬에 구우니 고급 레스토랑에서 올라오는 냄새와 차이가 없다. 와인과 함께 여유 있는 점심을 먹은 후 방으로 들어와 샤워를 하고 들어오니 젊은 대만 남자 순례자 두 명(88년생)이 들어온다. 침상에서 낮잠 한숨 자고 시내 구경을 나가기로 했다. 숙소 앞 큰 도로를 건너 두 줄로 쌓은 성벽 사이를 계속 걸어 올라가니 레온 대성당이 나온다. 성벽은 내벽이 아주 높으며 외벽은 내벽의 절반 정도의 높이로 방어를 위하여 활이나 총을 쏘는 구멍이 나 있다.

Leon; 중세 레온 왕국의 성벽
2중으로 만들었다. 한때는 포르투갈도 이 왕국이 영역이었을 만큼 컸다.

레온 성당 주변으로 인증 샷을 찍고 성당 앞 광장에 있는 알바니Albany Café 야외 테이블에 앉아서 생맥주를 시켜 놓고 지나가는 사람들을 구경하며 일부 안면이 있는 순례자 — 미국인 Steve 부부, 홍콩 젊은이, Anne 등 — 와 인사를 주고받았다. 이국땅에 와서도 서로 인사를 주고받을 정도의 아는 사람들이 좀 있다는 것이 순례길의 또 다른 묘미이다. 처음 보는 순례자도 상당이 많이 보이며 대부분 이곳에서 숙박을 더 하고 에너지를 보충한 후 출발을 하는 것 같다.

Leon; Regla 광장 앞에 있는 레온 대성당

성당에서 서쪽으로 300m쯤 떨어진 분수대_{Fuente de San Marcelo}로 와서는 시내 관광을 편하게 할 수 있는 관광 열차를 타고 17:15부터 18:00까지 대성당 서쪽 부분의 성곽 내외부를 둘러보았다.

Leon; Leon시 성곽 외부 모습

성은 도시 규모에 비해 그다지 길지 않은 것 같으며 오래된 건물은 모두 성 안에 밀집되어 있다. 관광 열차에서 봤던 주요 건물들을 열차에서 내려 직접 가 보기로 하였다. 분수대 맞은편에 있는 세계에서도 유명한 건축가인 가우디_{Antoni Gaudí i Cornet}(1852~1926)가 설계했고 지금은 그의 박물관으로 사용하는 보띠네스 건물_{Casa Botines}에 들어갔다. 이 건축가의 생애와 의뢰자가 사용하던 집기 ─ 타자기, 인쇄기, 전화 교환기, 현미경 등 ─, 아스뜨로가_{Astorga}시에도 있는 가우디 작품 ─ El Palacio Episcocal 건물, 주교궁 ─ 을 축소 모형으로 만든 것, 직물을 말아 놓은 전시품, 관련 기록 사진 등을 보았다. 1층만 보았으며 나머지 층은 더 많은 입장료를 내야 한다. 이 건물은 가우디가 1892~1893 년에 설계한 것이며 의뢰자는 섬유 관련 사무실과 창고로 사용하기 위하여 지었다고 한다. 까딸루냐 출신의 가우디는 주로 까딸루냐 지방 건축물을 설계했다. 까딸루냐 이외의 지방인 까스띠야_{Castilla} 지역과 깐따브리아_{Cantabria}에 있는 건물은 세 채밖에 없는데 이 건물이 그중 하나이다.

Leon; 까사 보띠네스 건물, 세계적 유명 건축 설계가인 가우디가 설계한 건물

Leon; 까사 보띠네스 건물 내에 전시한 당시 옷 관련 사업 사무실 모습
옆에 당시의 금전계산기가 보인다.

이 박물관 앞 광장에는 중절모에 양복을 입은 신사가 벤치에 앉아서 노트에 글을 쓰고 있는 모습의 청동 조형물이 있었다. 그 옆에 앉아서 그가 기록하는 것을 보는 장면으로 사진을 한 컷 남겼다.

Leon; Leon 시청 앞 광장 벤치에서 중절모 신사(가우디?)와 한 컷

항하의 휴대폰에 사용할 U-SIM 카드를 알아보기 위하여 근처의 통신사 및 기기 판매점에 들러 필요한 물건이 있는지 확인하고 산토 도밍고_{Santo Do-}_{mingo} 광장에 있는 거대 사람의 형상이 무릎을 안고 앉아 있는 모습을 한 조형물_{Estatua la Negrilla} 앞에서 기념사진을 또 남겼다.

Leon; Leon 시내에는 조형물이 많이 보인다.

저녁을 먹기 위해 바로 앞에 있는 몇 군데의 레스토랑을 들어가니 모두 다

퇴짜를 맞았다. 아직 저녁을 주는 시간이 아니라고 한다. 대부분 19:30부터 저녁을 제공하며 그 이전에는 술이나 음료수 정도만 판매하는 바$_{Bar}$이다. 다행히 성당 앞의 마칸데$_{Makande}$ 레스토랑에서 샐러드, 파스타, 맥주와 함께 저녁을 먹었다.

Leon; Leon 성당 앞에서 출발, 도착하는 시내 관광용 차

인구 20만의 큰 도시에 걸맞게 지나가는 시민들의 차림새와 걷는 모습에는 멋과 여유가 배어 있다. 성당 주변에는 몇몇 팀의 집시들이 보이며 일부는 시민들과 순례자에게 구걸 행위를 하고 있다. 숙소로 돌아오는 길에 까르푸$_{Carrefour}$ 슈퍼에 들러 봉지라면, 파스타용 케첩 — 주방 냉장고에 이전 순례자가 남겨 놓고 간 파스타가 있기에 케첩을 샀다 —, 주스, 과일 등 내일 먹을거리를 사 들고 왔다. 내일도 여기서 하루를 더 있기로 한 만큼 내일 아침은 늦잠을 자기로 하고 침상에 몸을 눕혔다.

순례길 22일 차

2018년 9월 21일 금요일, 맑음

• 장소: Leon (하루 더 체류)
• 숙소: 산 프란시스꼬 알베르게(San Fransisco de Asis Albergue), 10유로, 100 침상

원래 알베르게는 하루만 투숙해야 하는 규정 — 순례자가 아닌 관광객이 이러한 저렴한 숙소를 사용하면 순례자에게 돌아갈 방이 부족해지기 때문이다 — 이지만 어제 체크인 시 이곳에서 하루 더 머물 사정 얘기를 하여 승낙을 받았다. 대신 방을 다른 곳으로 옮겨야 했기 때문에 06:50에 기상해 이사를 했다. 310호로 옮기니까 이미 미국인 여자가 와 있다. 숙소에서 점심으로 어제 남은 소고기를 마저 구워 먹었다. 오후에는 베르네스가_{Bernesga} 강가로 가서 주변을 공원으로 단장한 곳을 둘러보았다.

Leon; 베르네스가강 로스 레오네스 다리 위에서

타원형 로터리_{Guzman el Bueno}에서 다리_{Puente de los Leones}로 가는 길목 우측에는 잔디로 '21-09-2018 Leon'이라고 오늘의 날짜를 만들어 놓았다. 시에서 매일매일 날짜를 바꿔 주는 것 같다. 시민을 위해 이런 형태의 잔디로 만든 일력은 참신한 아이디어이다.

Leon; 날짜를 정원으로 가꾸어 놓고 시청에서 매일 날짜를 바꾸어 준다.

레온 대성당을 제대로 보기 위해 1km는 되어 보이는 오르막을 걸어갔다. 이제 걸어 다니는 것은 전혀 문제가 되지 않을 정도로 몸이 단련되었다. 대성당은 프랑스식 고딕 양식으로 웅장하고 아름다웠다. 성당 내부의 스테인드글라스는 전체 면적이 1,700㎡에 이를 만큼 성당을 아름답게 꾸미며 저녁에 석양이 질 무렵 창문으로 들어오는 불빛이 장관을 이룬다. 성당 내부에는 갖가지 성상들을 전시하는 박물관도 있다. 사진 촬영이 금지되어 있다.

Leon; Leon 대성당의 화려한 스테인드 글래스

　여기를 빠져나와 성당 앞 광장에서 또다시 Steve 씨 부부를 만났는데 처음 보는 젊은 청년이 함께 있다. 며칠 전 얘기를 들은 대로 샌프란시스코에서 IT 회사에 근무하고 있는 아들(마이클Michael)이 부모님의 순례길을 격려차 어제 레온으로 왔다고 한다. 반가워서 서로 인사를 하고 성당을 배경으로 사진을 남겼다. 이 사진을 IT 엔지니어답게 마이클이 즉시 무선 통신으로 아버지 휴대폰에 넘겨준다.

Leon; 레온 대성당 앞에서 미국인 Steve 씨 가족과 함께
(필자, Betty, Steve, Michael, 친구 류항하)

여기서 서쪽으로 향하여 성당과 박물관_{Real Basilica de San Isidoro}으로 사용하고 있는 건물로 걸어갔다. 이 건물은 11~12세기에 지었으며 처음에는 왕궁으로 사용했다고 한다. 지금은 왕가의 무덤과 세례 요한의 턱뼈, 여러 성인의 무덤도 여기에 있고 박물관에는 성배, 대리석 궤, 고서, 행진용 십자가 등 고귀한 물건들이 전시되어 있다. 성당에 배치된 신자를 위한 목재 의자는 새것으로 마련한 듯 나무 고유의 색깔이 살아 있다. 천장에 철제 파이프로 지지해 놓은 것을 보면 건물이 오래되었다는 것을 실감할 수 있다. 레온 성 밖을 보기 위하여 로터리_{Espolon}까지 나와서 보니 성벽을 활용하여 건물을 지어 놓은 곳이 많이 보인다.

Leon; 몇백 년 된 성벽에 연결하여 건물을 지어 놓은 모습

이곳을 나와 이집트 문화 전시관을 찾아가니 문 여는 시간이 맞지 않아 보지 못하고 돌아가는 도중 제과점 진열장에 전시한 꽈배기 등 맛있어 보이는 빵들이 보였다. 문을 여는 17:30까지 주변을 돌며 기다린 후 빵을 사서 인근의 메이어 광장 카페_{La Paneria Café}에서 생맥주와 함께 먹었다. 여기에는 비둘기들이 사람을 전혀 겁내지 않고 테이블 위에 있는 음식물까지 먹으려고 수시로 덤벼서 일부 손님들은 깜짝 놀라기까지 한다.

Leon; Leon 시내 Mayor 광장

　숙소로 다시 걸어 내려와 샤워 후 숙소 2층에 있는 레스토랑에서 제공하는 뷔페식 음식 — 레스토랑 여직원이 배식구에서 식판에 떠 주는 형식 — 으로 닭 요리를 잘 먹었다. 후식으로 요구르트 또는 과일 중 택일하는 것은 두 가지 다 갖고 가겠다고 양해를 구했다. 순례자용 주방인 지하로 내려와 내일 아침과 가면서 먹을 계란을 삶고 있는데 젊은 한국 여자 두 명이 온다. 이들은 프랑스 생장에서 출발하긴 했는데 중간에 버스를 자주 타며 많이 걷지는 않았다고 한다. 이 젊은이들이 순례길 여정에 문명의 이기를 너무 많이 쓰면서 편하게 다니는 것 같아 뭔가 순례길의 또 다른 의미에 대하여 얘기를 해 주고 싶었으나 그들 나름의 사정이 있을 것이라 생각하니 이 또한 이해가 된다. 이후 21:00에 대성당에서 거행하는 음악회에 참석하기로 했으나 너무 늦은 시간이라서 포기하고 내일 계획을 상의한 후 22:00경 잠자리에 들어갔다.

순례길 23일 차

2018년 9월 22일 토요일, 맑음

- 경로: 레온(Leon) → 산 마띤 델 까미노(San Martín del Camino)
- 거리: 24.6km (출발 표고 824m, 도착 표고 867m)
- 시간: 06:50 ~ 12:30, 5시간 40분 소요
- 숙소: 시립 순례자 알베르게(Municipal Albergue Peregrinos), 5유로, 68침상

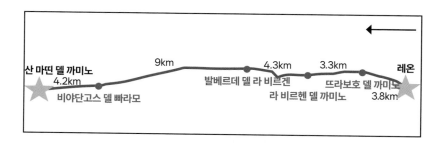

06:15 기상하여 지하 주방에서 아침을 먹고 06:50 숙소를 나왔다. 날씨가 쌀쌀하여 패딩으로 보온을 하고 첫걸음을 내디뎠으나 30분도 안 되어 벗었다. 도시의 가로등 불빛에 기대어 도심을 빠져나와 베르네스가_{Bernesga} 강을 건너기 전 어제 보았던 오늘의 날짜를 잔디 장식으로 보여 주는 곳에서는 마침 시청 직원이 나와 오늘의 날짜인 22일로 변경하는 작업을 한다. 숫자판 '1'을 '2'로 교체하고 있다. 이 도시를 빠져나오는 데에는 거리를 한참 걸어야 했다. 이곳에도 와인 저장고로 보이는 동굴들이 다수 보인다.

08:00경 또 다른 도시 뜨라보호 델 까미노_{Trabojo del Camino} 에 들어와서 뒤돌아보니 동쪽 하늘에서 올라오는 미명이 〈레온〉이라는 연극 무대를 펼칠 도시 무대의 장막을 걷어 내는 듯하다. 08:30경에는 현대식 건물로 지은 성당

^{Basilica de la Virgen del Camino}에서 신부를 비롯한 많은 신자들이 나오고 있다. 아침 미사를 마치고 나오는 모양이다. 성당의 전면은 현대식 기법으로 만든 여러 성인들의 청동상이 세워져 있다.

Leon-San Martin del Camino; Basilica de la Virgen del Camino 성당에서
아침 미사를 마치고 나온 신도들, 성당 건물 전면부가 이채롭다.

라 비르헨 델 까미노_{La Virgen del Camino} 마을이 끝나는 지점에서는 순례길 이 정표가 직진 방향과 왼쪽 방향으로 두 갈래 길이 나온다. 직진 방향을 택하였다.

Leon-San Martin del Camino; 순례길이 두 길로 나누어져 있다. 흔치 않은 경우다.

조금 더 걸어가니 N-120번 도로와 A-66번 도로가 만나는 고가 도로 교차점에서는 순례길 위 전선에 여러 켤레의 등산화, 트레킹화들이 걸려 있다. 걷다가 발이 아프다든가 신발이 낡았다든가 하여 순례자들이 전선에 던져서 걸쳐 놓은 것이다. 순례길을 상징하는 모습이지만 이렇게 던져서 전선에 걸어 놓은 모습은 보기가 과히 좋지는 않다. 마침 앞에서는 이 장면을 사진에 담기 위해 덴마크 마틴·기네 부부가 가다가 서서 핸드폰을 꺼내고 있다. 전선 줄에 걸려 있는 신발들을 사진에 같이 담고 이 부부와 같이 걸어오면서 덴마크의 트레킹 조건을 물어보니 덴마크에서는 잘 개발해 놓았다고 한다. 그러나 산악 지대가 없어 주로 평지 길을 걷는다고 한다. 이들은 걷는 것을 좋아해 부부가 함께 매일 걷는다고 하고 이곳에 오기 전에는 매일 30km 이상씩을 걸었다고 한다. 09:35경에는 또 다른 마을 발베르데 델 라 비르겐Valverde del la Virgen에 도착하였다. 마을 입구 왼쪽 카페Kneleb Alimentacion가 있고 앞마당에는 전봇대 같은 나무 기둥을 세워 놓고 여기에 각국의 국기를 걸어 놓아 순례자의 시선을 끌게 한다. 물론 태극기도 보인다.

Leon-San Martin del Camino; 다국적용 카페다. 태극기도 걸려 있다.

이 마을 순례길에는 누군가가 탁자 위에 자두, 배, 토마토 등을 얹어 놓고 순례자 여권에 찍는 스탬프와 간단한 기록을 할 수 있도록 노트도 비치해 놓았다.

Leon-San Martin del Camino; 순례길 변에 과일과 스탬프를 비치해 놓고
순례자에게 무인으로 서비스하고 있다. 기부금을 줘야 할 것 같다.

11:35경에는 비야단고스 델 빠라모_{Villadangos del Paramo} 마을에 들어섰다. 어느 집 벽에는 산티아고까지 298km 남았다는 표시를 해 놓았다. 대략 500km 를 걸어온 셈이다. 서울에서 부산까지 갔다가 대구 근처까지 올라온 거리다. 그런데 한국에서 걸었다면 아직도 부산도 도착을 못 했을 것이다. 여기는 순례자 전용 길로 전체 과정에 순례자를 위한 숙박 시설, 레스토랑, 약국 등 기본 시설이 잘 갖추어져 있고 운영하는 시스템도 순례자 위주로 하고 있다. 무엇보다도 매일 일정 거리를 세계 각 나라에서 온 사람들과 함께 지루하지 않게 걸을 수 있기 때문에 지금까지 500km를 걸어왔다는 것이 그렇게 실감이 나질 않는다.

Leon-San Martin del Camino; 목적지 산티아고까지 297km 남았음을 알린다. 500km 정도 걸어왔다. 아직도 298km 남았는지, 아니면 이제 298km밖에 남지 않았는지, 느낌은 생각하기 나름이다.

이 마을을 벗어난 길은 N-120번 도로를 바로 옆에 끼고 오늘의 도착지 마을_{San Martin del Camino}까지 4km로 곧게 뻗은 길이다. 12:30경 마을 초입의 우측에 위치한 숙소에 들어오니 주인은 70대로 보이는 할아버지다. 먼저 도착한 또 다른 덴마크 남자 순례자 다음으로 체크인을 하였다. 할아버지는 친절하게 각 침실, 주방, 샤워장 등 시설을 직접 안내하고 주방에서도 사서 먹을 것이 있으면 여기서 먹으면 된다고 한다. 그런데 침상이 아주 형편없다. 2차 세계대전 때 사용하던 군용 스프링 침대 같아서 누우니까 몸이 'V' 자 모양으로 엉덩이가 밑으로 푹 꺼진다. 그래서 숙박비가 5유로인 것 같다. 숙소 앞에는 큰 나무가 몇 그루 있고 마당은 잔디로 잘 가꾸어 놓았으며 야외용 테이블과 의자를 비치해 그늘 밑에서 여유롭게 시간을 보낼 수 있도록 하였다.

San Martine del Camino; 하숙집 같은 모습의 알베르게

이미 도착한 순례자는 잔디밭에서 몸을 스트레칭하며 근육을 풀어 주고 있다. 부지런한 사람들이다. 우리도 야외 잔디밭 의자에 앉아 숙소에서 캔맥주와 아직 남은 계란과 빵을 점심 삼아 대충 요기를 하면서 내일의 계획을 상의했다. 세탁장과 건조대가 있는 곳은 시멘트 포장을 하여 놓았고 건조대는 햇볕이 잘 드는 곳에 있어서 좋다.

San Martin del Camino; 이 숙소는 빨래를 햇볕 좋은 마당에 넓게 널 수 있어 좋다.

여기에는 마을 전체에 공급하는 것으로 보이는 대형 콘크리트 수조가 서 있다. 이 마을은 규모가 크지 않고 볼거리가 거의 없는 것으로 보인다.

San Martin del Camino; Albergue 앞 Los Pico Bar

17:10경 다시 나와서 저녁을 먹을 레스토랑을 찾았다. 숙소 우측 앞 모서리에 있는 바_{Los Pico Bar} 주인은 미모의 흑인 여자인데 영어를 잘 한다. 18:00

이후에 저녁이 가능하다고 한다. 슈퍼에서 내일 먹을거리를 사서 숙소에서 계란을 삶은 후 조금 전에 갔던 바_{Bar}로 갔다. 바에 들어서자마자 생선 요리를 주문하고 나니 일본인 순례자가 들어온다. 혼자 밥 먹기가 싫었는데 마침 우리가 있으니 좋다고 한다. 이름이 '에디카'라고 하며 일본에서 직장 생활을 7년 한 후 영국 런던에서 1년 과정의 교육경영대학원에 다니고 있는 중이라고 한다. 마침 과정을 모두 마치고 논문까지 제출한 후 시간이 남아 이곳으로 왔는데 지금은 기분이 너무너무 좋다고 한다. 어제 레온에서 논문이 통과되었다는 소식을 받았다며 대학원 과정을 원래 원했던 바대로 1년으로 모두 마칠 수 있게 되었다고 한다. 일본인으로서 영국에서 영어로 의사소통하기도 쉽지 않은데 현지에서 대학원 과정을 이수하고 논문까지 1년으로 모든 것을 해결한다는 것이 보통의 노력과 의지로는 힘들었을 것이라고 말하며 진심으로 축하해 주었다.

마을에는 어린 아이들이 많이 뛰어놀고 있다. 바_{Bar}에서는 마을 사람들이 한가로운 저녁 일과를 담소하며 즐기며 한편에서는 체스를 두고 있다. 우리 농촌에는 나이 든 사람들이 대부분이지만 여기는 어린이도 많이 보이고 모두가 여유롭게 살고 있는 것이 많이 다른 모습이다. 이렇게 사는 것이 제대로 살아가는 것이 아닐까 싶다. 숙소에 들어오니 미리 저녁 신청을 한 순례자들이 함께 저녁 식사 중이다. 일과를 정리하고 21:00 이른 시간에 취침에 들어갔다.

순례길 24일 차

2018년 9월 23일 일요일, 맑음

- 경로: 산 마띤 델 까미노(San Martín del Camino) → 아스뜨로가(Astorga)
- 거리: 22.5km (출발 표고 867m, 도착 표고 876m)
- 시간: 06:55 ~ 14:20, 7시간 25분 소요
- 숙소: 산 하비에르 알베르게(Albergue San Javier), 10유로, 95침상

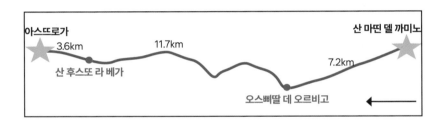

06:00 기상하여 숙소에서 유료로 제공하는 아침 대신 주방에서 어제 마트에서 산 일본 라면과 복숭아로 아침을 해결하고 아직도 어두운 06:55부터 걷기 시작하였다. 07:34 동쪽을 향해 보니 아직 해는 뜨질 않았고 동이 트려고 하는 노랗고 붉은 색의 하늘이 구름과 함께 조화롭게 어울려 있다.

San Martin del Camino-Astorga; San Martin del Camino 여명으로 만든 실루엣

첫 마을 오스삐딸 데 오르비고Hospital de Orbigo에 들어서기 직전에는 붉은 벽돌로 높게 만든 대형 원형 타워가 보인다. 곡물 저장고 같다. 08:30경 마을에 들어섰다. 마을 이름이 뜻하듯이 16세기에 템플기사단이 순례자를 위한 병원을 이 마을에 세웠다고 한다.

마을은 오르비고Orbigo 강이 사이에 흐르고 있고 이 강 위에 마을을 연결하는 길이가 300m 넘는 오래된 석조 다리Paso Honroso가 있다. 로마 시대에 지은 다리라고 하며 스페인 작가 세르반테스가 《돈키호테》를 쓸 때 이 다리에서 영감을 얻었다고 한다. 다리 아래에 있는 넓은 강둑에는 마상 스포츠를 즐길 수 있도록 만들어 놓았다. 1434년부터 시작한 이 마을의 마상 대회는 아직도 그 명맥을 이어 가고 있다고 한다. 강물이 많지 않지만 강폭이 넓은 오르비고강은 차안(동) 쪽에는 주강이 흐르고 있고 대안(서) 쪽에는 농업용수로 사용하기 위한 별도의 수로를 만들어 놓았다. 석조 다리는 왼쪽으로 약간 굽은 형태로 만들어 놓았다.

다리를 건너서부터 마을 형성이 주로 되어 있다. 다리를 건너자마자 왼쪽에 있는 전망 좋은 에스딴꼬Estanco 카페 옥외 테라스에서 커피를 시켜 놓고 아침 햇살이 오르비고강의 다리를 비추고 있는 전경을 감상하였다. 석조 다리, 강둑의 마당, 건너편 마을의 건물들이 햇살로 인하여 짙은 노란색의 풍경을 만들어 내고 있다. 확실히 아침과 저녁의 햇살은 낮의 색깔 없는 모습보다는 훨씬 주변을 아름답게 색칠한다. 이러한 빛의 연기를 화폭에 잘 주워 담은 19세기 후반의 인상파 화가들의 작품들이 아직도 여전히 사랑받고 있는 이유를 알 듯하다. 20분가량 휴식을 취한 후 마을 중심지로 들어왔다.

San Martin del Camino-Astorga; 에스딴꼬 Café에서 바라본 빠소 온로소 다리

이 마을의 시청으로 보이는 건물 앞, 잔가지들은 모두 쳐 내어 나무 기둥과 굵은 가지들만 휑하니 남아 있는 여러 그루의 가로수가 군집된 모습이 하나의 예술 작품처럼 보인다.

San Martin del Camino-Astorga; 조금은 불쌍해 보이는 둥치만 남은 가로수

마을 중심을 곧게 관통하는 넓은 순례길 좌우에 서 있는 건물들은 아주 깨끗하게 잘 단장되어 있고 알베르게도 많이 보인다. 어제 묵었던 마을보다 괜찮

238

아 보여 더 걸어와서 이곳에서 하루를 묵었으면 좋았을 뻔했다. 마을을 벗어나 다시 N-120번 도로를 낀 비포장의 순례길은 계속된다. 가는 길에는 주변에 옥수수가 많이 심어져 있고 길가에는 간간이 사과나무를 심어 놓았다. 순례자들이 길을 가면서 허기와 목마름을 달랠 수 있도록 이 마을 사람들이 배려한 것임에 분명하다. 10:00쯤에는 순례길 옆 사과밭 바닥에 수많은 사과가 떨어져 있어 아깝기도 하고 목도 말라 몇 개를 주워 먹었는데 사과가 매우 달다.

San Martin del Camino-Astorga;
길가 농장 사과나무 밑에 자연 낙과된 사과를 주워서 갈증 해소와 요기를 하였다.

산 후스또 라 베가_{San Justo de la Vega} 마을 입구에 와서는 화강암으로 만든 4단의 원형 기초 단에 세운 성 또르비오 십자가_{Cruz de Toribio}가 보인다. 이 단 위에도 역시 순례길의 안전과 평안을 기원하는 돌들이 많이 올려져 있다. 마침 마틴·기네 부부를 만나 반갑다고 또 함께 여러 장의 사진을 남겼다. 멀리 약 5km 정도 되어 보이는 곳에는 오늘의 목적지인 아스뜨로가_{Astorga} 도시가 눈에 들어온다. 이 아래 길에는 카우보이모자를 쓰고 벤치에 앉아 기타를 치고 노래를 부르는 사람이 보이는데 순례자는 아닌 것 같다. 옆에 같이 앉아서 잠시나마 기타 연주를 감상하였다.

San Martin del Camino-Astorga; 길가에서 순례자를 위한 연주를 하고 있는 현지인

 산 후스또 라 베가 마을까지 가는 자갈로 포장까지 해 놓은 넓은 내리막길은 운치가 있고 좌우에 밤나무가 많이 심어져 있다. 이 마을 어귀에는 순례자 동상이 서 있고 바로 옆에는 음용을 할 수 있는 수도꼭지가 달려 있는데 이 꼭지를 여니까 순례자 동상의 입에도 물이 들어간다. 기발한 아이디어로 순례자들에게 볼거리를 주면서 피로를 풀 수 있도록 하였다.

San Martin del Camino-Astorga;
산 후스또 라 베가 마을 초입에 있는 순례자를 위한 음용수대

어느덧 12시가 넘었다. 마을로 들어와 후리_{Juli} Café에서 점심으로 오징어를 넣은 샌드위치와 감자 오믈렛을 콜라와 함께 시켜 먹고 다시 마지막 목적지인 아스뜨로가를 향해 걷기 시작한다. 그런데 부르고스에서 레온까지 203km의 메세타 구간은 이곳 아스뜨로가까지 연장해야 할 것 같다. 레온 이후 어제와 오늘 걸었던 길은 메세타 구간의 지형과 큰 차이가 없었기 때문이다. 부르고스에서부터 아스뜨로가까지 약 250km 구간을 메세타 구간으로 설정해야 맞을 것 같다. 그러면 10일 정도 걷는 거리가 되며 전체 구간의 1/3 가까이 메세타 구간인 셈이다.

아스뜨로가 도시에 들어오자 기찻길이 앞을 막고 있다. 철제 구름다리를 만들어 놓아 건널 수 있게 해 놓았다. 이 다리를 건널 무렵 누군가 우리를 부르는 소리가 들린다. 뒤를 보니 미국인 스티브·베티 부부와 그 아들 마이클이 구름다리를 올라오면서 우리를 부른 것이다. 반가운 마음에 우리도 큰 소리로 인사한다. 그들은 다리를 건너와서 다시 한번 인사하고 우리를 앞지르러 간다. 우리 앞에서 걸어가는 이 가족의 모습이 정말 정겨워 보인다. 그런데 왼쪽 아버지, 가운데 아들, 오른쪽에 어머니가 횡으로 같이 걸어가는 모습을 보니, 부모는 걷는 게 힘들어 보이지만 가운데 아들의 발걸음은 가벼워 보인다. 젊으니까 당연히 그렇겠지만 아들은 배낭이 아닌 간단한 봇짐 같은 것이고 부모는 크고 무거워 보이는 배낭을 메고 간다. 우리의 정서로 보기에는 이해가 가지 않는 면이 있지만 역시 서양인은 자기 몫은 자기가 책임지는 모습이다.

San Martin del Camino-Astorga; 그저께 레온에서 만났던 미국인 Steve 씨 가족
부모님의 순례길을 격려하기 위해 미국 샌프란시스코에서 날아와
며칠간 순례길을 함께하는 모습이 정말 아름답다.

아스뜨로가 도시는 언덕 위에 형성되어 있어 도착 무렵에 언덕을 올라가는
데 다소 지친다. 7시간 가까이 걸어왔고 한낮의 태양이 내리쬐기 때문에 더
그렇다. 도시로 들어가면서 시청을 지나서 가우디가 설계한 빨라시오 에삐
스꼬빨Palacio Episcopal 주교궁과 산따 마리아 성당까지 왔다. 이 도로 앞에는 성
당에서 나와서 붉은 상의를 입고 붉은 깃발을 든 채 행진을 하는 많은 시민들
이 보인다. 오늘 무슨 특별한 행사가 있는 날인 것 같다.

Astorga; 가우디가 설계한 빨라시오 에삐스꼬빨 주교궁 앞에서 행사를 하는 시민들

14:20경 도착한 숙소의 접수받는 주인은 독일인이다. 숙소 사용 규정을 설명해 주는데 다소 딱딱하다고 생각하는 순간 한국말로 "감사합니다."라고 인사를 한다. 첫인상이 불식되는 순간이다. 그 외 몇 마디의 한국말을 더 하기에 아예 친근감이 들어 같이 기념사진도 찍었다. 2층에 있는 방에 배낭을 푼후 샤워와 세탁을 마친 후 낮잠을 한숨 자기로 하였다. 빨래 건조대는 2층에서 마주 보는 건물에 걸어 놓은 줄에 빨래를 널고 줄을 당겨서 계속 널어놓는 방식이다. 공간이 부족하니까 이러한 방법을 사용하고 있다. 16:30 숙소를 나와 유료로 입장하는 성당에 들어가 한국말 잘하는 Anne도 만나서 또 반갑다고 기념사진을 남겼다.

Astorga; 처음 론세스바예스에서 만난 후 순례길 도중 여러 차례 만난 프랑스인 Anne 이듬해 서울에서 다시 만나서 순례길을 회상하는 시간을 가졌다.

이 성당도 규모가 꽤 커 보이며 여느 성당과 마찬가지로 스테인드글라스 창문과 제단들을 화려하게 장식해 놓았다. 성당 안의 박물관도 보고 나온 후 가우디가 설계한 주교궁을 보려고 하니 문을 닫아 놓았다. 시청 앞 에스빠냐 Espana 광장에 무대를 설치해 놓았고 그 앞에 많은 하얀 플라스틱 의자를 갖다 놓았

243

다. 아마 오늘 저녁에 행사가 있는 것 같다. 시청 건물은 전면 상부에 종탑이 있는데 종 좌우로 각각 남녀 인형이 서 있고 이 인형이 종을 치는 것으로 보인다.

Astorga; 시청 앞 Espana 광장

아이스코리 따빠스 바_{Aizkorri Tapas Bar} 야외 테이블에서 맥주를 시켜 놓고 기다리고 있으니 노랑 조끼를 입은 20여 명의 출연자들이 무대에 올라와서 백파이프_{Bagpipe}, 큰북, 탬버린 등으로 음악을 연주하기 시작한다.

Astorga; 시청 앞 Espana 광장 무대에서 Bagpipe를 연주하는 단체.

저녁을 먹기 위하여 다시 자리를 옮겨 레스토랑_{Cerveceria Asador} 에서 순례자 메뉴인 닭 요리를 시켜서 늦은 저녁을 먹었다. 역시 전체로 프렌치프라이와 계란 반숙, 와인과 물 한 병이 나온다. 옆에는 또 다른 순례자인 미국인 남자, 루마니아 및 독일 여자들이 있어 인사하며 사진도 찍었다.

Astorga; Cerveceria Asador 레스토랑에서 독일, 미국, 루마니아인 순례자와 함께(좌로부터)

밖에는 여전히 음악을 연주하고 있으며 연주는 록밴드로 바뀌어 다수의 사람들이 춤까지 추고 있다. 친구 항하도 분위기가 좋아 조금 전 레스토랑에서 식사를 같이 하던 일행들과 더불어 춤을 춘다. 숙소로 돌아오니 주인이 보인다. 언제 또 다시 만날 수 있겠나 싶어 같이 사진을 남겼다.

Astorga; 독일인 숙소 주인과 함께

오늘도 다양하고 재미있는 하루를 보낸 것 같다. 22:00 잠자리에 들어갔다.

순례길 25일 차

2018년 9월 24일 월요일, 맑음

• 경로: 아스뜨로가(Astorga) → 엘 아세보 데 산 미겔(El Acebo de San Miguel)

• 거리: 37.6km (출발 표고 876m, 철 십자가 1,497m, 도착 표고 1,150m)

• 시간: 06:10 ~ 14:40, 8시간 30분 소요

• 숙소: 메손 엘 아세보 알베르게(Meson El Acebo), 8유로, 23침상

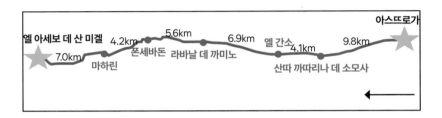

05:45 기상하여 배낭을 꾸려 06:10 숙소를 나선다. 오늘이 한국에서는 추석이다. 8시간 시차가 있는 이곳 이른 아침은 음력 14일의 달이 서쪽으로 지고 있다. 그래도 크기는 보름달이다. LED 조명등이 필요 없을 만큼 순례길을 밝게 비춘다. 오늘의 길은 전체 순례길 여정 중에 제일 높은 산의 고개 (1,497m)를 넘어야 한다. 어둠 속에서 나온 첫 마을 뮤리아스 데 리치발도 Murias de Rechivaldo 이다. 계속 걸음을 재촉하여 어둠을 뚫고 07:50경 산따 까따리나 데 소모사 Santa Catalina de Somoza 마을이 나온다.

Acebo; 동이 틀 무렵 서쪽으로 걸어가는 필자의 그림자가
키의 몇 배는 더 길게 드리우고 있다

08:40경에는 엘 간소_{El Ganzo} 마을의 카우보이 바에서 감자 오믈렛과 커피로 간단한 아침을 먹었다. 시골 바처럼 세련되지 않은 모습으로 꾸민 내부에는 중학교 때 친구들과 자주 게임을 했던 테이블 축구대가 보인다. 향수를 불러 일으킨다. 그런데 여기서는 아직도 사용하는 것 같았다. 천정에는 온갖 오래된 소품들을 걸어 놓아 장식을 하였다.

Astorga-El Acebo; 간소 마을의 카우보이 카페. 테이블 축구대가 향수를 자아내게 한다.

아침 요기 후 09:00경 나온 이 마을 우측에는 고개를 넘는 곳까지의 정보가 표시된 지도를 간판으로 세워 놓았다. 엘 간소 마을의 표고가 1,000m가 조금 넘은 곳이니까 앞으로 500m 정도의 표고 차만 올라가면 고개 정상이 나올 것이다. 가는 길을 가로막고 있는 먼 곳으로 보이는 산이 세로 델 삐꼬산_{Cerro del Pico}(1,599m)인 것 같다. 다음 마을인 라바날 데 까미노_{Rabanal de Camino}까지는 LE-6304번 도로를 왼쪽으로 두고 평행하게 계속 완만히 올라가는 길이다. 10:10경 이 마을에 도착하여 휴식을 취하면서 걸어야 할 잔여 시간을 점검하였다. 이곳까지 올라오는 길 좌우는 구릉으로서 경작지는 아닌 것으로 보이며 무성한 잡초와 듬성듬성 보이는 나무들만 있을 뿐이다. 마을의 오래된 성당의 종이 없는 종탑에는 큰 시계가 걸려 있고 마을의 분위기로는 시간이 멈춘 것 같으나 시계는 현재 시각을 10:15으로 정확히 가리키고 있다.

Astorga-El Acebo; 라바날 마을. 성당의 종탑에 걸려 있는 시계가 종을 대신하고 있다.

이 마을을 벗어나면서 경사도는 점점 심해진다. 왼쪽으로는 바로 앞의 구릉이 만든 능선과 그다음부터는 중간 높이 산이 만든 능선이 두 줄이 있고 제일 뒤로는 제일 높은 산이 만든 능선까지 모두 네 줄의 능선이 마치 파도처럼 보인다.

Astorga-El Acebo; 이 지역에서 제일 높은 세로 델 삐꼬산(1,599m)이
마치 황제처럼 제일 먼 곳 끝에 앉아 있고 그 앞으로 몇 줄의 능선들이 호위병처럼 지키고 있다.

가운데 산들은 전체가 숲으로 되어 있고 세 번째 산 능선상에는 풍력 발전 타워도 보인다. 경사가 심할수록 걷는데 땀이 나고 목이 말라져 갖고 온 500ml짜리 물병을 조금씩 비워 나갔다. 이 산의 고개를 넘기 전 마지막 마을인 폰세바돈_{Foncebadon}까지는 물통이 모두 비워져도 대책이 있을 것이라 생각하였으나 마을 도착 전에 이미 물을 거의 소진하여 1/3밖에 남지 않았다.

Astorga-El Acebo; 힘든 길을 혼자 가지 않는다는 데 힘을 더 얻는다.

이제는 정말 물을 아끼려고 보폭을 줄여 나갔다. 그런데 가는 길목에 산에서 내려오는 물을 모아서 나오는 수도꼭지가 달려 있는 것이 보인다. 폭 1m, 길이 10m는 되어 보이는 콘크리트 저수조와 함께 있다. 이 부근에서 방목해 키우는 가축들을 위한 물 저수조인 것 같다. 다행히 수도꼭지에서 물이 조금씩 흘러나온다.

Astorga-El Acebo; 목말라 더 이상 갈 수 없을 무렵에 나타난 가축용 저수조
다행히 수도꼭지에서 물이 나온다. 나에겐 생명수다.
수도꼭지 물이 나오지 않았으면 수조의 물을 마셨을 것이다

이 물을 담아서 원 없이 마시고 물통에도 가득 담았다. 고개 넘기 전 마지
막 마을인 폰세바돈에는 11:30경 도착하였다. 경사가 급한 위치에 있는 이
마을은 여느 마을과 특별할 것이 없어 보인다. 20가구가 되어 보이지 않는
이 마을은 목축업을 하다가 대부분 도회지로 간 후, 최근에 순례자들이 많아
지면서 새로 지은 알베르게가 대부분 차지하고 있는 것으로 짐작된다. 가파
른 산길을 계속 올라가니 12:00경 고개 정상에 도착한다.

Astorga-El Acebo; 오늘 넘어야 할 1,497m 고개다.
아침 06:10 출발하여 12:00경 고개에 도착하니 거의 6시간을 걸어왔다.

Astorga-El Acebo; 고개 정상에 있는
Ferro(철) 십자가

정상에는 철 십자가$_{Cruz\ de\ Ferro}$가 긴 나무 기둥 끝에 세워져 있고 그 밑으로는 수많은 의미 있는 돌들로 쌓아져 있다. 돌에는 뭔가 좋은 의미인 것 같은 글을 적어서 던져 놓은 것이 많이 보인다. 순례길 출발 전 갖고 온 돌에 글을 적어 이곳에 던지면 소원이 이루어진다고 한다. 갖고 온 돌이 없어 흘러내린 돌을 주워서 남은 길을 무탈하게 걸을 수 있도록 빌면서 던졌다.

이 언덕은 과거 선사 시대 때 제단과 로마 시대 때의 제단이 있었다고 한다. 이 주위는 제법 넓게 평탄하게 만들어서 주차장, 캠프장, 헬기장과 쉼터를 만들어 놓았다. 한쪽에는 작은 성당도 보인다. 이 높은 곳까지 버스가 다닐 수 있도록 포장도로(LE-142번)가 놓여 있다. 마침 대형 관광버스가 한대 올라와 관광객을 내려놓는다. 나름 의미 있는 곳이라 여기에서 쉬면서 올라오면서 조금 아팠던 오른발 뒤꿈치에 잡힌 물집을 따 내고 실을 걸어 놓았다. 좀 있으니까 추워지면서 양말을 벗은 발이 얼얼할 지경이 된다.

다시 짐을 정리하고 12:30 고개를 출발해 다음 고개까지 거의 평지 수준의 길을 좌우로 굽이굽이 틀면서 차츰차츰 고도를 낮추며 내려간다. 두 고개 사이에는 마하린Majarin 마을이 나오는데 모두 폐허가 된 돌집 터만 보일 뿐이고 순례길 바로 오른쪽에 유일하게 알베르게Manjarin Encomienda Templaria 한 채만 보인다. 집 앞은 마치 한국의 무당집처럼 만국기, 십자가기 등 뭔가 걸어 놓은 것이 많아 보여 산만해 보인다.

Astorga-El Acebo; 외딴 곳 산 위에 혼자 위치하니 마치 무당집 같은 분위기다.

253

시간이 13:00경이 되면서 목이 또 말라 온다. 아까 보았던 것과 같은 수도 꼭지가 또 있을 것을 기대하며 보폭을 줄여서 쉬엄쉬엄 가고 있는데 하느님이 도운 것일까? 저 앞에 또 보인다. 가서 보니 수도꼭지에서는 물이 한 방울씩 똑똑 떨어지고 있다. 그래도 이게 어디냐 싶어서 물통을 갖다 대고 물을 받았다. 대략 20분 정도 걸린 것 같다. 나에겐 생명수와 같았다. 물을 담고 나서 고마운 뜻으로 이 수조를 사진에 담았다.

Astorga-El Acebo; 나를 두 번째로 살려 준 가축용 저수조.
수도꼭지에서 물이 똑똑 떨어져 20분간 물통에 받아서 갈증이 극에 달한 나의 목을 적셨다.

다음 고개를 넘기 전의 길 좌우 산언덕에는 피레네산맥을 넘을 때 보았던 이름 모를 작은 분홍색 꽃들이 많이 보인다. 고산 지대에만 있는 꽃일 것이다.

Astorga-El Acebo; 피레네산맥을 넘을 때 보았던 이름 모를 분홍색의 꽃
모두들 순례자의 눈을 쳐다보고 있는 것 같다.

순례길 바로 밑 도로에는 자전거 순례자들이 포장도로로 가끔씩 지나간다. 13:30경 넘는 두 번째 고개는 우측 산꼭대기에 있는 송신소와 사무용 건물을 보며 넘어가는 고개이다. 이 고개가 이전 고개보다 높은 것 같다.

Astorga-El Acebo; 하산길에 저 멀리 내일 들어갈 뽄페라다 시가 보인다.

산 능선은 불도저로 밀어 놓은 곳이 많이 보인다. 산불을 차단하기 위한 공간을 확보하는 작업 중이다. 부서진 돌이 많은 가파른 하산길을 내려오는 동안 앞에는 다섯 명의 나이든 순례자들이 다리를 절면서 조심조심 내려가고 있다. 어디서 왔느냐고 물어보니 미국 사람들이다. 도착지인 엘 아세보_{El Acebo} 마을이 눈앞에 보인다. 모두 까만 지붕으로 지은 새 집들이다.

Astorga-El Acebo; 하산길, 산 중턱에 자리 잡은 엘 아세보 마을
이 마을은 순전히 순례자들을 위한 숙소와 식당만 있는 곳이다.

마을 입구에 있는 첫 알베르게에 들어가니 주인이 무척 바빠 보인다. 좀 기다리고 있어도 Bar에 있는 손님 상대하기가 바쁘다. 이 집을 나와서 14:40경 메손 엘 아세보_{Meson El Acebo} 숙소에 들어가니 여주인이 친절하게 맞아 준다. 들어가는 입구 쪽에는 바가 있고 그 안쪽이 숙소이다. 2층 문 입구에 배낭을 풀고 샤워와 빨래를 하여 햇볕 좋은 곳에 널어놓았다.

El Acebo; 오늘 묵을 메손 엘 아세보 알베르게. 꽃단장을 예쁘게 해 놓았다.

배가 고파 숙소 앞 잔디 뜰에서 샌드위치와 평소보다 많은 500cc 생맥주를 시켜 놓고 산들바람을 맞으면서 오늘 걸었던 길을 복기해 본다. 이번 순례길 중 제일 많이 걸었던 것을 생각하니 스스로도 대단하다 싶다. 산을 하나 넘어서 모두 37.6km를 걸었으니 말이다. 사람의 몸은 환경에 적응을 하고 몸은 다질수록 숙달되어 가는 것 같다. 한국에서도 이번 순례길을 대비하여 제일 먼 거리를 걸었던 거리가 빈 몸으로 평지 길 32km — 탄천길 왕복 — 를 걸은 것인데, 그때는 몸이 아주 피곤했고 다리 근육에 경련이 오고 20km 지점부터는 무릎도 아프기 시작했다.

El Acebo; Albergue 앞에서 위로 본 이 마을 Main 도로

 그런데 여기에서 오늘 걸었던 거리는 한국보다 더 길었고 산악 지형을 넘고 걸었는데 피로감은 그때보다 훨씬 덜하다. 깨닫는 것이 있다. 몸은 단련할수록 단단해지고, 인공적으로 조성한 깨끗한 평지 길은 자연의 길보다 피로감을 더 줄뿐더러 무릎이나 근육에 좋지 않은 영향을 준다는 사실이다. 포장된 평지 길을 장시간 걷는다는 것은 다리 근육의 어느 한 부분만 계속 사용하고 이외의 근육은 사용할 기회가 없는 것이 되다 보니 다리에 좋지 않고, 비포장 산길은 다리의 모든 근육을 사용할 수 있게 되므로 다리에 무리를 덜주는 것이다. 자연의 길을 걷는 것이 인공의 도로를 걷는 것보다 훨씬 좋은 것이다. 이곳 표고가 1,150m 정도이고 산악 지대여서 공기가 더할 나위 없이 신선하고 좋다. 공기에 단맛이 나는 것 같아 크게 심호흡을 여러 번 하였다. 이 공기를 담아 갈 수 있다면 좋을 정도다. 다시 침상으로 돌아와 19:00까지 낮잠을 즐겼다.

El Acebo; 숙소 뒤뜰에서 바라본 전망

　저녁은 이 숙소 식당에서 순례자 메뉴인 샐러드와 닭고기로 먹고 아이스 크림을 후식으로 먹었으나 와인은 평소대로 많이 마시지 못했다. 산 중턱에 있는 아주 작은 곳이다 보니 숙소 밖을 나가는 것은 의미가 없어 숙소 앞에 탁 트여 보이는 전경을 세상에서 가장 평온하고 한가한 마음으로 즐겼다. 식 사 후 내일 새벽 출발을 조용히 하기 위해 배낭을 미리 모두 꾸려 놓았다. 스 틱이 고장 나 겨우 고친 후 저녁이 되니 쌀쌀해져 숙소에 비치된 담요를 덮 고 21:30 잠을 청했다.

순례길 26일 차

2018년 9월 25일 화요일, 맑음

- 경로: 엘 아세보 데 산 미겔(El Acebo de San Miguel) → 까까벨로스(Caca-belos)
- 거리: 34km (출발 표고 1,150m, 도착 표고 474m)
- 시간: 06:10 ~ 16:00, 9시간 50분 소요
- 숙소: 시립 알베르게(Alb. Municipal de Cacabelos), 5유로, 70침상 (1인용 침상 2개로 2인 1실)

    05:45 기상, 06:10 출발하여 마을에서 산길로 내려가는 길인데 가는 길 표시가 불분명해 마주친 도로를 타고 내려오다가 다시 산길로 접어들었다. 그나마 보름달이 떠 있어서 괜찮았으나 산길을 벗어난 숲속의 하산길은 매우 험하다. 도중에는 큰 짐승이 길을 막고 있어서 깜짝 놀랐다. 곰인 줄 알았으나 자세히 보니 큰 개다. 조용히 빠져나와 개의 저항을 받지 않았으나 큰일 날 뻔한 순간이었다.

    아직도 어두운 06:50경 첫 마을인 레이고 데 암브로스_{Reigo de Ambros}에 도착했고, 계속 내려와 08:10경 동이 트일 무렵 산 아래 첫 마을인 몰리나세까

Molinaseca 마을에 도착하였다. 지금까지 걸어온 구간 중에 조금 전 2시간 동안 걸었던 구간이 제일 힘들었고 위험한 구간이었다. 달빛은 숲에 가려 별 효과가 없었고 길 또한 내리막에 바윗길과 빗물에 패인 길이 많았고 바위가 깨어져 자갈로 된 길도 많아 이 구간은 아침 늦게 동이 튼 이후 통과하는 것이 좋았을 것 같았다. 그나마 내려오는 동안 비가 오지 않아서 천만다행이었다고 생각한다.

마을 초입에 당도하니 안심이 된다. 마을을 가기 위해서는 왼쪽에 흐르는 메루엘로Meruelo 하천을 건너야 하며 건너기 전에는 작은 성당Ermita de Nuestra Serona de las Angustias 이 보이는데 그렇게 오래된 건물은 아닌 것처럼 큰 대리석을 쌓아서 만든 건물이다. 이 마을로 들어가는 첫 번째 다리인 몰리나세까Molinaseca 다리는 바닥을 둥근 돌을 깔아서 만든 좁은 석재 다리로 운치 있어 보인다.

El Acebo-Cacabelos; 몰리나세까 다리. 작은 돌을 이용하여 만든 운치 있는 다리다.

다리 건너 오른쪽에 있는 레스토랑_{Casa Marcos}에서 아침을 맛있게 먹었다. 하산길을 힘들게 내려와서인지 배가 많이 고팠었다. 이 마을을 빠져나오는 지점에는 일본과 스페인이 함께 만든 것으로 보이는 "2009.6.4. Camino 友交 記念碑"라고 새긴 대리석 말뚝을 분수대와 순례자 석상이 있는 작은 정원에 세워 놓았다. 이 마을이 일본과 무슨 관계가 있나 싶다.

El Acebo-Cacabelos; Molinaseca 마을 순례길 도로변에 위치한 스페인·일본 순례길 우호비.
과거 일본인이 많이 왔었나 보다. 지금 아시아권에서는 한국인이 절대적으로 많이 온다.

이 마을은 전체적으로 좌우 산언덕에 있는 집들이 대부분 잘 지은 별장 같다. 뽄페라다_{Ponferrada}시 외곽에 그렇게 크지 않는 신도시로서 조성해 놓은 것 같다. 아니면 돈 많은 부자들이 이곳의 땅을 사서 새집을 크고 좋게 지은 것으로 보이는데 푸른 잔디와 옥외 수영장 등이 갖추어진 집들이 많이 보인다.

El Acebo-Cacabelos; 수영장과 넓은 잔디밭 마당이 있는 저택

  이 도시에 들어서기 전에 웬 아주머니가 와서 묻지도 않았는데 순례길은 오른쪽으로 가라고 영어로 가르쳐 준다. 왼쪽으로 가면 7km를 걸어야 하고 오른쪽으로 가면 4km만 걸으면 된단다. 친절하고 고마운 아주머니다. 10:10경 도시 중심에 들어와서는 이 도시가 갖고 있는 유명한 곳을 알기 위하여 광장_{Virgen de la Encina 광장} 근처에 있는 관광 안내소에 들어가 지도와 설명을 들었다. 우선 성당_{Basilica Nuestra Serona de la Encina}에 들어가 내부를 본 후 인접한 또 다른 광장인 아윤따미엔또_{Ayuntamiento} 광장을 들어가 본 후 광장에 서 있는 중년의 남성 동상 앞에서 동상과 같이 사진을 찍었다.

El Acebo-Cacabelos; 뽄페라다 시청 광장에 서 있는 Gas통을 배달하는 아저씨 동상과 함께

　다시 관광 안내소로 돌아와 11:00경 바로 옆에 있는 뽄페라다의 유명한 유적지인 템플기사단$_{Castillo\ de\ los\ Templarios}$ 성으로 들어갔다. 12세기에 만들었다는 이 성은 실$_{Sil}$강 앞에 8,000㎡ 규모의 성 내부를 두 겹의 성으로 보호하고 있다. 성 내부에는 현대식 건물로 박물관을 지어 놓았으며 내부에는 템플기사단이 입었던 옷, 모형 동상, 옛날 도시 그림과 지구본 등등을 전시해 놓았고 이 도시 인근에 있는 풍경이 좋은 자연 관광지 라스 메둘라스$_{Las\ Medulas}$ 자연 경관 사진도 홍보차 걸어 놓았다. 성 외곽은 도시 쪽으로는 성 위를 걸어 다닐 수 있도록 되어 있고 강 쪽으로는 성터 위에서 실강 너머에 있는 신도시를 바라볼 수가 있다.

El Acebo-Cacabelos; 뽄페라다 시내에 있는 템플기사단 성

성 안의 넓은 터는 성터만 보존되어 있고 나머지는 그냥 잔디로 된 마당으로 되어 있다. 11:30경 성을 빠져나와 기차 박물관으로 향했다.

El Acebo-Cacabelos; 템플기사단 성 내부 전경

기차 박물관은 뽄페라다 기차역 옆에 있는데 성에서 서쪽으로 약 1km 떨어진 곳에 위치하고 있다. 그러나 입장 시간이 맞지 않아 구경할 수가 없어 창살 사이로 보이는 옛날 증기기관차 사진만 찍고 다음 목적지로 향했다.

El Acebo-Cacabelos; 뽄페라다 역사에 있는 기차 박물관.
전시장 바깥 창틈으로 촬영한 증기기관차

여기서 도시를 빠져나가는 데는 1.5km 정도가 되며 도로 중간중간 교차점에서는 로터리를 만들어 놓았고 그 안에 각종 조형물을 설치해 놓았다.

El Acebo-Cacabelos; 뽄페라다 시내에는 이렇게 시내에 조형물이 많이 보인다.

도시를 빠져나가는 지점에는 5개의 굴뚝이 딸린 공장 — 석탄화력 발전소? — 을 에너지 박물관으로 개조한 곳이 보인다. 공장이 수명을 다하여 철거하고 다른 건물을 지을 일이 없다면 이 폐공장을 개조하여 시민들을 위한 공간으로 조성하는 것도 괜찮은 생각이라고 본다.

El Acebo-Cacabelos; 뽄페라다 외곽에 있는,
아마 화력 발전소를 개조하여 만든 것으로 보이는 에너지 박물관

왼쪽에 있는 사각 박스 두 개를 어긋나게 얹어서 만든 모양의 검게 생긴 고층 빌딩은 도시의 랜드마크 역할을 한다.

El Acebo-Cacabelos; 뽄페라다시 외곽에 보이는 특이한 건물
시 외곽 순례길을 가는 내내 보이는 건물이다.

왼쪽으로 길을 꺾어 가는 순례길은 아직도 뽄페라다 도시를 완전히 빠져 나가지 못했다. 꼼뽀스띠야_{Compostilla} 구로 형성된 신도시인 여기에는 공원, 스포츠 시설로 만들어 놓아 시민의 휴식 공간으로 사용하도록 해 놓았다. 이 공간을 빠져나감으로써 뽄페라다시를 완전히 벗어났다. 다음 마을인 꼴룸부리아노스_{Columburianos} 에 와서는 배가 고파 식당을 찾으면서 걸어갔다. 마침 문 앞에 광고한 메뉴판을 보고 식당Bar Perdin인 것을 알고 들어가 빠에야 한 접시와 콜라를 시켜 꿀 같은 점심을 먹었다.

El Acebo-Cacabelos; 뻬르딘 카페에서 점심으로 주문한 스페인 음식 대명사인 빠에야

14:25경 다음 마을인 깜뽀나라야_{Camponaraya} 에 들어섰다. 평지에 있는 이 도시는 뽄페라다 위성도시같이 새 건물들이 대부분 많이 보이고 도로도 넓게 확보되어 있다. 오늘의 목적지인 까까벨로스_{Cacabelos} 도시까지는 아직도 약 7km 남짓 남은 것 같다. 여기부터는 좌우에 포도밭이 많이 보이고 농촌 같아 보인다. 그런데 약 4km 정도 남겨 두고 순례길을 잃어버렸다. 하는 수 없이 구글 지도를 켜서 목적지를 입력하고 이 지도를 보면서 LE-713번 자동차 도로를 타고 왔다. 자동차 도로 옆으로는 사람 한 명이 겨우 다닐 정도의 폭밖에 없고 자동차도 수시로 다니고 있어 다소 피곤한 걸음을 하였다. 길을

잃으면 이런 고생을 할 수도 있구나 하는 후회를 해 본다. 까까벨로스 도시에 들어오니 초입 왼쪽에 제법 큰 와이너리_{Vinos del Bierzo}가 보인다. 도심을 지나서 꾸아_{Cua} 강을 건너니까 우측에 성당_{Santuario de Quinta Angustia}에서 운영하는 알베르게가 보인다. 꾸아강 둑은 잔디로 공원을 조성하여 놓았고 강으로 뛰어들어 수영하는 사람도 보인다.

Cacabelos; 그렇게 맑지 않은 꾸아강에서 수영을 즐기고 있는 주민

다리를 건너자마자 우측에는 옛날에 사용했던 것으로 보이는 목재로 된 포도를 짜는 큰 도구를 옥외 전시물로 조성해 놓고 안내판을 설치해 놓았다. 와인을 만드는 데 사용하는 도구이다.

Cacabelos; 옛날 방식의 와인 만드는 도구

  숙소에 도착 시간이 15:50이다. 10시간 가까이 걸어서인지 몸이 많이 피곤하다. 그러나 숙소가 정말 마음에 든다. 2인 1실로 된 방은 1인용 단층 침대가 두 개 있고 침대마다 깨끗하게 맑은 하얀 침대 시트와 베갯잇을 주는데 한 가지 흠이라면 주방 시설이 없는 것이다. 하지만 지금까지 식사는 대부분 밖에서 사 먹고 왔던 터라 주방이 없는 것은 큰 문제가 되지 않는다. 성당 담벼락을 빙 둘러서 방을 35개 만들어 놓았는데 머리를 두는 방향의 한쪽 면은 돌담을 그대로 노출시켜 놓아 더욱 운치 있어 보인다. 외형으로 보면 군대 막사같이 보이지만 안에 들어가면 호텔 기분을 느낄 수 있게 방을 잘 꾸며 놓았다

Cacabelos; 성당에서 운영하는 알베르게. 겉으로 보기에는 합숙소 같아 보이지만 성당 담벼락을 활용하여 지은 것이라 방 내부는 운치가 있는 호텔 같은 모습이다.

순례길에 온 게 이번이 세 번째라는 울산에서 온 74세 된 할머니를 만났다. 신랑을 5년 전 사별하고 나서 순례길을 찾았다는 할머니는 대체로 말이 많은 편이지만 그 연세에 혼자서 이곳을 세 번씩이나 올 정도로 내공이 있는 순례자다. 순례길에 대한 얘기를 블로그에도 올려놓았다고 한다. 숙소에서 잠시 눈 좀 붙이고 난 후 시내에 장을 보러 갔다. 중국인 여자가 운영하는 식료 잡화점에서 내일 먹을거리를 사고 울산 할머니의 부탁으로 컵라면도 샀다. 시내를 둘러보면서 19:30경 메이어_{Mayor} 광장 위 레스토랑_{Siglo XIX}에서 저녁으로 멜론수프와 미트볼_{Meatball}을 시켰는데 접시에 같이 담아 온 감자튀김이 너무 짜서 일일이 소금을 털고 먹었다.

Cacabelos; 멜론수프와 Meatball로 주문한 저녁 식사

　숙소로 돌아오는 길, 아직 완전히 어두워지지는 않았지만 20:20쯤의 늦은 시간임에도 꾸아강에서 일인용 카누를 타며 여가 시간을 보내는 사람도 보인다. 숙소에 들어와서 주문받은 컵라면과 이에 더하여 과일을 울산 할머니에게 전해 주었다. 돈을 주려고 하는 것을 사양했다.

　오늘은 어제 걸은 거리보다 적게 걸었으나 하산길이 길고 위험하여 주의를 기울이다 보니 우측 무릎 뒤가 좀 아프다. 30대 시절 지리산 천황봉을 다녀올 때 대원사 길로 내려오는 루트를 택하여 길고 가파른 내리막을 급하게 내려와 심하게 아팠던 때보다는 훨씬 덜 아프지만 똑같은 증세가 나왔다. 역시 하산길은 조심해서 걸어야 한다. 내일은 뜨라바델로_{Trabadelo}까지 가기로 하고 비교적 가까운 거리이므로 07:30 출발하기로 약속하며 호텔 분위기가 나는 방에서 취침에 들어갔다.

Cacabelos; 호텔 같은 분위기의 침실

순례길 27일 차

2018년 9월 26일 수요일, 맑음

- 경로: 까까벨로스(Cacabelos) → 뜨라바델로(Trabadelo)
- 거리: 18.4km (출발 표고 474m, 도착 표고 565m)
- 시간: 08:00 ~ 13:40, 5시간 40분 소요
- 숙소: 수시 알베르게(Albergue Casa Susi), 8유로, 12침상

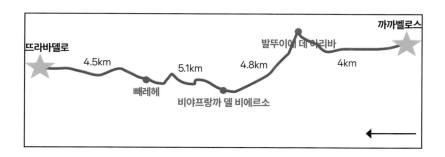

06:40 기상하여 야외의 긴 목재 식탁에서 어제 산 먹을거리로 아침을 먹은 후 배낭 짐을 꾸렸다. 울산 할머니는 식탁에서 약봉지가 없다며 다소 소란스럽다. 약이 없으면 순례길을 갈 수가 없다고 하면서 아직 동이 트지 않은 주변을 찾아 본다. 이 식탁에서 유일하게 남아 있는 사람은 우리 두 명, 핀란드에서 온 아주머니, 그리고 울산 할머니 모두 네 명뿐이다. 약봉지가 방금 없어졌다는데 대체 어디로 갔단 말인가?

혹시나 하여 모두 자기 배낭을 확인한 후 핀란드 아주머니에게도 배낭을 좀 열어 봐 달라고 양해를 구하고 배낭 속 물건을 집어내는데 마침 약봉지가 나온다. 울산 할머니는 대뜸 아주머니의 등짝을 치면서 화난 투의 말을 내뱉고는 약봉지를 들고 가 버린다. 아주머니 배낭에서 꺼낸 다른 비닐봉지를 보니까 울산 할머니 약봉지와 동일한 지퍼가 달린 투명한 비닐봉지이다. 식탁 조명이 어두워서 이것저것 짐을 넣다 보니 같이 쓸려 들어간 것 같다. 이 아주머니는 미안해하며 전혀 그럴 의도가 없었음을 우리에게 얘기한다. 우리도 그 말에 동감한다고 하면서 그 할머니가 오해가 없도록 설명해 주겠다고 하였다. 08:00 정각에 출발하는 길은 아직도 서쪽 하늘에 지고 있는 달이 훤하게 보일 정도로 동이 트지 않았다.

Cacabelos-Trabadelo; 아직 지지 않은 서쪽 하늘의 둥근달

길은 오르막으로 가며 초반에 100m 정도의 고개를 두 개 넘어야 한다. 한 시간이 지난 09:00경 첫 마을 발뚜이에 데 아리바_{Valtuille de Arriba}에 도착했다. 이 마을에는 폐허가 되다시피 된 건물들이 많이 보인다. 마을 사람들이 이곳 농촌을 떠나 도회지로 이사 간 것 같다. 이 마을에서는 다시 160도 방향으로 꺾어서 언덕길을 올라간다. 앞에는 우쿨렐레를 등에 매고 가는 서양 남자도 보

인다. 자전거를 타고 가는 순례자, 여성 순례자 모두 서양인이다.

포도밭 사이에 몇 그루 보이는 큰 소나무와 아침 햇살이 함께 어울려 빛의 아름다움을 보여 주는 장면이 순례길 커브 길에서 보인다. 앞서 가던 순례자들이 여기에서 멈추고 모두 사진을 찍는다. 우리도 이곳에 와서 앞 전경을 배경으로 모두 모여 기념사진을 남겼다. 마치 어디서 본 듯한 중세 시대의 전원 풍경화를 그대로 연출한 장면이다. 구릉으로 된 황토색의 밭 사이사이로 녹색의 소나무와 일부 포도밭 전경은 마치 레오나르도 다빈치가 그린 모나리자 배경 같은 이미지를 생각하게 한다.

Cacabelos-Trabadelo; 중세 시절 모습 그대로 간직한 농촌 풍경이다.

앞서 우쿨렐레를 들고 가는 사람은 캘리포니아에서 온 미국인 월리_{Wolly} 씨로 즐거운 마음으로 걸어가고 있다. 악기를 한번 연주해 달라고 하니 나중에 쉬는 곳에서 들려주겠다고 한다.

Cacabelos-Trabadelo; 미국인 윌리 씨와 함께

　도중에는 많은 포도밭이 있고 일부 포도밭에는 농부들이 포도를 수확하고 있다. 와인용 포도를 어떻게 수확하는지 보기 위해 일하고 있는 포도밭으로 들어갔다. 이미 포도나무 밑에는 띄엄띄엄 큰 광주리가 놓여 있다. 10여 명의 농부들이 이 광주리에 포도를 따서 담아 놓으면 나무로 만든 짐칸이 달린 트랙터가 포도나무 사이로 와서 포도 광주리를 받는다. 받는다기보다 광주리를 짐칸으로 던지면 짐칸에 있는 한 명의 농부가 포도를 비우고 빈 광주리를 다시 밖으로 던져 주는 방식이다.

Cacabelos-Trabadelo; 한창 수확 중인 포도밭
수확하는 농부는 인근의 품앗이하는 농부인 것 같다.

사진 촬영을 허락받아 몇 장의 사진을 찍으니 한번 먹어 보라고 포도송이를 건네준다. 이미 수일 전 순례길 옆의 잘 익은 포도를 몰래 따 먹어 본지라 미안한 마음으로 받아서 먹었다. 그때 먹었던 것보다 더 달고 맛이 좋다. 10:20경 다음 마을 비야프랑까 델 비에르소_{Villafranca del Bierzo}에 도착하였다. 마을 입구 왼쪽에는 오래된 큰 성 같은 집이 보인다. 각 모서리에는 둥근 원통 모양의 건물이 서 있고 이 건물을 서로 연결해 사각의 집을 지은 것이다. 지금 사람이 살고 있는지 3층 창문에 사람이 보인다. 이 앞에서 월리 씨가 우쿨렐레를 연주하고 있다. 가까이 가서 박자를 맞추며 리듬에 따라갔다.

이 마을은 발까르세_{Valcarce} 강과 부르비아_{Burbia} 강이 만나는 골짜기에 위치해 있으며 오래된 건물이 많고 규모가 적지 않은 마을로 보인다. 마을 중심에서 순례길로 연결하는 길을 찾는데 좀 헷갈린다. 이 마을에서 큰 건물로 보이는 마을 박물관_{Museo de Ciencias Naturales} 앞으로 가면 찾을 수 있겠다 싶어 거기로 갔다. 거기서도 확실히 못 찾고 있던 중 마침 우리 옆을 지나던 청각장애자로 보이는 이곳 주민(?)이 우리의 모습을 보고 손짓으로 자신을 따라오라고 한다.

Cacabelos-Trabadelo; 비야프랑카 마을에 있는 오래된 마르꿰세스 성

Cacabelos-Trabadelo;
Villafranca 마르페세스 성 앞에서 우쿨렐레를 연주하는 캘리포니아에서 온 윌리 씨

이분이 직접 우리를 데리고 마을을 벗어나는 곳까지 안내해 주고 다시 왔던 길을 되돌아간다. 이분을 우연히 만난 것이 아니고 하늘에서 천사가 내려와 우리를 안내해 준 느낌이다.

Cacabelos-Trabadelo; 비야프랑카 마을에도 순례자를 위한 순례자상이 있다.

부르비아강에 놓인 다리를 건너고 나서는 골짜기를 형성하고 있는 발까르세강 줄기를 따라서 계속 오르막으로 가다가 A-6번 고속도로 옆으로 나 있는 N-6번 도로를 옆에 끼고 계속 굽이굽이 올라가는 — 산골짜기를 따라서 가는 — 길이다. 도중에는 산티아고까지 187km 남았다고 표시한 표지석이 보인다.

지금까지 600여 km 정도 왔다는 것이다. 계곡 길이 되다 보니 공기가 시원하고 계곡에 흐르는 물소리가 잘 들린다. 도로 좌우로는 큰 활엽수들이 많고 특히 밤나무와 호두나무가 아주 많다. 순례길 위에는 밤이 떨어져 있고 노란 호두도 떨어져 있다.

Cacabelos-Trabadelo; 순례길 도중에는 이렇게 순례자에게 먹을거리를 제공해 준다.
껍질이 벗어진 탐스러운 호두가 바닥에 떨어져 있다.

밤은 크기가 아주 작아서 먹을 정도는 아니지만 맛을 보기 위해 몇 개를 주워서 까먹었다. 맛은 한국 것과 같다. 호두는 한국 것보다 좀 길게 생겼고 땅에 떨어진 것은 쉽게 깰 수 있을 정도로 얇은 껍데기가 벗겨져 있는 상태이다. 돌로 쳐서 깨어 보니 쉽게 두 조각으로 갈라지고 속살도 간단히 나온다. 먹어 보니 이 맛 또한 꿀맛이 아닐 수 없다. 한국에서는 호두 값이 비싼데 여기에는 지천에 많이 널려 있다. 호두나무를 찾아서 그 밑을 살펴 가면서 떨어진 호두를 많이 주웠다.

12:30경 다음 마을인 빼레헤_Pereje 마을을 지나 13:20경에는 오늘의 도착지인 뜨라바델로_Trabadelo 마을 초입에 들어섰다. 한국 산청이 고향인 인천에서 온 46세 된 남자 순례자가 우리를 앞서 가면서 인사하다가 코감기 때문에 지금 컨디션이 좋지 않은데 어디 가서 약 사 먹을 데도 없고 매우 힘들다고 한다. 남자 순례자에게 한국에서 사 가지고 온 비염 약을 건네주면서 먹으면 혹시 덜할지도 모르니 갖고 가라고 했다. 이 순례자는 뜨라바델로의 수시_Susi 알베르게가 한국에서는 아주 좋게 알려져 있으니 그곳에 가야 한다고 하며 13:00까지는 도착해야 방이 있을 것이라 하고 총총걸음으로 앞서갔다. 될 것 같지는 않지만 혹시 방이 여유가 있으면 우리 방도 부탁을 했다. 발까르세강 오른쪽에 형성된 마을 입구에는 정말로 큰 밤나무가 도로 왼쪽으로 줄줄이 서 있다. 나무 옆에 서니까 내 몸통의 5배는 족히 될 정도의 기둥이다. 한 500년 이상은 되었으리라.

Cacabelos-Trabadelo; 내 몸통의 몇 배 되는 오래된 밤나무

마을은 골짜기에 있다 보니 오르막길이 좌우로 길게 형성되어 있다. 산자락에는 벌통도 많이 보인다. 어느 식당 앞에는 "이 집 라면 진짜 맛있어요." 라고 한글로 써 놓았다. 항하에게 오늘 점심은 여기 라면으로 먹자고 하였다.

13:40 수시 알베르게에 도착하니 마침 주인이 승용차에서 뭔가를 내리고 있기에 남은 침상이 있냐고 물어보니까 딱 두 개 남았다고 한다. 오늘은 엄청 재수가 좋은 날인가 보다. 우리가 마지막 투숙객이다. 주인 남자는 체크인을 받고 우리보고 오라고 하더니 문 앞에 'COMPLETO깜쁠리또'라고 적힌 녹색 판을 벽에 걸으라고 한다. 원래 마지막으로 들어오는 손님이 이 판을 거는 것인가? 손님이 꽉 찼다는 의미다. 재미있는 젊은 친구다. 우선 침상이 2

층 침상이 아니고 투숙객도 모두 12명밖에 안 되며 주인이 매우 친절하다.

우선 배낭을 침상에 갖다 놓고 점심으로 라면을 먹으러 아까 봐 놓았던 바_{Bar} 겸 펜션_{Pension}을 하는 집_{El Puente Bar}으로 갔다. 라면을 시키니까 하얀 밥 한 공기와 김치가 같이 나왔다. 포크가 아닌 한국식 놋쇠 숟가락과 나무젓가락도 나왔다. 식탁 위에는 까맣고 얇은 사각 돌판이 있고 이 위에 음식을 차려 준다. 비록 라면이라도 한국을 떠난 지 28일 만에 한국 음식과 밥을 먹어 본 것이니 맛이 좋을 수밖에 없다. 김치는 맛이 약간 다르나 먹을 만하였다. 주인아주머니에게 김치는 어떻게 만들었는지 물어보니 인터넷을 보고 만들었다고 한다. 맛이 있다고 엄지를 치켜세워 주었다.

Trabadelo; "이 집 라면 진짜 맛있어요."라고 광고한 엘 뿌엔떼 Bar 겸 펜션
주인아주머니가 끓여 온 라면과 손수 담근 김치

다시 숙소로 돌아와 샤워와 빨래를 한 후 잠시 침상에서 한숨 잔 후 숙소 앞에 흐르고 있는 계곡물에 가서 발을 담가 피로를 풀었다. 물이 차가워 오랫동안은 못 있을 정도다. 물속에는 큰 가재가 기어 다닌다. 한 마리를 조심히 잡아 올려 보니 손목시계만 하다. 이놈을 물에 다시 넣어 살려 주었다.

Trabadelo; 숙소 뒤 계곡에 살고 있는 가재

숙소 앞 밭에는 토마토, 가지, 여러 가지 향초 등 채소를 심어 놓았는데 이 재료로 순례자에게 먹을거리를 만들어 준다고 한다. 19:30부터 시작하는 저녁은 주인 남녀가 같이 부지런히 준비하고 있고 접시, 컵 등은 우리 순례자에게도 좀 놓아 달라고 하며 2층에서 요리한 음식도 식탁으로 날라 달라고 한다. 기꺼이 도와주었다. 메뉴로는 갈색의 야채수프와 송로버섯을 넣은 밥이 나왔다.

Trabadelo; 수시 알베르게의 저녁 준비. 순례자들의 자발적인 도움을 받아 상차림을 하고 있다.
요리는 2층에서 1층으로 갖고 내려온다.

모인 인원은 오다가 만났던 산청 친구를 포함한 한국인 세 명, 8월 31일 오리슨_Orisson 에서 처음 만났던 미국인 여자 다섯 명, 호주인 부부 두 명, 잉글랜드 커플 두 명, 뉴질랜드 자매 두 명, 주인 두 명 모두 16명이다. 식사를 하기 전에 모두 돌아가면서 자기소개와 간단한 얘깃거리를 하였다. 이 중 잉글랜드에서 온 커플은 이 집을 도우러 왔다고 한다. 남자 주인(스페인)은 작년 5월에 이 숙소에 순례자로 왔다가 여자 주인(호주)에게 홀딱 반해 아예 여기로 옮겨 같이 살고 있다고 한다. 앞으로 미래의 큰 고객인 중국인들이 많이 올 것을 대비하여 이 집을 더 확장할 생각을 갖고 있다고 한다. 수시_Susi 라는 숙소 이름은 여자 주인의 이름인데 남자 주인과 천생 연분으로 잘 어울리는 한 쌍이다.

Trabadelo; 이날 투숙한 순례자들의 단체 저녁 식사

　오리슨에서 만났던 미국 메릴랜드 출신의 여자는 자기 딸이 스키 선수인데 2022년 북경 동계올림픽에 출전할 것이라고 한다. 미국인들은 내일 라 뽀르뗄라_La Portela de Valcarce 까지 걸어가서 거기서부터는 말을 타고 오 세브레이로_O Cebreiro 까지 갈 것이라고 한다. 호주 부부 두 명은 어제 까까벨로스에서 저녁

먹을 때 우리를 보았다고 한다. 그때 내가 감자튀김에 묻어 있는 소금을 털고 먹는 것을 봤다고 하며 다음부터 식사 주문을 할 때 '산살$_{no\ salt}$'이라고 주문을 하면 소금을 쳐 주지 않는다고 한 수 가르쳐 준다. 뉴질랜드 자매는 몸집이 제법 굵어 보이지만 걷는 데는 자신이 있다고 자랑을 한다. 원래 뉴질랜드는 트레킹 코스가 많고 잘 조성되어 있어 많은 국민들이 트레킹을 매우 즐기고 있어 웬만한 사람이면 모두 잘 걷는다고 한다. 오늘도 좋은 순례자들 많이 만났고 많은 힐링을 한 것에 만족하며 21:30 취침에 들어갔다.

순례길 28일 차

2018년 9월 27일 목요일, 비 온 후 갬

- 경로: 뜨라바델로(Trabadelo) → 오 세브레이로(O Cebreiro)
- 거리: 18.2km (출발 표고 565m, 도착 표고 1,290m)
- 시간: 06:45 ~ 12:50, 6시간 5분 소요
- 숙소: 시립 알베르게(Albergue do Cebreiro), 6유로, 102침상

05:45 기상하여 숙소에서 제공하는 아침을 먹고 식탁 위에 놓인 Note에 하룻밤 머문 소감을 적어 놓았다. 정성에 감사하고 까미노 친구를 사귀어서 좋았다고… 그것도 한글로…….

Trabadelo; 숙소를 떠나기 전 하루를 묵었던 소감을 적는 노트

06:45에 숙소를 나오니 습하고 추운 날씨이다. 지난밤에 비가 왔는지 바닥이 촉촉한 N-6번 포장도로를 타고 올라가는 길이다. 라 뽀르뗄라 마을과 암바스메스따스_{Ambasmestas} 마을을 지나 베가 데 발까르세_{Vega de Valcarce} 마을에 들어오니 이전 마을보다는 규모가 커 보인다. 마을마다 보이는 집들은 꽃 치장을 해 놓고 밝은 색깔의 페인트를 칠하여 단정하게 잘 관리가 된 모습이다.

Trabadelo-O Cebreiro; 산골에 꽃으로 예쁘게 단장해 놓은 숙박 시설

이 마을 대부분은 숙박업과 목축업을 하고 있다. 마을마다 소를 키우기 위한 녹색의 초지가 산언덕에 중간중간 펼쳐져 있다. 우리가 가는 방향의 저 앞에 보이는 높은 산 허리에는 A-6번 고속도로로 보이는 긴 다리가 걸쳐져 있다. 도로변에는 납골 묘가 사각의 콘크리트 박스 형태로 만들어져 있다. 죽은 자들의 영혼이 함께 거주하고 있는 아파트 같은 느낌을 준다.

Trabadelo-O Cebreiro; 이곳의 죽은 자들은 덜 외롭겠다.
산 자의 아파트 같이 모아 놓았다.

   도중에 비가 조금씩 내리기 시작한다. 09:30경 N-6번 도로를 벗어나면서 라스 헤레리아스_{Las Herrerias} 마을이 나온다. 이곳 카페_{La Pandela}에서는 커피를 공짜로 제공한다. 갖고 온 비스킷과 같이 마시고 잠시 쉬었다. 바로 위에는 말이 여러 마리 보인다. 이곳에서 고개 정상까지 8km를 말을 타고 가는 모양이다.

Trabadelo-O Cebreiro; 순례자의 꿈을 적어 나무에 걸어 놓은 쪽지

Trabadelo-O Cebreiro; 이곳 라스 헤레리아스 마을에서는 말을 타고
오 세브레이로 고개 밑 마을까지 갈 수 있는 곳(Al Paso)이 있다.

　어제 저녁 숙소에서 만났던 미국인들은 순례길 안내 책자를 들고 다니면
서 이곳저곳을 공부하며 즐기면서 길을 가는데 여기에서 말을 탈 수 있다는
정보도 이 책을 보고 알았다고 한다. 하루 전에 예약해야 한다. 다시 출발하
려고 하니 비가 조금 전보다는 많이 온다. 이번 순례길 일정 중 처음으로 갖
고 온 비옷을 입었다. 비는 오지만 포장된 마을 길이기 때문에 걷는 데 큰 불
편함이 없다.

Trabadelo-O Cebreiro; 이번 순례길 처음으로 우의를 입고 간다.

30분여를 가니 더 이상 비는 오지 않는다. 길옆에는 사과나무가 많이 보인다. 작고 노란 사과가 총총히 매달려 있다. 순례길을 가면서 하나씩 따 먹으면 되는 나무다. 중간중간 경사가 심한 곳은 말똥이 많이 보인다. 순례자를 실은 말이 이러한 경사를 올라가려니 똥 쌀 힘을 다하여 올라가야 할 것이다. 라 파바_{La Faba} 마을부터는 비포장의 순례길로 접어든다. 지대가 높아지고 안개가 걷히면서 좌우로 드러나는 산의 자태는 어머니의 포근한 치마폭 같다. 이곳까지 자전거를 낑낑거리며 페달을 밟고 타고 올라오는 힘이 센 순례자도 보인다. 더욱 힘내라고 "부엔 까미노"를 꼭 외쳐 준다. 11:50경 목적지 전 마지막 마을인 라 라구나_{La Laguna} 마을에 도착하였다. 미리 온 많은 순례자가 보인다.

Trabadelo-O Cebreiro; 1층에는 마구간, 2층에는 사람이 사는 산골 농촌의 가옥

바_{Lar Escuela}에 들어가 오렌지주스로 목을 달래고 있는데 10명은 넘어 보이는 한국인이 올라온다. 모두 16명의 순례 관광객이라고 하며 이 근처 큰 도

시인 루고_{Lugo} 시에 호텔을 정해 놓고 버스를 타고 순례길 출발지에 와서 걷고 종착지에 도착해서는 버스를 타고 다시 호텔로 들어가는 방식으로 버스를 이용해 순례길을 걷는다고 한다. 모두 바쁜 시간을 쪼개어 쉽지 않은 일정을 소화하는 한국인들이다. 12:30경 오 세브레이로 고개 정상까지 도달하였다. 이곳부터 서쪽이 갈리시아 지방이라고 한다. 눈 아래 저 멀리 보이는 것은 지난번 뻬르돈 언덕에서 보았던 전경하고는 사뭇 다르다. 산들이 많이 보이고 넓은 들판은 보이지 않는다.

O Cebreiro; 오 세브레이로 고개 정상에서 갈리시아 지방으로 바라본 전경

표고 565m 뜨라바델로에서 이곳의 표고 1,290m를 오르기 위해 표고 차이 700m를 걸어서 올라온 셈이다. 앞으로의 순례길 지형에는 더 이상의 높은 산을 넘는 일은 없다. 지난 9월 1일 피레네산맥의 1,410m 높이의 레뽀에데_{Lepoeder} 고개를 넘었고, 24일에는 철 십자가가 있는 1,497m 고개를 넘은 후 오늘 1,290m의 오 세브레이로 고개에 올라온 것이다. 이 높은 곳에도 건물은 몇 채 안 되지만 성당이 있고 식당, 호텔, 알베르게, 슈퍼 등 있을 것은 모두 다 있다. 12:40에 숙소에 도착하니 메릴레네, 앤 등 이미 20여 명의 순례자가 줄을 서 있다. 13:00부터 접수를 받는다고 한다.

O Cebreiro; Cebreiro 숙소 앞에서 체크인을 기다리는 Anne

접수가 시작되었는데 한국에서 온 버스 여행객이 중간에 새치기를 해 순례자 여권에 스탬프를 받아 간다. 기왕에 줄을 같이 서서 순서를 기다려 스탬프를 받아 가면 좋으련만, 외국인이 보는 한국인에 대한 인상이 어떠하였을까 하는 생각에 내가 괜히 미안해진다. 길어야 30분 기다리면 되는데 이 시간을 못 기다리고 버스를 타고 가야 한다는 핑계를 대며 말이다. 지난번 론세스바예스에서 그랬던 것처럼 Anne이 봤으면 또다시 "뒤로 가서 줄 서세요."라고 하였을 법하다. 여행 팀의 한국인 가이드가 지혜롭지 못한 방법을 가르쳐 준 것으로 보인다.

이곳의 유일한 알베르게인 이 숙소는 시에서 운영을 한다. 규모가 크며 시설도 괜찮다. 무엇보다도 숙소 앞에 보이는 탁 트인 전망은 숙소 내부가 좋든 나쁘든 상관할 바 아닐 정도로 좋은 곳에 위치하고 있다. 다시 밖으로 나가서 갈리시아 지방에서 유명하다는 문어$_{Pulpo}$ 요리를 먹자고 하여 점심으로 먹었다. 메릴레네 씨가 다른 브라질인 순례자들과 와서 맛이 어떠냐고 물어본다. 당연히 맛이 있다고 하며 몇 조각을 먹어 보라고 주었다.

O Cebreiro; 갈리시아 Melide에서 유명하다는 문어 요리를 여기에서도 맛볼 수 있다.

　4시가 지나서도 순례자가 숙소 접수를 하고 있다. 올라오다가 주워 온 적지 않은 호두를 돌멩이로 까서 메릴레네 씨에게 한 줌을 주고 일부는 비상 식량으로 남겨 놓았다. 메릴레네 씨는 10월 9일 브라질로 들어간다고 한다. 17:50 다시 마을로 나가서 산따 마리아 레알 성당 건물을 둘러보았다. 성당 건물은 로마 시대 때부터 있었던 것이라고 한다. 성당 옆에는 묘지들이 보이고 성당 건물 사이에 있는 뜰에는 돈 엘리아스 발리나_{Don Elias Valina} (1929~1989)의 흉상이 보인다. 이 사람은 이 지역 교구 신부였고 순례길을 부활시키려고 혼신의 노력을 한 사람이라고 한다. 순례길 표식인 노란색의 조개 모양의 화살표도 이 신부가 생각해 낸 것이라고 한다.

O Cebreiro; 오늘날의 순례길을 정착시키는 데 큰 공헌을 한
이곳 주교 돈 엘리아스 발리나(1929~1989)의 흉상

　성당을 나와 돌로 쌓은 벽에 초가지붕을 얹은 둥근 모양의 집이 특이하여 여기를 배경으로 한 컷 찍었다. 주변 경관을 둘러보면서 덴마크 마틴·기네 부부를 또 만나 인사를 하고 슈퍼에서 내일 먹을거리를 산 후 저녁 먹으러 식당으로 갔다. 까롤로_{Carolo} 레스토랑에서 참치가 들어간 믹스 샐러드 — **여태껏 먹어 본 샐러드 중 제일 먹기 좋고 괜찮다** — 와 Steak가 나오는 순례자 메뉴를 시켜 저녁으로 먹으면서 마지막 높은 고개를 넘은 것에 대하여 항하와 축배의 와인 잔을 들었다. 높은 곳에 왔으니 해가 저 아득히 먼 곳의 산 너머로 내려가는 장면을 사진에 담기 위하여 숙소로 돌아왔다. 이미 많은 순례자들이 해 지는 광경을 찍기 위해 시간을 기다리고 있다. 그런데 서쪽 하늘은 검은 구름이 하늘을 덮기 시작한다. 그나마 먼 곳에는 구름이 적어 붉은 태양 빛이 구름 사이로 뚫고 나와 산을 비추고 있다. 20:20경 해는 서산 너머로 빠르게 넘어간다. 남아 있는 빛이 아쉬워 그동안 제일 자주 만났던 메릴레네 씨와 같이 사진을 남겼다.

O Cebreiro; 숙소 앞에서 바라본 일몰 장면. 최종 목적지인 산티아고 방향에서 일몰이 시작되고 있다.
성스러운 분위기를 연출하는 장면이다.

    지난 3월에 여기에 왔었다는 호주인은 당시 여기는 눈으로 덮여 있었고 매우 추웠다며 알베르게도 대부분 문을 닫았고 순례길 30km 전후로 문을 연 알베르게가 없었다고 한다. 보통 11월 1일부터 3월 31일까지는 순례자들이 많이 찾지 않아 문을 닫는 숙소가 많다고 조언을 해 준다. 21:00에 취침에 들어갔다. 스페인에 와서 제일 높은 지역에서 잠을 청하는 순간이다.

갈리시아 지역으로

순례길 29일 차

2018년 9월 28일 금요일, 맑음

- 경로: 오 세브레이로(O Cebreiro) → 사리아(Sarria)
- 거리: 39.2km (출발 표고 1,290m, 도착 표고 450m)
- 시간: 6:30 ~ 15:40, 9시간 10분 소요
- 숙소: 메이어 알베르게(Albergue Mayor), 10유로, 16침상

06:00 기상하여 06:35 출발하였다. 아직도 깜깜한 밤하늘이며 중천에 떠 있는 달빛이 순례자의 앞길을 비추고 있다. 리나레스~Linares~ 마을에 와서는 아직도 어두워서 가는 방향이 헷갈려 몇몇의 순례자와 같이 이곳저곳 손전등을 비추어 가며 화살표를 잠시 동안 찾았다.

O Cebreiro-Sarria; Alto do San Roque 마을 위 하늘에 떠 있는 밝은 달
어두운 새벽길을 비추어 순례자에게 순례길을 안내하여 준다.

겨우 화살표를 찾아서 1시간 가까이 걸어서 두 번째 마을 알또 도 산 로께 _{Alto do San Roque}에 도착했으나 표고가 아직도 1,270m로 적힌 표시판이 보인다. 표고 차가 많이 줄지 않았다. 다음 마을인 알또 데 뽀요_{Alto de Poyo}에서는 일출 을 볼 수가 있다고 하여 빠른 걸음으로 걸었다. 이 마을까지는 오르막과 내리막이 되풀이 되고 08:15경 알또 데 뽀요 마을에 도착하였다. 이미 몇 사람들이 일출을 촬영하기 위해 동쪽을 향하여 사진기를 세워 놓고 기다리고 있다. 08:23쯤에 떠오르는 동녘의 태양을 여러 번의 셔터로 사진에 담았다. 불과 5분도 안 되어 태양은 그 모습을 완전히 드러낸다. 매일 뜨고 지는 태양이지만 이렇게 특별한 곳에서 보는 일출은 두고두고 기억에 오래 남는다.

O Cebreiro-Sarria; Alto de Poyo 마을 상점 앞에서 보는 일출

여기서부터는 완만한 비포장길을 내려가는데 소나무에서 약간의 습기를 머금어 나오는 솔향기가 맑고 신선한 아침 공기에 맛을 더하는 향신료를 뿌려 놓은 듯 아침 공기로 마시기에는 더할 나위 없이 상큼하다. 조금 더 걸어

가니 순례길의 남은 거리를 표시한 표지석이 보인다. 151,346이라고 동판에 새긴 것을 붙여 놓았다. 유럽 국가들은 천 단위 표시를 한국과는 반대로 콤마가 아닌 점으로 표시하고 소수점은 콤마로 표시한다. 그래서 151km 346m 남은 것이다. 이정표는 내려가는 길에 숫자를 줄여 가는 것을 자주 나에게 보여 주며 뿌듯함과 함께 아쉬움을 느끼게 한다.

O Cebreiro_Sarria; 산티아고까지 151.346km 남았음을 새겨 놓은 표지석

서쪽 하늘에는 아직도 지지 않은 하얀 달이 제법 높이 떠 있다. LU-633번 도로를 근처에 두고 내려가는 길은 마을이라고 할 수 없을 정도의 몇 안 되는 가구가 살고 있는 폰프리아Fonfria 마을이다. 여기를 지나 10:15경 피요발Fillobal 마을로 내려온다. 도중에는 목동이 소를 몰고 순례길을 거슬러 올라오고 있다. 목초지로 향하여 몰고 가는 길이다. 그리고 보니 이 순례길 위에는 적지 않은 쇠똥이 바닥에 떨어져 있기 때문에 밟지 않도록 주의를 하며 걸어야 한다. 냄새도 같이 맡아야 한다.

O Cebreiro-Sarria; 피요발 마을에서 목동이 소를 몰고 순례길을 올라오고 있다

숲길이 없는 곳으로 나오면 앞에 경관이 좋은 장면을 많이 볼 수가 있어서 좋고 숲길에서는 나무 향을 많이 맡아서 좋다.

O Cebreiro-Sarria; 갈리시아 지방은 산악과 구릉이 많고 터가 좋은 곳에는 목장이 많이 보인다.

길옆 큰 소나무 앞에서 어떤 순례자가 소나무를 대상으로 사진을 찍고 있다. 가서 보니 껍데기 없이 속살을 그대로 드러낸 채 부서진 소나무가 있다. 이 순례자 얘기로는 어제 벼락을 맞은 것 같다고 한다. 지난밤 사이 벼락이 치고 천둥이 울렸었는데 이때 소나무가 벼락을 한 방 맞은 것 같다.

O Cebreiro-Sarria; 지난밤 벼락을 맞은 것으로 보이는 소나무

　　10:50경 라밀Ramil 마을에 도착하니 아주 오래된 밤나무 한 그루가 보인다. 안내판에는 나무등치 둘레 8m, 직경 2.7m, 수령 800년은 된 것으로 써 놓았다. 그저께 트라바델로에 오면서 보았던 밤나무는 이 대열에 넣지 못할 정도다. 이미 와 있던 폴란드 순례자에게 사진 촬영을 부탁하였다. 이 순례자는 나무에 손을 얹고 기도를 하는데 동양에서나 볼 법한 장면이다.

302

O Cebreiro-Sarria; 라밀 마을에 있는 수령이 800년, 직경 8m가 넘는 밤나무
폴란드인 순례자가 나무 앞에서 뭔가 소원을 빌고 있다.

11:00경 뜨리아까스뗄라_{Triacastela}에 도착하여 로마네스크_{Romanesque} 교회 앞
에서 20분간 휴식을 취하고 다시 출발하였다. 뜨리아까스뗄라부터 다음 마
을인 산씰_{Sanxil}까지는 표고 차 250m를 올라가는 길이고 숲길이다. 도중에는
1992년에 만든 것으로 적어 놓은 샘터가 있다. 오르막길을 오면서 목이 마
르는 시간에 적절한 위치에 물을 마실 수 있어 너무 좋다. 이 샘터를 잡은 이
는 순례길을 걸어 본 사람일 것 같다.

O Cebreiro-Sarria; 순례자를 위한 음용수 시설
목이 마른 시점을 고려하여 적재적소에 만들어 놓았다.

오르막을 다 올라와서 휴대폰으로 좌표를 보니 북위 42도 46, 서경 7도 17, 표고 880m로 나오는데 오차가 좀 있는 것 같다. 이때 시간이 12:44으로 나온다. 13:40경에는 순례길 이정표에 121,746이 적혀 있다.

O Cebreiro-Sarria; 휴대폰 나침판으로 본 사모스 마을 어느 한 고개에서의 나의 현 위치.
고도 880m에서 위도와 경도가 나오고, 서 있는 방향과 마을 이름이 표시되어 있다.

뽀요Poyo 마을 근처에 보았던 거리를 감안하니 5시간 10분 동안 29.6km를 걸어온 셈이다. 이정표에 적힌 거리가 잘못된 것이 아니라면 시속 5.7km 이상의 속도로 걸어온 것이다.

O Cebreiro-Sarria; 이 지역은 숲길이 많고 그늘이 있는 길을 계속 걸어가므로
크게 덥다고 느끼지는 않는다.

그야말로 속보로 걸어왔다. 푸레라_{Furela} 마을을 지나 다음 마을에 있는 레스토랑_{Casa Cines} 에 도착하여 잠시 쉬었다가 계속 걸어가니 15:10경 사리아_{Sarria} 도시가 나를 반긴다. 도심에 들어와 사리아강을 건너 메이어_{Mayor} 알베르게에 도착한 시간은 15:40이다. 이번 순례길 중 제일 긴 거리를 제일 오래 걸은 날이다. 몸이 다소 피곤하지만 아픈 곳은 없다. 친절한 여주인 마리아_{Maria} 씨에게 투숙을 접수하고 2층 4인실에 짐을 풀고 샤워 후 빨래는 숙소에 맡긴 후장 보러 나갔다. 이 숙소는 타월을 제공하며 비교적 깨끗하다.

Sarria; 메이어 알베르게, 주인이 매우 친절하다.
수건을 제공하며 깨끗하게 관리된 숙소다.

큰길에 있는 프로이스_{Froiz} 슈퍼마켓에서 소고기, 복숭아, 레토르트 밥을 구입한 후 숙소 주방에서 항하와 함께 맛있는 소고기를 구워 먹었다.

밖으로 나와 내일 갈 순례길을 300여 m 올라가면서 산따 마리아 성당 내부를 간단히 둘러보았다. 더 올라가니 왼쪽의 어느 알베르게 문 앞에는 나무

판자에 Free Wi-Fi, Home made food 등 알베르게가 제공하는 것을 적어 걸어 놓았다. 또한 각 나라의 국기를 그려 놓은 판자도 그 옆에 걸어 놓아 시선을 끈다. 태극기가 그려져 있고 "환영합니다."를 적어 놓은 판자가 정중앙에 걸려 있는 것을 보니 이 집에는 한국인 순례자들이 많이 찾는 모양이다.

Sarria; 오느 알베르게 앞에 개성이 독특한 환영 표시판.
각국의 언어로 나무판자에 적어 놓았다

좌우를 보니 대부분 알베르게이고 시청 앞의 따빠스 레스토랑은 늦은 시간임에도 바깥에서 식사를 하는 사람이 많이 보인다. 언덕길 위 끝까지 가니까 요새 터Torre Dos Batallóns가 보인다. 사리아 요새라고 안내 간판에 갈리시아어, 스페인어(에스파냐어), 영어로 적혀 있다. 이곳이 갈리시아 지방이니까 당연히 갈리시아어를 제일 앞에 적어 놓았다. 13세기에 구축한 것이라고 한다.

다시 언덕길을 내려오면서 이 근처를 돌아다니고 있는 이민호 씨를 오랜

만에 다시 만났다. 이전에 만났던 한국인들이 궁금하여 물어보니 이세미 씨는 많이 앞서 가고 있고 조영옥 씨와 이윤주 씨도 우리보다 앞서서 가고 있다고 한다. 이재권 씨는 다리가 아파서 한국인 신부가 있는 루고_{Lugo} 시 성당으로 가서 며칠 쉬고 있을 것이라고 한다. 방에 들어오니 우리 방에는 미국인, 스페인 여자가 와 있다. 내일을 위하여 들어오자마자 잠자리에 들었다.

순례길 30일 차

2018년 9월 29일 토요일, 맑음

• 경로: 사리아(Sarria) → 마르까도이로(Marcadoiro)

• 거리: 16.9km (출발 표고 450m, 도착 표고 545m)

• 시간: 07:05 ~ 12:15, 5시간 10분 소요

• 숙소: 마르까도이로 알베르게(Albergue de Mercadoiro), 12유로, 36침상

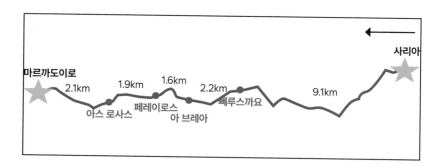

06:00 기상해 컵밥에 한국에서 갖고 온 건조 우거지를 뜨거운 물에 풀어서 국물로 하여 아침을 먹고 07:05에 나섰다. 아침 안개가 많이 끼어 달을 볼 수가 없다. 어제저녁 올라와 봤던 언덕길 끝에서 오른쪽으로 가면서 성당 _{Convento de Merce}을 지나 철도 건널목을 건너가니까 시가지를 완전히 벗어난다.

이 나라 철로 폭이 광폭(1,688mm)이라고 하여 스틱을 놓고 가늠하여 보았다. 나폴레옹의 침략을 경험한 스페인은 프랑스의 침략을 막기 위해 이렇게 하였다고 하며 이후 고속철도는 같은 표준궤(1,435mm)를 사용하고 있다고 한다. 각 나라의 철로 폭을 선정하는 과정을 공부해 보면 역사와 연계되어 매우 흥미로운 것이 많다. 국경을 접하고 있는 베트남과 중국의 철로 폭이 서로 다른 것도 국가 안보를 감안하여 베트남이 다르게 부설하였다고 한다. 08:20경 농촌의 풍경은 안개와 어울려 신비감을 자아낸다.

Sarria-Marcadoiro; 아침 안개에 묻혀 있는 농촌의 전경은 구름, 하늘과 어울려 신비로움을 느끼게 한다.

순례길은 폭이 넓게 확보되어 있고 좌우로 오래된 나무가 운치를 더해 준다. 이곳에서 찍은 사진은 작품전에 내놓아도 손색이 없을 것 같다. 안개가 걷히면서 붉은 아침 햇살이 고목 사이로 들어와 연출하는 장면은 누가 사진을 찍어도 예술 작품이다.

Sarria-Marcadoiro; 수많은 순례자들이 다니는 길을 묵묵히 보아 왔을 고목나무들이
아침 햇살을 받아 환상적인 느낌을 준다.

　10:00가 다 되어 가는데도 순례길과 주변의 안개는 모두 걷히었으나 저 먼
산 쪽의 낮은 지역에는 아직도 안개가 덮여 있다.

Sarria-Marcadoiro; 아직 안개가 걷히지 않은 먼 곳의 호수 같은 광경

09:50경 뻬루스까요_{Peruscallo} 마을 초입에 있는 카페_{Panaderia Persucallo}에서 잠시 쉬면서 파이와 커피를 마신 후 다시 출발하였다. 사리아를 출발하여 페레이로스_{Ferrreiros} 마을까지는 표고 차 250m가 있는 완만한 경사 길이다.

순례길 좌우에는 목축업을 많이 하고 있어 초지와 소들이 많이 보이고 순례길 위에는 소가 다니면서 실례해 놓은 쇠똥도 많이 보인다. 저 앞에서는 적지 않은 무리의 젖소들이 오고 있다. 목동은 말이 아닌 오토바이를 타고 소들을 몰고 있다.

Sarria-Marcadoiro; 어디론가 나들이 가는 젖소 무리
무리 끝에는 주인이 오토바이를 타고 젖소를 몰고 있다.

아 브레아_{A Brea} 마을 근처에 오니 한 남자가 — 흰 블라우스에 빨간 반바지와 빨간 모자를 썼다 — 백파이프_{Bagpipes}를 불면서 순례자들에게 볼거리를 제공한다. 다소 지칠 수 있는 순례자들의 피로를 풀어 주고 있다. 사례를 해 줄 만하다.

Sarria-Marcadoiro; 전통 복장을 하고 백파이프를 불고 있는 현지인.
순례자에게 또 다른 볼거리를 주며 피로를 풀어 준다.

　어느 길에서는 납작한 큰 평판의 석재 판을 담장으로 세워 놓은 곳도 보인다. 이 동네에는 이러한 석재가 많이 나는 모양이다. 옛날 우리나라는 이러한 석재는 온돌방의 구들장으로 많이 사용하였는데 말이다.

Sarria - Marcadoiro; 사리아부터는 순례자가 더 늘어난다.
여건상 이곳부터 산티아고까지 대략 100km 거리를 걷는 순례자도 많다고 한다.

11:20경에는 아 뻬나_{A pena} 마을에 도착하였다. 이 마을 앞에는 초등학교 저학년의 남자아이와 고학년의 여자아이를 데리고 온 스페인 부부가 가족 순례길을 걸어가고 있다. 아이들은 어린이용 자전거를 타고 가는데 남자아이의 자전거가 오르막을 갈 때는 아버지가 뒤에서 밀어 주고 내리막을 갈 때는 자전거에 줄을 매어 과속을 조절하면서 가고 있다. 아이들에게는 이러한 어릴 때의 특별한 경험이 어른으로 성장하면서 삶에 많은 것을 안내해 줄 귀한 것이 될 것이다. 11:25경 이정표에 100,485가 남았음이 표시되어 있다.

Sarria-Marcadoiro; 목적지 Santiago까지 100km가 남았음을 표시한 이정표에
친구(류항하)와 함께…

불과 500m만 더 걸어가면 두 자릿수 거리(km)가 남을 것이다. 회상해 보니 이렇게 많이 걸어온 것이 실감 나질 않는다. 그저 아침이 되니 배낭을 쌌고 배낭을 메니 걸었고 걷다 보니 쉴 곳이 나와서 쉬었고 목적지에 도착하니 샤워하고 빨래하고 배가 고프니 먹을거리를 사 먹었고 밤이 되니 그저 잠자리에 들었을 뿐인 아주 단순한 일상을 그저 별생각 없이 지나왔을 뿐이다. 오

늘까지 몸은 비록 피곤하였지만 이외의 나머지 모든 것들이 호사를 누려 왔기에 여기까지 많이 걸어왔다는 것에 대한 실감을 전혀 못 하는 것이고 오히려 걸을수록 남은 일정이 많지 않다는 데 아쉬움이 더 많이 남는다.

조금 더 걸어가니 목적지까지 100km 남았음을 표시한 이정표가 나온다. 이 이정표에는 수많은 순례자가 뭔가를 적어 놓았는데 한글은 보이지 않고 한자가 몇 군데 보이며 나머지는 모두 영어와 유럽 쪽의 글자이다. 여기까지 오느라고 힘이 들었던 것에 대한 표현을 여기에 남기고 싶었고 내가 느낀 것과 똑같이 남아 있는 일정의 아쉬움을 적은 것이리라.

아스 로사스_{As Rozas} 마을에서는 뿔이 앞으로 길게 두 가닥이 나온 황소 사진이 있는 큰 간판을 걸어 놓았다. 그 뒤 목초지에는 이런 소들이 풀을 뜯어 먹고 있다. 이 지방에만 있는 특별한 소라고 한다. 황소이지만 입과 다리 부분은 하얀색이다.

Sarria-Marcadoiro; 이 지역에서만 볼 수 있다는 뿔이 위로 솟아 오른 황소,
까체나(Cachena) 품종

그다지 힘들지 않게 마르까도이로_{Mercadoiro} 작은 마을에 있는 숙소에 도착하여 체크인을 하였다. 사전에 예약을 한 순례자들이 많아서 우리가 들어갈 방이 있는지를 물어보니 다행히 방이 있다고 한다. 대머리의 남자 주인은 접수를 받은 후 우리를 데리고 다니며 방과 샤워장 등 친절하게 안내해 주면서 실내에 장식해 놓은 라디오 등 갖가지의 옛날 물건들을 설명해 준다. 숙소는 호텔을 겸하고 있고 호텔방은 옛날 물건들로 장식을 하여 마치 19세기 말의 분위기를 느낄 수 있도록 해 놓았다

Marcadoiro; 숙소에 장식물로 가구 위에 얹어 놓은 라디오. 100년은 족히 지난 것 같다(좌).
잠이 잘 올 것 같은 목재 침대(우)

별채도 있는데 별채는 야외를 포함하여 레스토랑으로 사용하고 있고 남쪽 방향으로는 넓은 잔디와 비치파라솔과 간이침대를 갖다 놓아 순례자들이 일광욕과 휴식을 취할 수 있도록 꾸며 놓았다. 방에 여장을 풀고 나와 야외 간이침대에 누워서 폼 나는 낮잠을 자려니 익숙하지 않아 잠이 잘 오질 않는다. 10가구도 채 되어 보이지 않는 이 마을은 특별히 볼거리가 없어 오직 숙소에서 완전한 휴식을 취하면 될 것 같다.

샤워와 세탁을 한 후 방에 들어오니 영국 여자가 정치 얘기를 한다. 대뜸 미국 트럼프 대통령에 대하여 어떻게 생각하느냐고 묻는다. 지금 북한 핵 문제를 잘 풀려고 하는 것 같아서 한국인 입장에서는 좋다고 답을 하니 자기

는 싫어한다고 한다. 지금 미국 경제가 좋다고 하지만 이번 순례길을 통하여 만나 본 많은 미국인들은 미국 경제가 좋은 것이 아니라고 하며 외부에서 보는 것과는 다르다고 했단다. 가짜 뉴스로 잘못 알려진 것이라고 한다. 그리고 트럼프가 언론을 길들여서 제대로 알리지를 않는다고 한단다. 숙소 레스토랑으로 가서 샐러드와 참치파이를 맥주와 함께 시켜 놓고 여유로운 점심시간을 가졌다.

Marcadoiro; 숙소 야외 카페에서 시원한 생맥주 한 잔(좌),
취기가 돌아 숙소 밖 잔디 위에서 꿀 같은 낮잠을 즐긴다(우).

옆에 있는 조지아에서 온 순례자와 인사를 주고받았다. 조지아인은 처음 만났다. 지금까지 순례길에서 만났던 외국인 순례자를 헤아려 보니 38개국에 이를 정도로 세계 각국에서 많이들 온다. 다시 방으로 돌아와서 나무로 잘 만들어진 목재 침상에서 한숨 자고 난 후 마을 위에 간이 슈퍼가 있다고 해 그곳으로 갔다. 한국산 봉지 라면과 순례길 기념 모자를 하나씩 샀다. 여러 가지 한국 물건들이 제법 많이 보인다.

마침 건장한 한국 남자 두 명이 들어와 음료수를 사서 마신다. 어디서 왔는가를 물어보니 서울에서 왔는데 직장 휴가를 며칠 내어 인천에서 마드리드로 날아온 후 거기에서 사리아까지는 기차를 타고 오늘 아침에 내렸다고 한다. 그 후 여기까지 걸어오고 있는 중이라며 숙소를 못 찾아서 걱정이라고 한다. 그리고 첫날부터 너무 많이 걸어서 지금은 지쳐서 힘이 많이 든다고 한다. 두 사람 모두 덩치가 크고 건장해 보이지만 사리아에서 여기까지 16km 남짓밖에 안 되는데도 지친 모습이 역력하다. 우리가 그동안 걸었던 경험담을 얘기하여 주고 절대로 무리하지 말 것을 조언하였다. 그리고 장거리 일정에 너무 무거운 짐을 메고 가는 것도 힘이 많이 들 것임을 염려하여 주었다. 그러나 나이가 젊고 순례길 거리가 불과 100km밖에 안 되니까 너무 염려할 것은 없다고 한편으로는 격려도 해 주었다.

숙소로 돌아와 19:00에는 숙소 레스토랑에서 와인 한 잔과 함께 넉넉히 그리고 충분한 시간과 함께 여유로운 저녁을 먹었다. 방으로 돌아와 서향으로 난 창문 앞 소파에 앉으니 서쪽 하늘은 이미 석양으로 붉게 물들어 있다.

Marcadoiro; 숙소 창문 밖으로 보이는 해 질 무렵의 전원 풍경

소파에 앉아서 창밖의 아름다운 자연을 보는 고즈넉한 이 시간이 한적한 마르까도이로 마을을 음미하는 또 하나의 즐거움이다. 해가 사라지고 난 후

의 하늘에 수많은 별들이 등장하여 총총 자리를 채우고 있다. 어느새 잠이 스
스럼 온다. 이 소파에서 밤하늘의 별을 보며 그냥 잠드는 것도 괜찮을 것 같
다. 21:40 잠을 푹 잘 잘 수 있을 것 같은 목재 침상으로 올라가 제대로 된
잠자리에 들어갔다.

순례길 31일 차

2018년 9월 30일 일요일, 맑음

- 경로: 마르까도이로(Marcadoiro) → 아이레쎄(Airexe)
- 거리: 22.4km (출발 표고 545m, 도착 표고 633m)
- 시간: 06:30 ~ 13:40, 7시간 10분 소요
- 숙소: 에이레쎄 알베르게(Pension Eirexe), 17.5유로, 14침상

06:10 기상하여 전날 미리 배낭을 잘 꾸려 놓은 덕에 비교적 빠른 20분 만에 출발하였다. 가는 길 내내 안개가 끼었으며 07:50경 아직도 동이 트질 않은 깜깜한 시간에 뽀르또마린₍Portomarin₎에 다다랐다. 이곳까지는 계속 내리막길이었으며 뽀르또마린에 들어서기 전 20분간은 급경사에다가 폭이 아주 작은 길이라 미끄러질까 조심조심 내려왔다. 도시의 불빛과 다리 위 가로등 불빛에 보이는 미뉴강은 강물이 아주 적게 흐르고 있다. 한국에서 구글 위성 사진으로 본 이 강은 아래 지역에 댐이 있어 이곳까지 강물이 모두 차서 호수 같은 풍경이 연출되는 줄 알았으나 강바닥이 보일 정도로 물이 말라 있다.

뽀르또마린 도시로 가는 다리₍Bella교₎는 두 개가 놓여 있다. 강 바로 위에 석조로 만든 옛것 그리고 콘크리트 교각을 높게 하여 차가 다닐 수 있게 왕복 2차선으로 만든 새것, 이 다리들이 아래위로 두 가닥으로 걸쳐져 있다. 이 다리를 건너서는 로터리가 있고 로터리 위에는 성당으로 곧바로 올라가는 석조 계단이 놓여 있다.

Marcadoiro-Airexe; 뽀르또마린 마을로 건너기 전 밑에 흐르고 있는 미뉴강과
그 위의 석조 다리. 바닥에 물이 많지 않다.

로터리 오른쪽으로는 도시가 전개되어 있다. 여기서 아침을 먹으려다 너무 이른 시간이고 아직 배가 고프지 않아 곤사르$_{Gonzar}$까지 가서 먹기로 하였다. 순례길은 다리를 건넌 후 왼쪽으로 가야 한다. LU-633번 도로 위주로 가는 이 길은 계속 오르막길이다. 300m 이상의 높이를 완만하게 올라간다. 순례길 위에는 사리아에서 단기 코스로 순례길을 시작하는 사람들이 많아서인지 앞과 뒤로는 순례자가 끊이질 않는다. 그래서 처음 보는 순례자가 많으며 어디서 왔는지 물어보면 대부분 스페인 출신이다. 갈리시아 지방에서 온 순례자도 적지 않게 있다.

09:00경 잠시 쉬면서 길 앞으로 지나가는 순례자가 도대체 얼마나 많은지를 10분 동안 항하와 같이 세어 보니 46명이나 지나간다. 여자가 남자보다 더 많이 지나간다. 또씨보$_{Toxibo}$ 마을을 지나서는 곧게 뻗은 소나무 숲이 산불로 까맣게 타서 앙상한 굵은 가지만 드러낸 채로 순례자에게 안타깝게

도움을 청하는 듯한 모습으로 서 있다. 이곳의 길은 유황이 많이 섞여 있는지 흙이 유난히 노란색이다. 산불에 검게 탄 소나무와 대조되어 보이는 노란색은 아니다. 이러한 색깔의 길은 처음 만난다. 한 줌 퍼서 정원에 깔아 놓으면 예쁘겠다.

Marcadoiro-Airexe; 순례길의 땅 색깔이 유난히 눈에 띄는 노란색이다.

조금 더 걸어가니 숲 전체가 불이 난 곳이 또 나온다. 산불도 아니고 들불이라고 해야 하나? 지역이 외진 곳인가? 제대로 소방을 하지 못하여 숲의 많은 나무들이 그대로 고통을 입었다.

Marcadoiro-Airexe; 대부분의 나무가 불에 타서 애처롭게 보인다.

　화재 피해가 없는 숲에는 갈색으로 변한 많은 솔잎이 바닥에 떨어져 솔잎 융단을 만들어 놓았다. 이 융단 위에는 키가 작지만 가지를 넓게 펴고 있는 초록의 고사리들이 낮지만 넓은 영역에 무리를 만들어 놓았다. 키 큰 소나무 숲을 보호막으로 하여 자기들의 삶을 꾸려 나가는 생태계의 조화가 경이롭다.

Marcadoiro-Airexe; 곧게 뻗은 소나무 숲,
바닥에 떨어진 솔잎 양탄자에서 곱게 자라고 있는 고사리들

10:00경 곤사르 마을에 도착했다. 다소 쌀쌀한 기온이라도 녹이려는 듯이 아직도 옅은 안개가 이 마을 전체를 포근히 감싸고 있다. 길 왼쪽에 붙어 있는 바_{Descanso del Peregrino}에서 아침을 먹기로 했다. 많은 순례자들이 주문을 하기 위해 줄을 서 있다. 다른 한편에서는 또 다른 줄이 이 줄보다 더 길게 서 있다. 여자 화장실을 가기 위한 줄이다.

계란프라이, 소시지, 프랜치프라이와 따뜻한 커피를 곁들여 먹는 아침은 순례자의 허기를 달래 줄뿐더러 다소 차가워진 몸도 녹여 준다. 오리슨과 뜨라바델로에서 만났던 메리 씨 ― 딸이 스키 선수이다 ― 와 미국 자매 중 한 명을 만났다. 이들은 다음 목적지에서 네 명 모두 만나 버스를 타고 산티아고로 들어간다고 한다. 이들은 이번 순례길을 걷기도 하지만 말도 타고 버스까지 타면서 자신들 형편에 맞는 순례길 여정을 소화하고 있다.

11:20경에 지나가는 길은 조금 전 보았던 노란색의 길보다 더 진한 노란색의 길이다. 여기에는 페인트를 쏟아부어 놓은 것같이 노란 흙이 정말 선명하다. 자연이 만들어 내는 색깔에 경탄하지 않을 수 없다. 까스뜨로마요르_{Castromayor} 마을을 지나 오 오스삐딸_{O Hospital} 마을에 오니 산티아고까지 78.1km가 남았다고 사각 화강암 표지석에 새겨 놓았다. 1.3m 정도 높이의 자연석에 끼워 놓은 이정표가 나오는데 여기에도 수많은 글들이 넘쳐 난다. 혹시 우리 한글이 있나 유심히 보니 "파이팅!" 글자가 우측 하단에 적혀 있다. 여기서도 동포애를 느낀다.

Marcadoiro-Airexe; 78.1km가 남았음을 표시한 색다른 이정표
하단에는 "파이팅"이라고 어느 한국인 순례자가 2017년에 적어 놓았다.

12:00경 안개는 완전히 걷히고 맑고 파란 하늘이 드러났다. 오늘 구간 중 제일 높은 지대인 벤따스 데 나론_{Ventas de Naron} 마을에 도착해 바_{Casa Molar}에서 잠시 쉬고 걸음을 계속하였다. 13:40쯤 아이레쎄_{Airexe} 마을이 나오고 몇 채의 숙소도 보인다. 여기에 방이 있으면 묵기로 하고 우측에 있는 에이레쎄_{Eirexe} 펜션으로 가니 문 앞 양지바른 곳에서 쉬고 있는 몇몇 아주머니 중 한 분이 나와서 우리를 반갑게 맞이해 준다. 1층에 4인실 방 — 2층 침대 두 개 — 이 있는데 다른 순례자를 받지 않을 테니 두 명이 35유로를 내라고 한다. 방도 깨끗하고 무엇보다도 이 방에 샤워장과 화장실이 별도로 있고 타월도 주며 침상에는 호텔같이 미리 이불이 깔려 있어 흔쾌히 동의하고 짐을 풀었다.

Marcadoiro-Airexe; Sarria부터는 많은 순례자가 보인다.

점심시간이 지나 버려 우선 점심을 해 먹기로 하고 주인아주머니의 도움을 받아 주방에서 어제 샀던 봉지 라면을 끓였다. 항하는 아주머니에게 계란이 있으면 좀 달라고 했다. 계란 하나를 주는 것을 하나 더 달라고 하여 끓는 라면에 풀어 넣었다. 배가 고플 즈음 스페인 땅에서 라면을 끓여 야외에서 먹는 이 맛 또한 어느 진수성찬이 부러우랴 싶다.

Airexe; Eirexe 펜션 주인아주머니, 우리만 투숙할 방의 목재 침대,
시간이 30년 정도는 지난 시절의 분위기를 느낄 수 있는 재봉틀과 벽시계,
맛있게 끓인 라면

　이 집 옆의 여러 세트의 식탁과 의자들은 그 옆의 넓은 초원에 놀러 오는
사람들을 위한 것이다. 마침 몇 팀의 사람들이 여기에서 놀다가 철수하려고
짐을 챙기고 있다. 방으로 돌아와 샤워장에 들어가니 세제들이 모두 구비되
어 있다. 매일 샤워할 때마다 가지고 다니는 비누와 샴푸를 사용한 터라 이렇
게 준비된 샤워장에 들어가면 제일 먼저 확인하는 것이 세제들이다. 순례길
은 평소의 생활에서 뭔가 없을 때의 불편함을 겪게 하여 이 뭔가가 평소에도
소중함을 깨닫게 하는 길이기도 하다.

　샤워를 마친 후 세탁을 하려고 집 옆 세탁장으로 가니 세탁용 욕조는 세탁
한 물이 빠지지 않아 세탁하기가 도무지 불편하다. 억지로 세탁을 마치고 뒤
뜰에 줄이 많이 걸려 있는 건조대에 빨래를 널고 나오니 마침 자전거 순례자

가 자전거 정비를 하고 있다. 67세 된 독일인 에미라고 한다. 자녀는 남매를 두었고 모두 결혼하여 손자까지 있다며 휴대폰에 있는 사진을 보여 준다. 이번 순례길에서는 많은 한국인을 보았는데 왜 이렇게 많이 오느냐고 묻는다. 나도 역시 의문이라고 하며 굳이 이유가 있다면 한국은 대부분 산악 지형이라 산에 등산하는 사람들이 많아 장거리를 걷는 것에 대한 부담이 적고, 한국에는 의외로 천주교 신자들이 많기 때문에 이와 같이 성지 순례를 많이 오는 것 같다고 내 나름의 답을 해 주었다.

에미는 이번 자전거 순례길은 두 번째라고 하고 타고 온 자전거는 15년 전 타고 왔던 그 자전거라고 한다. 그때에는 프랑스 생장에서 14일 만에 산티아고에 도착하였는데 이번에는 부인하고 같이 왔기 때문에 시간이 좀 더 걸린다고 하며 오늘은 36km를 달렸다고 한다. 특히 갈리시아 지방에서는 도로가 오르막, 내리막이 많고 심하여 빨리 달리지 못했다고 한다. 대단한 부부이다. 그동안 수시로 봤지만 자전거를 타고 가는 순례자의 비포장 자갈길의 급한 오르막을 페달을 밟고 끝까지 타고 올라가는 모습은 인간의 한계를 보는 듯했다. 물론 내리막을 쉽게 가는 즐거움도 있겠지만 70세가 가까운 나이인데도 이런 도전을 하고 있다는 게 존경스러울 정도다.

Airexe; 숙소 뒤편 텃밭에 널려 있는 빨래들. 맑은 햇살에 금방이라도 건조될 것 같다.

　　도로 건너편에 있는 카페 겸 식당_Ligonde 에서 항하와 생맥주를 한잔하면서 한국으로 복귀하기 전까지 앞으로 남아 있는 일정에 대하여 상의를 했다. 스페인의 서쪽 땅끝인 피스떼라_Fisterra 와 무씨아_Muxia 를 버스 타고 갔다 온 후 6일에는 포르투갈 뽀르또_Porto 로 가서 이틀, 8일에는 리스본_Lisbon 에 가서 이틀밤을 잔 후 10일 파리에서 이틀을 체류한 후 귀국하자고 하였다. 마침 독일인 에미_Emil 씨와 부인 센타_Senta 씨가 옆 테이블에 앉아서 서로 인사를 주고받으면서 이들과도 향후 일정을 공유하였다. 이들은 자전거를 계속 타고 피스떼라와 무씨아를 다녀온 후 자전거는 독일로 배송하고 돌아간다고 한다. 다시 숙소로 돌아와 그동안 촬영한 사진들을 한국에 전송하고 쉬었다. 한국에서는 꾸준한 격려의 문자들이 와서 이번 순례길을 걷는 데 많은 힘이 되고 있다.

Airexe; Ligonde 레스토랑, Main dish가 나오기 전 샐러드, 와인, 빵

다시 리곤데_{Ligonde} 레스토랑으로 가서 저녁을 먹었는데 숙소 주인아주머니도 여기에서 저녁을 먹고 있다. 젊은 중국인과 일본인이 서로 식사를 하고 있다. 이들은 이번 순례길에서 처음 만난 사람들이다. 간단히 인사를 하였다. 내일은 기온이 오늘보다 5도 더 떨어진다고 한다. 아침 출발 시 옷을 두껍게 입어야겠다. 방에 난방이 들어오고 있다. 그동안 촬영한 사진들 중 잘못 찍은 것들을 대충 정리를 하고 21:00에 취침에 들어갔다.

그림 제목이 <Lugo 지방의 산티아고 순례길>이라고 적혀 있다.
그림 안에는 사리아, 뽀르또마린 등 이전에 걸어온 마을 이름들이 보이고 순례자들이 걸어가거나,
말을 타고 가거나, 또는 자전거를 타고 가는 모습과 마을의 주요한 건물들의 이름도 적어 놓았다.

순례길 32일 차

2018년 10월 1일 월요일, 맑음

- 경로: 아이레쎄(Airexe) → 멜리데(Melide)
- 거리: 22.1km (출발 표고 633m, 도착 표고 454m)
- 시간: 06:40 ~ 14:05, 7시간 25분 소요
- 숙소: 오 끄루세이로 알베르게(Albergue O Cruceiro), 10유로, 72침상

06:00 기상하여 06:40 숙소 문을 나서니 역시 춥다. 아침 기온을 인터넷으로 보니 11도다. 강한 바람도 분다. 덕분에 안개가 없어 하늘의 별과 며칠 사이 작아진 반달도 선명하게 볼 수가 있다. 안개가 있으면 있는 대로 바람이 불면 부는 대로 날씨의 장점만 보려는 마음이 중요함을 이곳에서 다시 깨닫는다.

08:20경 빨라스 데 레이_{Palas de Rei} 마을에 도착하였다. 도로 위에는 밤새 강한 바람 때문인지 밤송이가 많이 떨어져 있다. 웬 아저씨가 이 밤을 줍고 있다. 밤알도 작지가 않아 우리도 몇 개를 주웠다.

Airexe-Melide; 바닥에 떨어져 있는 주인 없는 많은 밤송이

이 마을에서 아침을 먹기로 하고 바로 우측에 있는 라 까바나_{La Cabana} 레스토랑에서 계란프라이와 베이컨을 커피와 함께 먹었다. 이 시간에 동네 아저씨, 아줌마들도 간간이 아침을 먹으러 들어온다. 스페인은 어디를 가더라도 커피 한 잔만 시켜도 대부분은 바게트빵 몇 조각이 따라 나온다.

Airexe-Melide; La Cabana 레스토랑에서 아침을 먹고 있는 현지인

마을 중심에 있는 성당_{Parroquia de San Tirso}을 잠시 둘러본 후 시청이 있는 꼰세요_{Concello} 광장으로 이동했다. 꼰세요 광장에는 경사진 바닥에 갈리시아주 문양과 이 도시 문양을 조약돌에 색깔을 입혀 만들어 놓았는데, 이곳에서 미국 시애틀에서 온 80 전후로 보이는 할머니 두 분을 만나 사진을 찍어 주었다. 바로 위에는 수도꼭지가 달려 있는 기둥 위에 순례자 석상이 세워져 있다.

Airexe-Melide; 빨라스 데 레이 마을, 조약돌로 꾸며 놓은 문양들

이 마을을 빠져나가면서 순례길 변에는 사각 철제 박스에 빛이 비춰질 정도의 스테인리스 철판을 붙여 놓은 것이 40~50m 간격으로 보이는데 도대체 무슨 용도인지를 알 길이 없다.

여기서부터의 길은 푹 꺼져 있고 좌우에는 돌벽을 만들어 마치 골목길을 가는 듯한 착각을 일으키는 길이 자주 나온다. 길 좌우에는 아주 오래된 나무들이 버티고 서 있고 그늘진 곳이 많아서 길 벽에는 이끼가 많이 끼어 있다. 09:50경 산 쑬리안 도 까미노_{San Xulian do Camino} 마을을 도착할 무렵에는

Airexe-Melide; 많은 순례자가 다녀서 골목길처럼 파인 것 같은 순례길

    어제저녁 식당에서 만난 38세의 중국인을 만나서 같이 걸었다. 영국에서 와인 소믈리에 공부를 하고 온 후 지금은 중국 상하이에서 와인 소믈리에를 양성하는 선생이라고 한다. 순례길을 주제로 만든 영화 〈The Way〉를 보고 감명을 받고 여기에 왔다고 한다. 의사와 결혼했는데 부인은 너무 바빠서 혼자 왔다고 한다. 한국말도 제법 잘 표현한다. 자기 의지가 분명한 사람이다.

    며칠 전 뜨라바델로에서 수시 알베르게 남자 주인이 한 말이 생각이 나서 물어보았다. 앞으로 중국인이 이곳의 순례길을 많이 찾을 것 같냐고 물었는데 이 친구의 대답은 "아니다"였다. 중국은 자체 땅이 크고 거기에도 웬만한 곳에 트레킹 코스가 많으며 중국인들은 이렇게 걷는 것은 싫어한다고 나의 질문에 대한 대답을 주저 없이 한다. 수시 알베르게 주인에게 알려 주면 뭐라고 할까? 차라리 한국인 대상으로 광고를 더 해야 하지 않을까 싶다.

 10:40경 길 좌측 변에 있는 카페_{Taberna Parada}에서 휴식 겸 생맥주를 한잔하였다. 그저께 메르까도이로 구멍가게 앞에서 만났던 체구가 큰 — 120kg, 130kg — 한국인 두 명을 또 만나서 이 사람들이 여기에 온 사연을 들었다. 이들의 얘기에 따르면 이번에 세 명이 왔는데 이 중 한 명은 3년 전 이곳에 와 봤던 친구로 10일 전 생장에서 자전거로 출발하여 오고 있다고 하며 그 친구의 소개로 여기에 오게 되었다고 한다. 친구가 되려면 이 정도의 관계를 가지고 먼 길도 마다하지 않고 올 수 있어야 진정한 친구 사이가 아닐까 싶기도 하다. 이들의 얼굴에서는 그저께의 피곤함을 전혀 찾아 볼 수가 없다. 오늘은 배낭을 부치고 빈 몸으로 걷는다고 하며 체구에 걸맞게 맥주와 푸짐한 안주를 시켜 놓고 늘어지게 몇 잔 즐기고 있다. 12:20경 오 레보레이로_{O Leboriro} 마을에 이르러서는 산따 마리아 시골성당 앞에서 휴식을 취하며 다소 마른 목을 축인 후 다시 출발한다. 나중에 알게 되었지만 지금까지 오면서 봤던 성당의 이름이 하나같이 산따 마리아 성당이었다. 과거 이슬람 세력이 들어와 정복을 받던 시절에 성모 마리아의 도움을 크게 받아서 이슬람 세력을 몰아내고 재정복 — 레꽁뀌스따_{Reconquista} — 할 수 있어서 그때 이후로 영적 상징이 되어서 성당 이름도 이렇게 지었다고 한다. 오늘의 목적지인 멜리데_{Melide} 도시 근교 마을인 풀레로스_{Fuleros}에서는 30~40명 정도 되는 남녀 학생들이 무리를 지어 신나게 노래도 부르고 재잘거리며 빠른 걸음으로 오고 있다. 얘들도 순례길을 가는 모양인지 모두 배낭을 메고 간다. 모두 하나같이 얼굴 표정이 밝고 때 묻지 않은 밝은 모습이다. 젊음은 이래서 좋은 것이고 그 무엇으로도 바꿀 수가 없다. 이러한 가치를 알고 있는지 모두 다 명랑하다.

Airexe-Melide; 생기발랄한 스페인 학생들, 얘들도 순례자인 듯

이 도시로의 진입은 페루로스$_{Furelos}$ 하천 위 로마$_{Roman}$ 다리를 건너는 것으로 시작한다. 역시 석재로 만든 아치형의 다리이다.

Airexe-Melide; 로마 시대의 아치형 석조 다리

도시 중심부까지는 계속 오르막의 자동차 도로이며 낮 시간대라 약간의 땀이 흐른다. 이 도시의 중심이라고 할 수 있는 로터리에 도착할 무렵 건널목을 절뚝거리며 걷는 이재권 씨가 보인다. 오랜만에 보는 얼굴이라 큰 소리로 불렀다. 이재권 씨는 그동안 한국인 신부가 있는 루고의 성당에서 6일 동안 머무르면서 무릎을 안정시켰다고 하며 거기에서 이곳까지는 북부 순례길 루트로 걸어서 왔다고 한다. 이세미 씨는 산티아고에 오늘 도착, 이민호 씨는 내일, 이윤주 씨, 조영옥 씨는 10월 3일 모레 도착이 예상된다고 알려 준다. 자기가 머물고 있는 숙소가 괜찮다고 소개하여 같이 이 숙소로 들어왔다. 소파와 식탁이 많이 있는 1층은 휴식 공간이 넓어서 좋다. 멜리데는 갈리시아 지방의 문어_{pulpo}가 유명하다고 하여 숙소 근처의 문어 요리 전문집_{Pulperia a Garnacha}으로 들어갔다.

Melide; 멜리데의 유명한 문어, 돼지 귀 요리
백포도주와 함께 먹어야 제맛이며, 막걸리 잔 같은 주발에 부어 마셔야 한단다.

조금 전 걸어 올라오면서 길에서 보았던 그 집이다. 문 앞에는 요리사가 직접 문어를 삶고 있는 모습을 공개해 볼 수 있도록 해 놓았다. 문어와 돼지 귀 요리를 백포도주와 함께 주문한 후 나온 요리는 오 세브레이로에서 맛보았

던 것과 크게 다르지 않았고 돼지 귀 요리는 그런대로 식감이 괜찮고 먹을 만
하였다. 포도주 잔은 한국의 막걸리 잔같이 하얀 사기 사발을 갖고 왔다. 원
래 이곳은 이렇게도 마시는가 보다. 막걸리 마시는 기분도 좀 난다. 오늘 보
았던 두 명의 체구가 좋은 한국인도 문어를 맛보러 들어온다.

마트에서 금일 저녁 먹을거리를 사서 숙소로 돌아오다가 그동안 만났었던
프랑스 여자 피오Fio 아가씨, 일본인 가쯔 씨도 만나 그간의 안부를 물어봤다.
저녁 식사 준비를 위하여 이재권 씨가 1층 주방에서 양파와 마늘을 까고 계
란까지 삶아 놓는 시간에 침대에서 눈을 잠시 붙였다. 18:00경 주방으로 내
려가 항하가 맛있게 구워 놓은 소고기를 세 명이 함께 먹고 오늘 주워 온 밤
도 삶아 먹었다. 시간대가 석양이 지는 시간대라서 4층으로 올라가 서쪽의
저녁노을을 사진에 담았다.

Melide; 4층에서 본 도시 전경. 공기가 맑아 건물이 그리는 실루엣이 선명하다.

다시 시내로 나와 시청 앞 광장과 밤 시간대 도시의 거리를 돌아다녔다.
저녁 20:30경인데 성당에서 많은 사람이 나온다. 대부분 나이가 든 사람들
이다.

Melide; 늦은 시간에도 이발소는 일을 하고 있다.

Melide; 늦은 시간에도 성당에 다녀오는 신도들

저녁 날씨가 제법 쌀쌀하다. 오늘 밤은 추워서 발열 내의를 입고 잠자리
에 들어갔다.

순례길 33일 차

2018년 10월 2일 화요일, 맑음

- 경로: 멜리데(Melide) → 아 살세다(A Salceda)
- 거리: 25.4km (출발 표고 454m, 도착 표고 361m)
- 시간: 06:50 ~ 14:50, 8시간 소요
- 숙소: 보니 알베르게(El Abergue de Boni), 11유로, 25침상

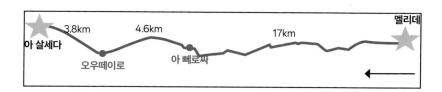

05:50 기상하여 이재권 씨와 같이 아침을 먹고 아침 기온이 낮아 패딩을 입고 06:50 세 명이 함께 출발하였다. 처음에는 같이 걷다가 30분쯤 후 아직 다리가 불편한 이재권 씨를 앞서서 먼저 가기로 했다. 09:40경 Café에서 커피와 우유 한 잔으로 쌀쌀함을 달래고, 12:30경에는 아 뻬로싸_{A Peroxa} 마을에 있는 소품과 공예품을 만들어 앞마당 잔디 위에 전시한 카페_{A Granxa de Tato}에서 콜라로 목을 축이면서 휴식을 취한 후 다시 출발했다. 도중 오는 길에서는 샌디에이고에 살고 있다는 아시아계 부부를 앞서거니 뒤서거니 하면서 만났다. 이 부부는 자주 손을 잡고 다정스레 함께 걷는다. 부부가 서로 닮은 착한 모습이다.

오는 길 초반에는 오르막, 내리막이 되풀이되다가 이후 약간의 경사 평지길, 오솔길, 숲길 등 대부분 그늘 길이 전개된다. 이곳의 숲에는 곧게 뻗은 유칼립투스_{Ucalyptus} 나무를 조림해 놓은 숲이 많이 보인다. 산림 자원이 많은 국가이다. 이곳에도 밤나무가 많아 또 밤을 주웠다.

Melide-A Salceda; 유칼립투스나무 숲. 나무 높이가 최소 50m 이상은 되어 보인다.

어느 마을 벽에는 A3 노란 종이에 "The Wall of Wisdom"이라고 적어 놓고 그 아래에는 노란색과 분홍색 A4 용지에 우리의 정신세계를 생각하여 보는 글들을 최소 50장 이상 적어 순례자들이 보도록 옆으로 걸어 놓았다.

Melide-A Salceda; 순례자에게 또 다른 생각을 해 보도록 한 "The Wall of Wisdom"

옥수수밭에는 다 무르익은 옥수수의 껍질을 까 놓아 발가벗은 옥수수 알맹이가 그대로 달려 있다. 옥수수가 모두 하늘을 향하고 있다. 아마 기계로 추수를 하기 전에 껍질을 미리 벗겨 놓은 것 같다.

Melide-A Salceda; 다 익은 옥수수 껍질을 벗겨 놓은 모습

마을마다 특징 있는 Café를 차려 놓고 저마다 지나가는 순례자의 관심을 끄는 Café들이 많이 보인다. 오우떼이로_{Outeiro} 마을의 바_{Casa Tia Dolores}에는 손님들이 마시고 난 엄청나게 많은 양의 맥주병을 버리지 않고 입구와 정원에 치장을 해 놓았다. 각 병에는 하얀색 펜으로 마신 사람 이름과 마신 날짜를 적어 놓았다. 나름 아이디어가 괜찮아 보인다. 이 Café 다음에는 순례길을 상징하는 조개에 각국의 국기를 그려 놓은 것, 티셔츠, 목걸이, 팔찌 등을 전시하여 놓고 판매하는 선물 가게도 눈길을 끌고 있다. 태극기가 그려진 조개도 보인다.

Melide-A Salceda; 맥주를 마신 날짜와 마신 이의 이름을 적어 놓은 수많은 맥주병으로
카페를 장식해 놓은 Café, 각종 특색 있는 선물이 진열된 가게.
순례길을 상징하는 조개껍질에 태극기를 그려 넣은 것이 보인다(우).

어느 여자 순례자는 긴 막대기로 길가에 있는 무화과 열매를 따려고 안간
힘을 쓴다. 가까이 다가가서 대신 따 주었다. 무화과 열매는 붉고 파란 속살
이 밖으로 터져 나와 먹음직스럽게 잘 익었다. 14:15경 만난 이정표에는 남
은 거리가 29,890으로 적혀 있다. 최종 목적지에 거의 다 온 것이 실감이 나
면서 한편으로는 얼마 남지 않은 데 대한 아쉬움도 많이 남는다. 숙소 근처에
오니 출장 업무로 중동 지역에 자주 다닐 때 보았던 커다란 대추야자나무가
여기서도 보인다. 그 지역과 이곳의 위도 차이가 제법 되는데도 동일한 수종
이 있다는 데 놀랍다. 대추야자나무 둥치에는 입을 잘라 내고 난 틈에 빨간
꽃을 옮겨 심어 놓아 색다른 느낌을 선사한다.

Melide-A Salceda; 무화과 열매를 따려고 애쓰는 순례자(좌)
이곳에도 대추야자나무가 보인다(우).

　14:50경 N-547번 도로 옆 약간 안쪽에 위치하고 있는 빨간 2층 건물의 보니$_{Boni}$ 알베르게에 도착하여 접수를 하는데 남자 주인이 군대 신임 사병에 대한 교육을 하듯이 우리에게 숙소를 안내해 준다. 숙소 이름 보니$_{Boni}$는 집 주인인 자기의 이름이라고 한다.

　샤워를 먼저 한 후 빨래는 주인에게 맡겼다. 주인은 매우 말이 많고 우리가 한 마디 하면 서너 마디를 더 한다. 주방은 전자레인지만 있고 별다른 시설이 없어 근처 식당에서 사 먹어야 할 것 같다. 이 근처에는 두 군데의 레스토랑이 있다고 하며 길 건너의 식당이 좀 더 맛있을 것이라고 한다. 오다가 마틴·기네 부부를 또다시 만났다. 최종 도착지인 산티아고의 숙소 사정이 좋을지 궁금하여 오늘 예약을 시도하기로 하였다.

A Salceda; 숙소 주인 이름을 딴 Albergue BONI

인터넷으로 조사하여 산티아고 기차역 근처 레이 페르난도_{Rey Fernando} 호텔을 두 명 기준 45유로에 2일간 예약하였다. 숙소를 예약하니 마음이 다소 홀가분하다. 18:30경 숙소 앞 길 건너 150m 지점에 있는 떼레사_{Teresa} 레스토랑에서 믹스 샐러드, 문어, 소시지, 계란을 주문하고 와인 한 병으로 괜찮은 저녁을 먹었다. 레스토랑에는 아일랜드 부부와 뉴질랜드 부부도 함께 식사하러 들어온다. 뉴질랜드 부부는 우리가 먹고 있는 문어 요리가 맛있냐고 물었고 정말 맛이 좋다고 답해 주었다. 문어 요리는 문어 다리 두 개를 반으로 갈라서 접시 바깥으로 원 모양으로 둘리고 그 안에 녹색의 삶은 야채를 넣은 것인데 어제 먹었던 맛과는 다른 맛이다. 갈리시아 지방의 문어 요리는 이번이 세 번째로 먹는 것이다. 그래서인지 지금까지 먹은 요리 중에서 제일 품위 있는 저녁을 먹어 보았다.

Salceda; 숙소 건너편 Teresa 레스토랑에서 주문한 스페인 음식
가운데가 갈리시아 지방에서 유명한 문어(Pulpo) 요리

마크 부부가 내일 갈 고소_{Gozo}에 있는 시립 알베르게가 마치 군대 수용소같이 1층짜리 막사가 수십 채 되는 것을 보고 "No Prison but Hostel."이라고 하여 한바탕 웃었다. 이곳은 어디 나갈 데도 없고 볼 것도 없으며 석양이나 경치를 즐길 만한 곳이 없다. 21:00 취침에 들어갔다.

순례길 34일 차

2018년 10월 3일 수요일, 맑음

- 경로: 아 살세다(A Salceda) → 고소(Gozo)
- 거리: 23km (출발 표고 361m, 도착 표고 359m)
- 시간: 07:30 ~ 14:25, 6시간 55분 소요
- 숙소: 아켈라레 호텔(Hotel Akelarre), 45유로(2인)

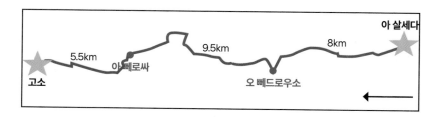

  6:45 기상하여 어제 세탁 맡긴 것 중 수건이 없는 것을 다른 사람 세탁물 박스에서 찾았다. 배낭에는 꼭 필요한 물건 한 가지만을 넣어서 가기 때문에 하찮은 수건이라도 없으면 아쉽고 더구나 건조가 잘되는 극세사 수건을 여기서 사기는 쉽지 않다. 물건 하나하나가 나에게는 소중하고 가치 있게 사용하는 것들이며 심지어 물건에 대한 감사함을 느끼면서 지금까지 걸어왔다. 오늘이 사실상 장거리 순례길을 걷는 마지막 날이다. 내일은 5km 남짓 걸으면 된다. 08:10 출발하여 가는 길은 어제 보았던 하늘로 곧게 뻗은 유칼립투스 숲길을 가는데 어제보다 훨씬 높은 나무들로 이루어진 숲이다. 높이가 아파트 20층 정도는 충분히 되어 보인다.

A Salceda-Gozo; 유칼립투스나무 숲
나무 꼭대기를 보기 위하여 하늘을 보고 촬영하였다.

우리와 같은 날인 지난 8월 31일 생장을 출발한 이스라엘 남자 순례자 가이 씨를 몇 차례 만났다 헤어지고 하였다. 이 친구는 지난번 베르시아노스에서 같은 숙소에 묵기도 하였다. 내년에도 북부 순례길 코스 ─ 북부 순례길도 800km 정도로 대서양 해안가를 끼면서 가는 길이며 경치가 좋다고 한다. 프랑스 길보다는 좀 더 힘든 구간이라고 한다 ─ 를 도전할 생각을 갖고 있단다. 일부 순례길은 마치 전쟁터 참호같이 길게 푹 파져 있는 길이다.

A Salceda-Gozo; 참호 같은 순례길
천 년 동안 수많은 순례자들이 이 길을 걷다 보니 길이 움푹 파인 것은 아닐까.

갈리시아 지방에는 대부분 마을에 개별 집마다 오리오스 Horrios 라는 곡식 저장고가 보인다. 벽돌을 쌓아 만들었으나 나무로 만든 것도 있고 기둥은 석재로 올리고 저장고는 나무로 만든 것 등 다양한 재료로 만들었으나 형태는 모두 동일하다. 눈이나 비를 맞지 않도록 지붕이 있고 벽은 통풍이 잘 되도록 얼기설기 구멍이 뚫려 있다. 그리고 바닥으로부터 2~3m 정도는 올린 곳에 저장고가 있어 짐승으로부터도 보호할 수 있게 만들어 놓았다. 지붕 꼭대기에는 하나님의 보호를 받기 위하여 십자가를 얹어 놓은 곳도 있다.

A Salceda-Gozo; 곡물 저장고 오리오스.
벽돌로 만든 것과 나무로 만든 곳도 많다. 높게 설치되어 있어 통풍도 잘되고
동물의 습격도 막을 수 있다. 꼭대기에는 십자가도 달았다.

10:00경에는 19,970을 표시한 이정표를 만났다. 하루 걸을 거리도 안 된다. 그리고 오 뻬드로우소_{O Pedrouzo} 마을의 문화 센터에 들어가 산티아고 도시 지도와 그곳까지 가는 순례길 지도를 받아 나왔다.

11:00경 이름이 특이한 Café가 순례자의 시선을 끈다. Café 이름이 '15 Kilometro'라고 적혀 있다. 들어가서 생맥주 한 잔을 시켜 놓고 휴식을 취했다. 최종 목적지인 산티아고 꼼뽀스뗄라_{Santiago Compostela} 대성당까지 15km 남아 있다는 의미인데 Café 이름에 사용한 아이디어가 빛난다.

A Salceda-Gozo; 15 Kilometro 카페
산티아고까지 15km 남아 있다는, 다소 위로되지만 아쉽기도 한 15km이다.

아 라바꼬야_{A Lavacolla} 마을에 들어가기 전에는 산티아고 공항이 순례길을 오른쪽으로 둘러 돌아가도록 앞을 막고 있다. 13:00경에는 목이 말라 라바꼬야 성당으로 올라가는 계단 앞에 있는 수도꼭지에서 입을 대고 벌컥벌컥 마시며 갈증을 달랬다.

A Salceda-Gozo; 목이 너무 말라 성당 앞 수도꼭지 물을 받아 마셨다.

바로 옆에는 이정표가 있으나 거리를 표시한 금속판이 떨어져 나가고 없다. 산티아고까지 대략 10km쯤 남았을 것이다. 오늘의 숙소가 있는 고소까지는 4km 정도 남았다. 어느 자전거 순례자는 자전거 뒤에 수레를 달고 가고 있으며,

A Salceda-Gozo; 먼발치에 보이는 자전거에 수레를 달고 가는 순례자

어느 순례자는 자전거로 경사진 길을 페달을 힘차게 밟고 지그재그로 끝까지 올라가기도 한다. 정말 다양한 모습으로 순례길을 가는 사람들이 많다. 저마다의 의미 있는 방법으로 길을 가고 있다. 거의 마지막 구간이어서인지 표지석에는 거리를 표시한 금속판이 모두 떼어져 없다. 순례자가 기념으로 떼어 갖고 간 것 같다. 어느 부부는 길 위에서 서로 긴 포옹을 하며 힘들었던 순례길의 의미를 느끼고 있다. 오늘은 유달리 마지막 순간을 기억하기 위한 사진을 많이 찍었다. 길 오른쪽에는 갈리시아 TV 방송국이 보인다. 이 방송국 업무 차량이 모두 하얀색의 기아 자동차인데 녹색의 G 마크를 차량에 표시한 소형차로서 많이 보인다.

A Salceda-Gozo; 갈리시아 방송국 앞에 있는 회사 차량. 모두가 한국 기아 자동차이다.

고소에 거의 다 와서는 젊은 서양 여자가 순례길을 거꾸로 걸어온다. 오스트리아에서 왔다고 하며 이 순례자는 이미 산티아고 도착 후 서쪽 땅끝인 피스떼라와 무씨아까지 걸어갔다가 거기서 버스를 타고 산티아고로 돌아온 후 집에 돌아가는 비행기를 타기 위해 산티아고 공항까지는 걸어서 가는 길이라고 한다. 걷는 내공이 대단한 순례자다. 어제 예약한 아켈라레_{Akelarre} 호텔에는 14:25에 도착했다.

Gozo; 아켈라레 호텔, 이번 여정에서 처음이자 마지막에 호텔에 투숙했다.
호텔에 투숙할 만한 자격이 충분히 있다고 스스로 격려하며 들어갔다.

원래 이곳에서 1km 더 떨어진 500명을 수용하는 시립 알베르게로 가려고 하였으나 너무나 많은 인원에 번잡할 것 같고 산티아고 입성 전날에는 모든 것을 정리하고 가벼운 마음으로 걷기 위해 호텔을 택하였다. N-634번 도로 앞에 위치한 이 호텔은 가정 주택과 붙어 있는 마치 긴 빌라 같은 현대식 2층 건물로 우측 일부가 호텔이다.

Gozo; 아켈라레 호텔 입구에서 순례자의 몸과 마음에 붙어 있는 잡귀(?)를 쫓아내는 할멈?

이 호텔에는 아일랜드 마크·앤지 부부도 들어왔다. 순례길 중 처음으로 호텔에 여유를 가지고 투숙한다. 그럴 만한 자격이 충분히 있다고 스스로 격려하며 호텔에서 잠시 쉰 후 길 건너편 오른쪽에 있는 오 라브라도르 O Labrador 레스토랑에서 오늘의 메뉴 — 콩수프, 돼지 뒷다리 구이, 맥주, 요구르트 — 로 점심 겸 저녁 식사를 하였다. 돼지 뒷다리 구이 요리는 지금껏 스페인에서 먹은 돼지고기 요리 중에서 제일 맛있어 나중이라도 다시 입맛을 다시기 위하여 사진으로 남겼다.

Gozo; 돼지 뒷다리 요리. 이번 순례길에서 가장 맛있는 돼지고기 요리다.

숙소로 다시 돌아와서 샤워 후 길 건너 마을 앞 가게에서 내일 아침에 먹을거리를 샀다. 가게 일을 보는 학생처럼 보이는 이 점원은 바로 옆에 붙어 있는 쉬스까_{Chisca} Café에서 일하는 어머니를 도와주고 있다고 한다. 숙소로 돌아온 후 이곳까지 함께하면서 나를 도와준 물건들 중에서 임무를 다한 약, 비누, 양말 등 버릴 것을 빼내어 고마웠다는 마음속 인사와 함께 쓰레기통에 넣었다.

Gozo; 버린 물건이다. 생각보다 많지 않다.

이른 시간인 20:40 호텔의 깨끗한 침구 속으로 취침에 들어갔다.

순례길 35일 차

마지막 날, 2018년 10월 4일 목요일, 맑음

• 경로: 고소(Gozo) → 산티아고 데 꼼뽀스텔라(Santiago de Compostela)

• 거리: 5.5km (출발 표고 359m, 도착 표고 249m)

• 시간: 07:20 ~ 08:55, 1시간 35분 소요

• 숙소: 레이 페르난도 호텔(Hotel Rey Fernando), 45유로(2인)

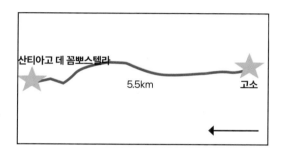

　　06:30 기상하여 어제 산 토마토, 빵을 아침으로 먹고 07:20 출발하였다. AP-9 고속도로 위를 가로 지르는 N-634번 도로를 타고 내려와서는 다시 산티아고 시내로 들어가는 길은 서서히 오르막이다. 아직 동이 트지 않는다. 시내로 들어가는 첫 번째 로터리에서는 "SANTIAGO de COMPOSTELA" 글자에 각종 마크를 붙여서 철망에 걸어 놓아 먼 길을 온 순례자를 환영하고 있다.

Gozo-Santiago de Compostela; 산티아고시 초입에 있는 특색 있는 도시명 간판

진정 산티아고에 들어온 것인가? 대성당 가는 길은 오르막길이고 도심의 건물 위로는 멀지 않는 곳에 종탑이 두 개 있는 대성당이 좀 보인다.

Santiago de Compostela; 이번 순례길 최종 목적지인 산티아고 대성당 첨탑이 보인다.

어느 순례자인지 노숙자인지 빨간 침낭 속에 아직도 잠을 자는 사람이 보인다. 밤새 많이 추웠을 것 같다. 여러 가지 장식물이 붙어 있는 벽 앞에서 골판지를 깔고 자는 것을 보니 순례자를 대상으로 기념품을 판매하는 상인인 것 같기도 하다. 대성당에 가기 전에 순례길 완주 증명서를 받기 위하여 성당 인근에 있는 순례자 관리 사무소로 먼저 갔다. 가는 길에 아이레쎄에서 만났던 독일인 에미·센티 부부를 만났다. 자전거는 본국으로 이미 부쳤고 완주증명서를 받아 오는 길이라고 한다.

08:55에 사무소에 도착하니 먼저 도착한 순례자 30~40여 명이 줄을 서서 기다리고 있다. 우리 뒤에는 독일인 부부가 서 있는데 이 부부는 북부 순

례길을 2016년부터 총 네 차례에 걸쳐서 이어 걸었으며 이번에 마지막 구간을 걸어서 완주하였다고 한다. 2년에 걸친 완주로 의미 있어 보인다. 이 부부의 얘기로는 독일인이 제일 많이 온다고 하며 해마다 독일인이 9천 명, 스페인인이 3천 명, 그리고 나머지 국가라고 한다. 아시아에서는 한국인이 제일 많을 것 같다.

Santiago de Compostela; 순례자 관리 사무소 입구(좌)
실내에서 인증서를 받기 위하여 많은 순례자가 줄을 서 있다(우).

등록 사무소에는 네 명의 직원이 동시에 접수를 받고 있으며 등록하는 사무실 입구 상단에는 모니터에 누가 얼마나 기다리고 있는지를 보여 준다. 약 30분 정도 기다린 후 1번 창구에서 일반 여권과 순례자 여권을 보여 주고 국적 및 이번 순례 길에 온 목적을 묻는 질문에 답하니 ― **종교, 여행, 영적 중에서 영적**$_{Spiritual}$ **이라 답했다** ― 순례자 여권에 마지막 스탬프인 이 대성당의 공식 스탬프를 찍은 후 완주증명서 ― 이름과 2018.10.4. 도착 날짜만 적는다 ― 를 발급한다.

Santiago de Compostela; 순례길 도중에 알베르게, 성당, 가게 등에서
갖가지 문양의 스탬프를 찍은 순례자 여권(앞면/뒷면)

    그리고 실제 걸은 거리를 적은 증명서도 필요한지를 묻는다. 필요하다고
하니까 다시 순례자 여권에 찍혀 있는 스탬프를 일일이 확인한 후 정말로 걸
어왔느냐고 묻는다. 그렇다고 대답을 하니까 프랑스 길을 2018.8.31. 생장
에서 출발하여 산티아고까지 2018.10.4. 도착하였고 총 799km를 걸어서
왔다는 증명서를 발급해 준다. 모두 라틴어로 적혀 있지만 이해할 수 있을 것
같았다. 뭐 대단한 것은 아니지만 실제로 이 먼 길을 큰 탈 없이 걸어서 온 나
자신에게 조그만 선물이라도 해 주고 싶은 마음이다.

출구로 나가면서 수수료 3유로를 지불하고 — 실제 걸은 거리 증명서는 1유로
추가 — 약간의 기념품을 구입한 뒤 사무소를 빠져나오면서 이스라엘 순례자
가이 씨도 줄을 서 있는 것을 보고 눈인사를 하였다.

Santiago de Compostela; 순례길 인증서, 799km 완주증명서

Santiago de Compostela; 전 일정을 무사히 완주한 나에게 대한 고마움을 전하며…

대성당으로 올라오니 많은 순례자들이 저마다의 성취감을 여러 형태로 표현하며 만끽하고 있다. 상당수가 서로 포옹하고 일부는 눈물까지 흘린다. 그만큼 여기까지 오면서 많은 고생을 했기 때문에 그러한 벅찬 감정을 더 느낄 것이다. 나와 항하도 서로 껴안고 수고와 격려의 말을 주고받았다.

대성당을 배경으로 사진을 찍은 후 며칠 전 예약한 레이 페르난도_{Rey Fernando} 호텔로 걸어 내려가 체크인을 하였다. 6층 전체가 호텔인데 내일 밤까지 하루 더 연장하고 내일 피스떼라와 무씨아를 갔다 오는 관광버스 표를 예약하고 다시 대성당으로 올라갔다. 12:00부터 순례자를 위한 미사에 참석하기 위해서다.

Santiago de Compostela; 799km를 서로를 격려하며 함께 걸어온 친구 항하와 기념하며…

대성당에서는 매일 12:00와 저녁 19:30 2회 미사를 하는데 12:00 미사에 참석하기로 했다. 이미 많은 순례자와 여행객이 줄을 길게 서서 입장하고 있다. 제단 앞에는 자리가 없어 뒤쪽에 가서 자리를 잡았다. 거구의 체구를 가진 세 명의 한국인도 우리 앞자리에 앉아 있다. 시작하려면 아직 30분이 남았는데 정면의 자리는 모두 꽉 찼다. 약 1시간에 걸쳐서 진행하는 미사는 찬송가와 신부님 강론 등 여러 형태의 의식을 하는데 이곳 성당 미사의 꽃이라고 할 수 있는 향로미사가 가장 인상적이다. 성당 천정에 밧줄로 매달아 놓은 향로를 풀어 내려서 향로에 향불을 피운 후 8명의 수사가 그네같이 크게 흔들어 향 연기가 성당 내부를 퍼지게 하며 장엄한 파이프 오르간 음악에 맞춰 성가대가 찬송가를 부른다. 이 의식 — **보따푸메이로**_{Botafumeiro} **강복 의식** — 은 참석한 순례자들에게 위안을 주고 몸에서 나는 찌든 땀 냄새를 없애 주기 위해 11세기부터 시작했다고 한다. 연기가 몸도 씻지만 이 나이까지 살아오면서 각종 세속에 오염된 나의 마음과 정신도 깨끗하게 정화시켜 주는 것 같아서 머릿속이 아주 맑아지는 기분이다.

Santiago de Compostela; 12:00 미사에 참석하기 위하여
꼼뽀스텔라 대성당 앞에서 대기하고 있는 여행객(좌)과 순례자(우)

Santiago de Compostela; 대성당에서 집전 시 사용하는 향로가 밧줄에 걸려 있다.
향불을 피운 뒤 수사들이 밧줄을 크게 당겨서 흔든다.

Santiago de Compostela; 집전이 끝난 후 성당 내부를 둘러보다가 계단 앞에 있는 성인 야고보 무
덤을 안내한 동판과 최초 순례자인 성인 야고보 무덤을 보았다.

함양성당 일행도 보인다. 대성당 뒤편 광장_{Quintana de Mortos} 에 있는 뀐따나
_{Quintana} 카페에서 미트볼과 밥으로 점심을 먹고 나오다가 앞 테이블에서 메릴
레네 씨와 다수의 브라질 순례자들과 앤을 만나서 합석하였다.

Santiago de Compostela; 순례길 여정에서 자주 만나곤 하였던 외국인 순례자
왼쪽 'V' 표시와 함께 환하게 웃고 있는 이가 Anne,
제일 앞 중앙이 일정 중 수시로 만났다 헤어진 Merilene

　서로 안고 격려하면서 그간의 힘든 얘기들을 나누었다. 앤은 프랑스 집으로 돌아가서 딸을 만난 후 며칠 쉬었다가 친구 두 명과 함께 아프리카 나미비아에 11월 2일부터 14일까지 여행을 간다고 한다. 나중에 다시 한국에 들어오면 서로 연락하여 만나기로 했다.

　광장을 나와 다시 대성당 앞 오브라도이로_{Obradoiro} 광장으로 갔다. 여기에서 이재권 씨, 일본인 여자 에디꼬 씨, 홍콩 젊은 친구 등을 만나서 기념사진을 한 컷 찍었다. 산티아고 시내를 둘러보는 관광 열차를 타고 45분간 시내 일주를 하였다. 아일랜드 마크.앤지 부부를 만나서 그동안 찍은 사진을 이메일로 보내고 서로 각자의 나라에 들어가면 사전에 연락을 해 재회하기로 하였다.

Santiago de Compostela; 출발일은 달라도 같은 날 도착한 순례자

좌로부터 일본인 가쯔 씨, 한국인 아람 씨, 일본인 에디꼬 씨, 친구, 나

Santiago de Compostela; 아일랜드 부부(마크, 앤지)

Santiago de Compostela; 순례길을 오는 동안 가장 고생을 많이 한 발을 생각하며 만들었을 조형물

Santiago de Compostela; 관광 열차를 타고 본 대성당 뒤편

저녁에는 호텔 주인아주머니가 소개해 준 세르반떼스_{Cervantes} 광장 코너에 있는 마놀로_{Manolo} 레스토랑으로 갔으나 너무 이른 시간이어서 문을 열지 않아 호텔로 돌아가면서 저녁을 먹기로 하였다. 호텔로 내려가는 길에서 뜨라바델로 수시 숙소에서 만났던 호주인 부부를 다시 만났다. 이들은 3일 더 쉬었다가 다시 피스떼라까지 걸어간다고 한다.

Santiago de Compostela; Santiago; 산티아고에서 2일간 묵은 호텔 Hotel Rey Fernando

호텔 맞은편에 있는 레스토랑_{Cervecería Estudiantil}에서 오늘의 메뉴 — 샐러드, 닭구이, 와인 1/3짜리 두 병 — 를 시켜 먹고 호텔로 들어왔다. 호텔로 돌아오니 포르투갈 뽀르또_{Porto}에서 차를 몰고 왔다는 여행객은 여기 산티아고에 차를 세워 놓고 북쪽으로 기차를 타고 가서 북부 영국 순례길 코스를 걸어서 내려오겠다고 한다. 이미 포르투갈 길은 네 차례나 걸었다고 한다. 우리는 내일 피스떼라와 무씨아를 가기 위한 버스 승차권을 호텔 남자 직원에게서 받고 내일 만나는 지점과 만날 여행 가이드에 대한 정보를 받았다. 이번 순례길 일정을 큰 탈 없이 마치게 된 데 대하여 항하와 나 자신에게 감사하며 순례길 여정의 마지막 잠자리에 들어갔다.

산티아고 순례길: 프랑스 길

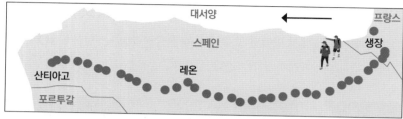

산티아고 순례길(프랑스길 799km) MAP; 동쪽(우)에서 서쪽(좌)으로 걷는 길이다.

일	월	화	수	목	금	토
2018년 8월 31일부터 10월 4일까지 35일간 33개 구간				8/30 출발 Bayonne	8/31 6.4km Kayola(프)	9/1 19.8km Ronces-valles
2	3	4	5	6	7	8
21.4km Zubiri	22.9km Pamplona	23.9km Puente	21.6km Estella	21.3km Los Argos	27.6km Logrono	29km Najera
9	10	11	12	13	14	15
20.7km Calzada	22km Belorado	27.7km Ages	22.2km Burgos	21km Hornillos	19.9km Castrojeriz	24.7km Fromista
16	17	18	19	20	21	22
18.8km Condes	26.3km Templarios	23.2km Bercianos	26.3km Mansilla	19.8km Leon	휴식 Leon	24.6km San Martin
23	24	25	26	27	28	29
22.5km Astroga	37.6km El Acebo	34km Cacabelos	18.4km Trabadelo	18.2km O Cebreiro	39.2km Sarria	16.9km Marca-doiro
30	10/1	10/2	10/3	10/4		
22.4km Airexe	22.1km Melide	25.4km A Salceda	23km Gozo	5.5km Santiago